La verja roja

ESTRELLA ALONSO

LA VERJA ROJA

ESPASA

Espasa, sello editorial de Editorial Planeta, S.A.
Avda. Diagonal, 662-664
08034 Barcelona

Primera edición: marzo de 2026

Preimpresión: Realización Planeta

Depósito legal: B. 482-2026
ISBN: 978-84-670-8124-4

Espasa, en su deseo de mejorar sus publicaciones, agradecerá cualquier sugerencia que los lectores hagan al departamento editorial por correo electrónico: sugerencias@espasa.es

www.espasa.com
www.planetadelibros.com

Impresión: EGEDSA
Impreso en España - *Printed in Spain*

PEFC Certificado
Este libro procede de bosques gestionados de forma sostenible
PEFC
PEFC/14-38-00305
www.pefc.es

A mis abuelas,
que vienen en un pack.

No es el pasado lo que nos domina,
son las imágenes del pasado.

GEORGE STEINER

Primera parte

El salón tiene dos ventanas que dan a la calle. Las ventanas son viejísimas y no cierran bien y no tienen cortinas y los cristales están sucios. Fuera hay mucho ruido porque al principio de la calle hay una parada de taxis, y arriba en la plaza siempre se forma un embotellamiento. Lo primero que ve son las ventanas, después las sillas tapizadas con una tela dorada manchada de cera roja y de otras sustancias que no consigue identificar, las paredes desconchadas, la campana extractora que brilla porque hace mucho que nadie le pasa un quitagrasas y se le han ido pegando las motas de polvo, las estanterías del IKEA blancas, llenas de pegatinas y entradas de teatro y fotos de carnet y *tickets* de compra de la Rafael Alberti o la librería Yorick o cualquier librería del centro, y paquetes de tabaco vacíos, todo esto pegado con *bluetack* o con celo o con los dos. Todo en este piso está sucio. Muy pero que muy sucio. Su madre hubiese dicho: así se llena todo de polvo y entran los bichos y entra todo. Su madre hubiese cogido una botella de lejía con detergente (que es muy superior a la lejía sin detergente) y le hubiese pegado a todo un *buen fregao*, que era otra cosa que decía su madre.

¿Te gusta?, pregunta Rita. Begoña no dice nada inmediatamente. Rita insiste. Que si te gusta. El piso. Rita sonríe mucho a Begoña. Lo he decorado yo. El piso. Lo he decorado. Antes no estaba así. ¿Cómo estaba?, es todo lo que pregunta Begoña. ¿El qué? El piso. Ah, bueno, no sé, distinto, dice Rita. Begoña agarra la maleta con una mano y con la otra el asa de la mochila que le cuelga del hombro. La maleta tiene una rueda rota y le ha costado tirar de ella por la calle cuesta arriba. La maleta y la mochila pesan tanto como el aire en ese piso. Le he dado mi toque. Pero si tú quieres darle tu toque también puedes. Esos cuadros los he pintado yo. ¿Esos?, pregunta Begoña intentando concentrarse en el peso de la mochila mientras observa los cuadros: dos personas, un hombre y una mujer desnudos, que intentan ser cubistas, pero parece que los ha pintado una criatura de ocho años con problemas de motricidad. Esos, responde Rita orgullosa. Begoña solo dice: anda. Nota el tirante de la mochila clavándose en su hombro. Piensa: si me quedo mucho rato más aquí quieta, lo más probable es que se me salga el hombro, o que se me separe de golpe del cuerpo. Begoña piensa lo mal que le viene ahora mismo quedarse manca. ¿Te gustan? Rita sigue sonriendo mucho mientras le hace todas estas preguntas y Begoña mira mucho a Rita, y luego mira el piso y mira los cuadros y mira las ventanas, y no sonríe mucho. Yo es que de arte no entiendo, dice. Tus libros. Te hago hueco. En la estantería, sigue Rita sin preocuparse de la respuesta. Begoña sonríe, pero no se le da muy bien sonreír, así que sonríe mal y se le ven los dientes y el aparato, y Rita entiende que está sonriendo, pero también parece que le esté dando un ictus, aunque con dieciocho años no te puede dar un ictus o es poco probable. ¿Te enseño tu cuarto?

Entran en el dormitorio de Begoña. Es el tercer dormitorio que ha tenido en su vida. El primero en la casa de sus padres de Moratalaz, y el segundo, y en el que ha pasado más tiempo y ha llorado más, en su pueblo. Su pueblo es El Espinar, que está en Segovia. En El Espinar Begoña montó por primera vez en bicicleta y comió por primera vez chuletillas de cordero y leyó por primera vez biografías de gente muerta. El Espinar está un poco lejos del centro de Madrid y sobre todo de la universidad, así que Begoña ha encontrado una habitación propia con baño propio en el centro y se ha cortado el pelo y se ha apuntado a Filología Alemana porque una vez leyó la *Ifigenia en Táuride*, de Goethe, y se puso a llorar.

¿Te gusta? Begoña no dice nada. Nunca ha vivido con alguien que no fuese de su familia. Nunca ha vivido con otra chica. Nunca ha vivido en un piso tan viejo, pero sobre todo tan feo. No entiende dónde va a poner los libros si las estanterías están llenas hasta los topes. No entiende si Rita no puede ver como ve ella perfectamente con sus gafas nuevas que le ha regalado su padre por su cumpleaños las manchas de café o de vino o de comida o de los tres sobre la mesa del comedor. Y si las puede ver, por qué no las quita. No entiende cómo Rita puede ser tan guapa e ir tan bien vestida, tan coherentemente vestida, y tener una cara tan perfecta si luego el piso da pena mirarlo. Es como si Rita no pegase con el piso. Es alta Rita, en eso se ha fijado Begoña cuando han entrado al dormitorio. También se ha fijado en su voz, que, aunque lo intente mucho, y le sale bastante bien, se nota que no es de allí. Begoña nunca ha vivido con nadie de otra comunidad autónoma.

En su segundo dormitorio, el más importante de todos sus dormitorios, Begoña dormía en una litera a la que le habían quitado la cama de abajo. Ella dormía arriba, y abajo tenía un escritorio con secreter y un teclado

Yamaha, y cuando cumplió once años, un ordenador Windows que hacía muchos ruidos al encenderse y en el que jugaba al buscaminas y pintaba con el Paint y buscaba información sobre la gente muerta de los libros de la biblioteca. Le gustaba ver fotos de ellos de jóvenes, o cuadros de ellos de jóvenes, le gustaba ver cómo eran esos cuerpos antes de morir y ser papel. Le gustaba imaginar a toda la gente que había vivido antes que ella, a todos los que estaban muertos, juntos, en un espacio amplio y fresco e indeterminado. Pensaba mucho en a dónde iba la gente cuando moría. Sabía que la gente nacía cuando dos personas habían hecho el amor. Se preguntaba por qué se decía «hacer el amor». Se preguntaba por las palabras, por qué se había elegido el verbo «hacer», que es «crear». Se preguntaba si es que antes de «hacerlo» no había amor, en dónde estaba el amor antes de hacerlo, o si había que coger algo del mundo, algo de fuera, o de dentro para crearlo. Begoña se preguntaba qué se hacía después con el amor, una vez hecho, creado. Su madre no podía responderle nunca a estas preguntas, pero le cantaba una canción muy antigua de una señora que se llamaba Zarah Leander y que cantaba en alemán, y aunque Begoña no entendiese, se sentía un poco mejor. Luego su madre se murió y no pudo ni responder ni cantar.

¿Te gusta o no te gusta?, le dice Rita. Es que, chica, estás tan callada. Pareces un ratón. Begoña solo dice: ¿tú de dónde eres? Rita se ríe un poco echando la melena perfecta hacia atrás y dice: se me nota, ¿no? Un poco. De Sevilla, de la capital del mundo. Rita se vuelve a reír. Pero si me concentro lo disimulo. Begoña intenta sonreír (esta vez sin dientes), porque es verdad que Rita es un poco graciosa. Pero no graciosa por sevillana, le decía su madre que no había que generalizar, que anda que no hay andaluces más siesos que nada, aunque para eso nuestra familia, Begoña, hija, que has tenido la suerte o la desgracia de nacer en la Meseta. Tiene mucha luz, sigue Rita. Sí. Y estamos en el centro, mira, asómate. Rita la agarra de la mano y la acerca a la ventana, la abre de par en par y salen al pequeño balcón. Begoña se pone un poco nerviosa cuando Rita le agarra la mano y por eso la aparta corriendo. Rita hace como si no hubiese pasado nada, y dice: eso que se ve ahí es el Teatro Real. Las chicas miran al Teatro Real. Begoña no se acuerda de la primera vez que fue al teatro. Sí se acuerda de la segunda vez que fue al teatro. Estaban estudiando *Hamlet* y fueron a Madrid con el instituto al teatro Español a ver *Hamlet*. Begoña y Javiera se sentaron juntas en el autobús y también en la función. A Begoña le parecía bien la función. Javiera se estaba quedando dormida hasta que entró Ofelia. Begoña no entendía cómo Hamlet trataba tan mal a Ofelia si antes había dicho que la quería. Javiera dijo que Ofelia era una cursi y se volvió a dormir. No pensaba que Ofelia fuera una cursi. Ofelia apareció de nuevo, esta vez con un carrito que llevaba un equipo de música y tenía un micrófono, y Ofelia iba de rosa y Ofelia no estaba bien y Ofelia se levantaba la falda y enseñaba las bragas y lo enseñaba todo. Lo enseñaba todo, le dijo a su padre en casa, y su padre no dijo nada. Begoña miraba a Ofelia y miraba a Javiera, que se había despertado y se reía y que decía: «Menuda guarra», y no entendía por qué era una guarra y por qué enseñaba todo y por qué nadie le hacía caso si el amor de su vida le acababa de decir que se metiera a monja. Y aunque ya sabía cómo acababa la obra, se levantó, levantó a toda la fila, y salió del teatro.

Cualquier cosa me avisas, dice Rita. Yo no paro en casa. Pero cualquier cosa me avisas. Tienes mi número. ¿Vas mucho a clase? ¿Faltarás mucho a clase? A mí me da igual. Que faltes. Si hay alguno guapo en tu clase, me avisas, le invitas, estudiamos, se ríe, o lo que sea. ¿Tienes frío? ¿Y vas a trabajar? Hay muchos bares. Te llevo si quieres. Begoña dice que no, que no hace falta, otro día, que está cansada, que tiene que leer, y deshacer la maleta, las dos cosas. Cierra la puerta y oye a Rita ponerse unos tacones y cerrar la puerta con llave mientras habla por teléfono muy alto. Espera diez minutos en silencio. Cuando está segura de que está sola, sale a la cocina, busca la fregona, estropajo, lejía. Lo que sea. Se pone unos guantes y se pone a escuchar la canción de Zarah Leander, que es triste, pero es bonita y la canta muy alto, y cuando va a meter la fregona en el cubo, una mano la detiene. No se asusta. A Begoña esta mano no le asusta. Begoña, que, como bien ha descrito Rita, parece un ratón, no se inmuta cuando esa mano delgada, con tres anillos en los dedos anular, corazón y pulgar, mano de pianista, mano de leche, mano de trabajar con la mente, Begoña no se asusta porque conoce esa mano y de alguna manera la estaba esperando. Echaba mucho de menos esa mano. Mira la mano y mira el brazo que está pegado a la mano y mira el cuerpo pegado al brazo y mira el cuello y mira la cara, y es su madre. Su madre coge la botella de lejía y dice: esto no sirve para nada, no tiene detergente. Tiene que tener detergente. Baja ahora mismo y compras lejía con detergente. Begoña mira a su madre, coge las llaves, y baja a la calle.

Suena el teléfono de Begoña. Es su padre. Lo deja sonar un rato. Begoña siempre tiene el teléfono en silencio, con los datos móviles apagados, el wifi desconectado, el *bluetooth* desconectado. Su padre la regaña. Su padre dice: es que no sé para qué te hemos comprado un teléfono. Begoña no entiende quién es ese «nosotros» con el que habla el padre si el teléfono se lo compró él solo en las rebajas del MediaMarkt el año pasado. Su padre habla en primera persona del plural, y a Begoña la vuelve loca, pero no le dice nunca nada. Camina por la plaza de Santo Domingo y el teléfono vibra en el bolso. El primer teléfono de su vida se lo regaló su madre. Era blanco y pequeño, y tenía una pantalla táctil y le parecía sensacional. Tenía doce años. El móvil tenía cámara de fotos y juegos, y se podían pasar canciones por *bluetooth*. Entonces sí encendía el *bluetooth* para que sus amigas le pasasen canciones. Entonces sí tenía amigas.

Mientras Begoña busca la lejía en el supermercado nuevo, el teléfono vuelve a vibrar. Lo coge. No dice nada. Las luces del supermercado son muy blancas y hacen que todos los calabacines y la gente y los carritos brillen como si fuesen de plata. Begoña se ajusta las gafas que se escurren por su nariz y sigue sin decir nada. Su padre habla. ¿Hola? ¿Bego? Sí. Sí, se anima a contestar. La oferta de productos de limpieza le interesa muchísimo más que cualquier cosa que le tenga que decir ese señor. No le cae mal, no es un hombre que caiga mal, a Begoña hay poca gente que le caiga mal. Es simplemente que nunca sabe que decirle. ¿Has llegado bien? Sí. ¿Te ha costado llegar? No. Siento no haberte llevado, es que tenía la carrera de Guadarrama, ¿te acuerdas? Begoña mira los productos mientras su padre habla, qué bonitos, qué ordenados, qué limpios. Se detiene a oler los diferentes suavizantes. Azul es su favorito porque es el que usaba su madre. Es una carrera de *mountain bike* muy importante, de las que más de la Comunidad de

Madrid porque te califican para otras competiciones que no son de entrada libre, ¿sabes? Begoña se mantiene en sus respuestas lacónicas, que es lo que mejor se le da. Al final dice: no pasa nada. ¿Segura? No pasa nada. Begoña duda si llevarse la marca blanca o la marca de los anuncios. ¿Dónde estás? En el súper. Yo en casa. Vale. La marca blanca es más barata. La marca de los anuncios es más bonita. Las clases empiezan mañana, ¿no? Mañana. ¿Estás nerviosa? No, muy poco. Ah, bueno, mejor. La marca de los anuncios tenía una canción, ¿cómo era? ¿Estás ocupada?, pregunta su padre. Un poco. ¿Me llamas mañana y me lo cuentas todo? Si te apetece. Claro que me apetece, papá, dice Begoña, porque piensa que es lo que hay que decirles a los padres.

Su madre nunca compraba la marca de los anuncios, y coge la marca blanca. A su madre le gustaba la marca blanca, las canciones de entreguerras, leer, el té sin teína, nadar, contar cuentos, cambiarse las gafas de cerca por las de lejos, perder las gafas, perder el móvil, perder la taza de té. Su padre no dice nada. Están un buen rato en silencio. Solo se oye la música generada por inteligencia artificial de la cadena de supermercados y la música del anuncio del detergente en el cerebro de Begoña. Su padre respira. Begoña respira. Bueno, es todo lo que dice su padre. Bueno, repite Begoña. Te dejo, que tendrás lío. Adiós. Chao. Oye. Dime. ¿Has llamado a las abuelas? No. ¿Tienes su número? Creo que sí. Te lo mando, por si acaso. Vale. Llámalas. Sí. Bueno, vuelve a decir su padre. Bueno, repite Begoña. Adiós, un beso. Adiós, cuelga Begoña.

Begoña habla con sus abuelas dos veces al año. Quizá cuatro. En Navidad, en su cumpleaños, en el cumpleaños de una abuela, y en el cumpleaños de la otra abuela.

No son las dos abuelas abuelas. Son la madre de su madre y su hermana, su tía abuela. Vienen en un *pack* que se llama «las abuelas» y viven en Pozuelo de Alarcón. Begoña va a Pozuelo de Alarcón la noche de Reyes a ver la cabalgata. Antes iba más. Este año no ha ido, ni el pasado, ni el anterior. La cabalgata de Pozuelo de Alarcón pasa por delante de casa de su abuela abuela y luego por delante de casa de su otra abuela. Begoña, de pequeña, se sabía un atajo, se lo había enseñado su madre, que había vivido en esa casa de Pozuelo desde los ocho años. El atajo conectaba las dos casas, y cuando la última carroza pasaba por delante de casa de su abuela abuela, su madre la cogía de la mano y se echaban a correr, corrían por el atajo a casa de la otra abuela y volvían a ver la cabalgata desde el principio. Cómo le gustaba correr con su madre, incluso por Pozuelo, que, según ella, era un lugar tan incómodo, tan feo, tan lleno de cuestas. Luego pasaban por la panadería de Paco y recogían el roscón relleno de nata y nunca le tocaba la sorpresa, porque la sorpresa siempre le tocaba a la abuela abuela, pero Begoña no se disgustaba, porque su abuela abuela siempre siempre se la daba a ella. Se la daba tal cual, cubierta aún de nata, y Begoña se la metía en la boca y rebañaba y rebañaba hasta que el plástico quedase limpio y aquello no supiese más a nata ni a azahar, solo a petróleo. Cuando murió su madre, su padre la siguió llevando a la cabalgata, pero no se sabía el atajo.

Al lado de la ventana, que ya no está sucia, del piso de Begoña hay una farola. Ahora mismo se acaba de encender y es la principal fuente de luz en la casa. No oye a Rita entrar porque Zarah Leander canta muy fuerte en sus auriculares. Rita le pone la mano en la espalda y Begoña se sobresalta y se le cae la fregona. Que te has vuelto loca, dice Rita encendiendo la luz del salón, que muchas gracias, que qué bien huele. Huele a casa de mi abuela. La casa de mi abuela también huele así, dice Begoña. A mi abuela le gusta mucho la lejía. A mi abuela también le gusta mucho. Pero más a mi madre. Rita entra cargada con bolsas pesadísimas. Las deja caer estrepitosamente sobre la mesa que acaba de limpiar. Rita empieza a sacar papeles y papeluchos de las bolsas, periódicos, revistas, carteles, algunos actuales, otros muy viejos. Begoña, que se ha puesto a limpiar las estanterías, mira de reojo. Piensa: no pasa nada, la convivencia es así, tampoco he limpiado tanto. No. Pasa. Nada. Rita resopla y empieza a separar los papeles. Begoña limpia y observa, pero no dice nada.

Tía, ¿tienes un corcho? En plan grande. ¿Has traído?, pregunta Rita. Y antes de que pueda responder, sigue. Es que, mira, en la RESAD estamos como haciendo adaptaciones ¿sabes? De musicales. No sé qué es la RESAD, dice Begoña. Tía, si lo puse en el anuncio del piso, responde Rita. Donde estudio. Teatro. Es superdifícil entrar. Begoña asiente. Se imagina que estudiar teatro es difícil porque no sabría ni por dónde empezar. No sabría decir en qué consisten las clases, o cuánta gente hay, o cómo se organizan, cómo deciden los profesores lo que es una buena interpretación o no. Mira a Rita y piensa que, aunque ella no sepa nada de teatro, Rita seguro que saca muy buenas notas en los monólogos o en lo que sea. Porque es grácil y es guapa y es ligera, y siente que la vida se le da bien. Bueno, pues estamos adaptando musicales clásicos, ¿sabes? sigue Rita tras una nube de polvo que se alza cada vez que mueve los papeles viejísimos. En plan, *Company*, *Cats*, todo ese rollo. ¿A ti te gustan los musicales? Yo es que de teatro no entiendo, dice Begoña. Tía, pues a mi grupo le ha tocado *Chicago*, que es como uno de los más top, va de mujeres asesinas y criminales y tal, pero que, en plan, han tenido que cometer el crimen por necesidad, ¿sabes? Ya. Y claro, hay que adaptarlo a España, pero en España en verdad se cometen como superpocos asesinatos, en plan, comparado con Estados Unidos, que están todos locos y venden las pistolas en el Carrefour o como se llame el supermercado allí. Ya. Begoña piensa en cuántas veces puede decir Rita «en plan». Pues, tía, queremos hacer un número que tenga portadas de periódicos y tal, y una compi fue al rastro y compró todo esto por como cinco euros y mira, es perfe, es de un periódico antiguo que se llamaba *El Caso*, mira. Begoña mira los ejemplares viejos de *El Caso*. Algunos son originales y otros no. Lee las portadas: «HORROR EN EL CORTIJO», «ABRASÓ A SU MARIDO», «EL CURA VICIOSO». Superfuerte, ¿eh?, dice Rita, vamos a hacer un *Chicago*, pero cañí. En plan, Chiclana.

Begoña sigue mirando portadas y leyendo titulares, y de repente ve uno con un hombre muy triste y muy cansado. Es joven y le rodean unos guardias civiles menos jóvenes, pero igual de tristes e igual de cansados. El hombre va de blanco, su cara es larguísima, y su brazo está escayolado, en cabestrillo. Arriba pone bien grande «CAPTURADO». Rita sigue con sus «ASESINADA», «CELOS», «MARTIRIO». El hombre de la portada la mira con sus ojos profundos, y Begoña se da cuenta de que realmente está agotado. No tiene cara de malo. No sabe muy bien cómo es la cara de malo, pero sabe que no es la de ese hombre joven. Tiene el pelo oscuro, qué delgado está, piensa. ¿Me puedo quedar esta?, le pregunta a Rita. La actriz apenas echa un vistazo y dice: claro, ¿qué es? Un señor, es todo lo que dice Begoña. Voy a poner música, dice Rita. Begoña no dice nada y se guarda en el bolsillo la foto del hombre triste escayolado. Está caliente en su mano. El señor de la foto, joven y derrotado, estira los dedos por la escayola y agarra los suyos. O al menos eso se imagina ella. Piensa si este señor está muerto y qué habrá sido de su vida. No quiere que sea algo morboso, no sabría explicárselo ni a Rita ni a nadie. Solo le entran muchas ganas de saber qué pasó antes y qué pasó después. Le interesa mucho qué pasa después, cómo se hace la vida después. Mira hacia la puerta de su cuarto y ve a su madre que la llama. Deja a Rita sola en el salón escuchando algo setentero, y se esconde en su dormitorio. La persiana está echada, entra luz por las rendijitas, la cama está sin hacer y su madre está sentada en un extremo. Se quiere sentar a su lado, pero no lo hace. Se queda de pie en el quicio de la puerta acariciando el papel en su bolsillo. Su madre está quieta y está tranquila, y Begoña se queda quieta y tranquila porque no quiere que su madre se vaya. Su madre se gira hacia ella y le dice: menudo personaje. No sabe si se refiere a Rita o al señor de la foto. Y haz el favor de llamar a tus abuelas, que les va a hacer mucha ilusión. Antes de que pueda contestar, Rita grita emocionada por teléfono desde el salón, y cuando Begoña vuelve la cabeza, su madre se ha esfumado.

A Begoña le gusta muchísimo madrugar. Si por ella fuera, se dormiría a las ocho de la tarde para levantarse a las cinco. Lo único es que a las cinco casi siempre es de noche, por lo menos en España, y le gustaría a veces vivir en uno de esos países en los que en verano a las cuatro y media ya hay luz. El cerebro no le funciona muy bien por las tardes. Tan pronto por la mañana, cuando no han puesto ni las calles, como decía su madre y probablemente muchas madres de España, no tiene que hablar con nadie. Con absolutamente nadie. No es que Begoña hable con demasiada gente a lo largo del día, intenta mantener las interacciones en un mínimo, es solo que por la mañana parece que está sola en el mundo y, lejos de darle miedo, le encanta. La oscuridad la envuelve y le da la sensación de que el mundo está compartiendo un secreto solo con ella, que el mundo está hecho para ella y que puede hacer en él lo que quiera. Puede inventarse su propio mundo con sus propias normas y sus propias explicaciones. Con su madre a veces paseaban, en verano sobre todo. Veraneaban cerca de Alicante y podían ver el sol salir del mar. Era emocionante. Paseaban temprano en silencio y a veces se metían a nadar hasta la boya de color verde. A su madre le daba un poco de miedo, y entonces ella se sentía valiente. No te preocupes, mamá, le decía, sígueme a mí, y si veo una medusa te aviso. El mar solía estar como un plato y el agua totalmente transparente. No estaba fría. Madre e hija se deslizaban por el Mediterráneo antes de que el resto de los veraneantes hubiesen abierto los ojos. Se sentía muy especial, como si perteneciese a algún club secreto y exclusivo, el club de su madre y ella, solo dos miembros, un privilegio. Ahora en el club solo queda una. En algún momento, Begoña ha mirado por la ventana de su piso del centro de Madrid y ha visto una peluquería, una tienda de alimentación, farolas, bares, un restaurante coreano, varios puticlubs o burdeles o locales de alterne, no sabe cuál es el término correcto y apropiado. El sol no ha salido. Cuando ahora se despierta tan temprano, echa de menos el sol, es la única cosa que le falta. Si ya hubiese luz, sería perfecto. Le gustaría vivir en un país en el que amaneciese a las cuatro de la mañana, que tuviese muchos árboles, que tuviese mucho café, y muchos productos lácteos, yogures, queso, batidos, leche, nata, mantequilla, crema, más yogur, kéfir, más queso, queso batido, queso fresco, queso crema, todas las combinaciones posibles, y vivir a base de lácteos, café, y árboles, que es de lo que están hechos los libros.

No ha pegado ojo. Por mucho que leyese y se asomase a la ventana no ha cogido el sueño en ningún momento. Siente que a través de sus sienes entran dos agujas de punto largas y afiladas. Las agujas se quedan tiesas en su cabeza y no puede casi ni ponerse las gafas. Qué rollo, piensa. Hacía mucho que no le sucedía esto, la doctora dijo que se iba a ir pasando y que si bebía mucha agua y dormía ocho horas se iba a ir en un periquete. No le gustó mucho que la doctora dijera periquete, porque eso lo decía su madre. Su padre no dijo nada, porque su padre, la verdad, es un rollo también, piensa. Una clase de quizá cuarto o quinto de primaria pasa por la calle. Lo sabe porque los escucha. La ventana de su cuarto es viejísima y aunque ahora está limpia y transparente no aísla en absoluto del ruido, ni del frío, ni del calor, ni de nada. Esa noche ha escuchado todos los ruidos posibles del centro de Madrid y los ha apuntado todos en su diario: camión de basura (3), claxon furgoneta (6), sirena policía (2), sirena ambulancia (4), sirena bomberos (1), claxon vehículo familiar (3), idiota yendo demasiado rápido en una moto (5), camión de reparto (16), hormigonera (1), bebé llorando (1), gente follando (1), gente haciendo el amor (0). A Begoña le hubiese gustado madrugar, pero las agujas de punto la han mantenido aplastada en la cama con los ojos cerrados hasta que salta el radio despertador que ha pospuesto una y otra vez y la voz de José Luis Sastre le dice que son las diez de la mañana.

Tía, ¿quieres café?, dice Rita entrando en su habitación sin llamar, con una taza en la mano. Qué oscuridad, ¿te abro la persiana? No tiene tiempo de contestar cuando Rita ya está subiendo la persiana. No sé si te gusta con leche o qué, he hecho un montón, lo dejo hecho y ya lo tengo todo el día. Me gusta el café reposado, ¿sabes? Pero este lo acabo de hacer. La luz de septiembre en Madrid inunda la habitación y brilla sobre Rita, y ella no se inmuta. Begoña nunca ha visto a nadie tan perfecto y tan bello por la mañana. Nunca le han traído el café a la cama. Y menos alguien como Rita. A Rita le cae el pelo largo y perfecto por la espalda, y Begoña se fija en que tiene los ojos de un color ámbar y verde que no ha visto nunca, que son como un pozo meloso y pegajoso e hipnotizante, y tiene unas piernas largas y unas pestañas largas y que no tiene ni un grano, y cuando le acerca la taza y sus dedos se rozan un momento, se pone muy nerviosa y tiene que dejar de mirarla. Rita se va cantando. Begoña se bebe el café, las agujas de sus sienes se deshacen un poco, y le parece el café más rico del mundo entero.

Desde casa de Begoña se puede ir caminando a la Facultad de Filología y Filosofía de la Complutense. Baja a la plaza de Oriente y gira hacia plaza España. Begoña es muy andarina. Sigue hasta el templo de Debod y se detiene a mirar el parque de atracciones, que se divisa a lo lejos. Solo ha ido al parque de atracciones una vez en su vida y juró y perjuró que no volvería. Ya había muerto su madre, y a su padre se le ocurrió la brillante idea de pasar un domingo allí. Estaba hasta arriba de gente, y Begoña y su padre estaban más perdidos que un pato en un garaje, que es otra cosa que decía su madre. Su padre vio una atracción que él consideró divertida y la animó a subirse. No quiero, dijo ella. Que sí, mujer, mira qué de niños, no es de las más altas, ni de las más rápidas, ni de las que más vueltas da. No quiero, repitió. Que sí, venga, ponte a la cola. Su padre siempre había sido un poco pesado, pero cuando se murió su madre se volvió más pesado aún porque quizá pensaba que tenía que ser pesado por dos. Begoña se dejó convencer. ¿Tú no vienes?, le preguntó cuando le vio quedarse atrás. Es que me dijo el oftalmólogo que después de la operación no puedo, se me desprende la retina, si quieres luego a la noria. Vamos, Begoña. Begoña no insistió, y se montó en el cachivache. Cachivache es una palabra que le gusta. Fue horrible. Begoña no paró de gritar y de gritar mientras la atracción daba vueltas y vueltas de campana, aumentaba y disminuía y volvía a aumentar la velocidad como un mar imprevisible o el tornado de Dorothy en *El mago de Oz*. Begoña lloraba, no le gustaban las atracciones, lo sabía, siempre lo había sabido, ni las películas de terror, ni las fiestas. Begoña quería que también se le fuese a desprender la retina para montar solo en la noria. Cuando la atracción terminó, su padre la esperaba grabando con una camarita. Estaba roja y temblando, y en cuanto le vio, tan sonriente, tan jovial, como si hubiese tenido la mejor idea del mundo entero, en cuanto Begoña vio a su padre, pegó tal manotazo a la cámara que esta cayó al suelo y se rompió. Su padre se reía, mujer, si no pasa nada, si a toda la gente de tu edad le encanta, se lo pasan bien, ¿de verdad no te ha gustado? Lo siento mucho, hija, yo solo quería que, te invito a un helado, mujer, Bego. Me quiero ir a casa, fue todo lo que dijo Begoña. Su padre dijo que vale.

Sigue por Rosales y se sienta en un banco. El sol es agradable y aunque no haya dormido le gusta sentirlo en su cara. Se limpia un poco las gafas y mira a la Casa de Campo. De momento está amarilla como buen campo castellano en el verano, pero sabe que para cuando llegue la Fiesta de la Trashumancia a finales de octubre estará verde verde. Cuando vivían en Moratalaz, antes de que a su padre se le metiera en la cabeza la idea genial de irse a vivir a El Espinar en cuanto se murió su madre, su padre montaba mucho en bicicleta por la Casa de Campo. Su padre monta mucho en bicicleta en general. Hace sesenta, setenta kilómetros, a veces menos; cuando vivía su madre, a su abuela le ponía de los nervios. A esa abuela que no recuerda demasiado y a la que tiene que llamar. Ya no tiene edad, le decía a su madre por teléfono. Y yo qué hago, respondía la madre; si al hombre lo que le gusta es la bicicleta, habrá que dejarle, peor sería que le diese al alcohol, por lo menos hace deporte. A Begoña la bici le da un poco de miedo. A Begoña le gustan las listas y decide hacer una lista de las cosas que necesita hacer estos días y ordenarlas en mayor o menor cantidad de miedo.

- Hablar con la secretaria de la facultad para preguntar una cosa del pago fraccionado de la matrícula (6/10 de miedo).
- Sacarse el carnet de estudiante (si se puede hacer online, 2/10, si hay que hablar con alguien, 6/10).
- Pasar por la librería alemana en Concha Espina a ver si la librera le puede recomendar algún libro que no sea muy muy difícil en alemán (5/10).
- Presentarse en clase (10/10).
- Hablar con gente de su clase (10/10).
- Hablar con Rita cuando vuelva de clase (10/10).

Las interacciones con los adultos o con los cuerpos administrativos le asustan, pero no tanto como las que implican gente de su edad. Se rasca la nuca y piensa que la peluquera de El Espinar le ha cortado demasiado el pelo y que en cuanto llueva se le va a arruinar el flequillo y que para qué hace caso a esa peluquera y deja que le corte flequillo cuando evidentemente la peluquera solo quería ligar con su padre porque es un «viudo interesante», que se lo escuchó una vez a la madre de Javiera decírselo a otra madre. Las madres de El Espinar no saben que a su padre le da tanto miedo hablar con mujeres en general y con las que intentan ligar con él en particular como a Begoña hablar con sus coetáneos. A veces ha pensado que a su padre una novia le vendría bien, sobre todo para que tuviese alguien con quien hablar y montar en bicicleta, dos cosas que ella, desde luego, no hace. Ni con su padre ni con nadie. Y es que a Begoña no le importa, a Begoña le gusta muchísimo estar en silencio. No entiende a esa gente (como Rita, por ejemplo) que necesita hablar constantemente. Le pasa que no se le ocurren cosas que decir. Ya está. Por eso prefiere leer y por eso se ha metido en una carrera de leer. Eso mismo hace cuando termina la lista. Saca un libro que le ha comprado su padre de la lista de una de las asignaturas. La asignatura es «Fundamentos filosóficos para el estudio de la lengua y la literatura», y le recorre un escalofrío de emoción. Solo el título la emociona. La lengua, esa herramienta que utilizamos continuamente; eso, que, según ella y según su madre, nos hace humanas, tiene unos fundamentos filosóficos que se pueden estudiar, ¡y ella va a hacerlo! Se remueve en el banco, como si hormigas también entusiasmadas con la filología corriesen por su cuerpo. Hormigas no, un enano, eso, un enanito en su interior. Es la primera vez que nota al enanito dentro de su cuerpo, por lo menos en Madrid. El enano vive dentro de ella y se remueve y salta cuando las cosas van muy bien o van muy mal. Ahora, de momento, bien. Mira el índice y siente la necesidad imperiosa de decirle a su madre que menuda maravilla de carrera ha elegido, que ya verá de la de cosas que van a hablar, y la de libros que va a leer, y que se los van a intercambiar subrayados, sí, con bolígrafo y rotulador, porque esa es la única manera de subrayar los libros, en efecto, sí, qué bien. Pero Begoña se da cuenta, por supuesto, porque Begoña no es tonta, se da cuenta muy pronto de que, por razones obvias, a su madre no le va a poder decir nada. A no ser que se le aparezca otra vez como hizo ayer, pero intuye que los fantasmas se aparecen cuando quieren. Y eso que ni siquiera sabe si esa aparición es un fantasma o un espíritu o el alma de su madre. No entiende muy bien porque no ha ido a catequesis ni es mística, ni siquiera sabe del horóscopo como sabía Javiera. Begoña se resigna, que es algo que sabe hacer muy bien, limpia las gafas con el borde de la camiseta, y empieza a leer en ese banco del paseo de Rosales.

Después de comer un bocata de jamón que le hizo su padre el día anterior (porque su padre prepara unos bocatas muy buenos, eso es verdad, con jamón bueno y queso bueno, a su padre le encantan las charcuterías), se pone en marcha hasta llegar al parque del Oeste, camina paralela a la carretera y cruza a la avenida Complutense. La Universidad Complutense es mucho más grande que el instituto de Begoña. Sabe que eso es una obviedad pero no puede evitar pensarlo. También le parece una obviedad pensar que allí a la gente le gustará leer más que en el instituto, o que habrán ido a más conciertos, o que habrán viajado al extranjero más que los chavales de El Espinar. Camina con su mochila y con sus cascos y se mete en el aula quince minutos antes de que empiece la clase. A Begoña no le gusta llegar tarde y tampoco le gusta que la gente llegue tarde, aunque tampoco es que ella haga muchos planes con mucha gente, así que por ese lado todo bien. Se sienta y no sabe qué hacer. Se sienta en otro sitio. Se levanta de nuevo y cambia de sitio. Se levanta otra vez y se va a buscar el baño. Los pasillos de la Facultad de Filología son todos iguales, azulejos de colores, cada planta un color, verde, azulito, naranja, puertas de madera oscuras con un ventanuco. Ha visto una capilla antes de la biblioteca, y se pregunta si algún estudiante con el pelo rapado se meterá ahí a rezar. O a lo que sea que haga la gente en las capillas. Piensa en toda la gente que ha estudiado allí y que ahora está muerta, quizá sí que entraron en la capilla. Begoña solo entraría en la capilla si allí supiese que se le va a aparecer su madre, aunque, si su madre era tan atea, le parecería raro que se apareciese en una capilla. En el baño, se lava la cara, y cuando levanta la mirada, ve a su madre en el reflejo del espejo. Se da la vuelta y su madre no está. A Begoña le empieza a poner nerviosa esto de que su madre se aparezca y desaparezca así, sin avisar, encima el primer día de clases, encima por la tarde, que le ha tocado turno de tarde, y ella odia el turno de tarde, aunque nunca ha hecho turno de tarde, pero sabe que lo va a odiar porque a ella el cerebro no le funciona bien por la tarde. Está muy emocionada con la carrera, por supuesto, pero esto de la tarde la ha crujido. Piensa la de cosas que podrás hacer por la mañana, dice su padre. Su padre a veces no se entera de nada. ¿Y su madre? ¿Dónde se ha metido? ¿Quería desearle buena suerte?

Vuelve al aula y se sienta en su sitio. Allí ahora hay una veintena de chicos y chicas de su edad. Algunos hablan. Begoña va a coger un cuaderno cuando se da cuenta de que la mochila no está. Se agacha y el enano se despierta. La mochila ha desaparecido. Este tipo de situación le encanta al enano, le vuelve loco al enanito. Salta y brinca y da la voz de alarma dentro de Begoña. ¡Alarma, alarma, problema, problemón, se acaba el mundo, seguramente se acabe, seguramente esto sea una desgracia, seguramente esto sea la tragedia más grande de tu vida, Begoña, Bego, alarma, alarma, a ver qué haces ahora, qué torpe eres, me muero de risa, Begoña, qué paleta, qué inútil! El enano es un Rumpelstiltskin malvado y muy pillo, casi un duende, y lo que más le gusta hacer es contar la realidad de una manera que confunde y aterroriza a Begoña. Salta y brinca, salta y brinca. Begoña empieza a buscar y empieza a pensar que igual esta gente de Madrid ha ido a más conciertos y ha leído más libros y habrá viajado al extranjero, pero que le acaban de robar una mochila de veinticinco euros del Decathlon que encima tenía la portada del hombre triste dentro porque a Begoña le ha gustado ese hombre o algo de ese hombre y ahora la mochila no aparece. Begoña suda y le duele la barriga por culpa del enano, y piensa en la pena que le daría no tener la mochila ni la portada del hombre triste. ¡Mira cómo sudas, me muero de risa, Begoña, qué asco, el primer día, se te escurren las gafas por la nariz, seguro que tienes jamón en el aparato, qué risa, tía Felisa! Begoña sigue buscando desesperada hasta que oye una voz y se da un golpe en la cabeza con el pupitre.

Una chica se gira, ¿estás bien? No encuentro mi mochila, dice Begoña. ¡Qué dices!, responde la chica, o chico, Begoña no identifica muy bien. Estaba aquí y. Un chico se gira, ¿qué pasa? No encuentra su mochila, dice la chicachico. Qué dices. Estaba aquí y ya no está, explica. ¿Aquí?, pregunta el chico. La chica dice: dice que estaba aquí. Me he ido al baño y cuando he vuelto no estaba, continúa Begoña. Qué fuerte. ¿Qué pasa?, preguntan dos de la primera fila. Su mochila. Ha desaparecido. Qué fuerte. Te ayudamos. ¿Qué? A buscarla. Y de repente, unos diez o doce chicos y chicas recorren el aula de la Facultad de Filología de la Complutense buscando la mochila de Begoña. Ella está incomodísima, el enano lo sabe y se aprovecha; esto no estaba dentro de la lista de cosas que tenía que hacer y su nivel de miedo, el riesgo que conllevaban. Hacer que toda la clase enfoque su absoluta atención en ella y en su torpeza en la escala de miedo está más o menos en un noventa casi cien. A Begoña le gustaría que todos parasen y que la dejasen en paz y que la universidad fuese *online* y pudiese hacerlo desde un país de lácteos y de árboles.

¿Qué pasa aquí?, dice la profesora cuando entra. Una mochila. Que no está. Pero que antes estaba. Se la han robado. Eso no lo sabemos. Pues ha desaparecido. ¿Por arte de magia? Por arte de birlibirloque, no te jode, dice la chicachico. Dices unas cosas más raras, responde el chico. Si lo sé, este año no me apunto. Pues no haberte apuntado. Vamos a empezar, interrumpe la profesora, ya aparecerá la mochila. Begoña se queda muy quieta en su sitio. La profesora sigue: este año en el grupo de teatro de la Complutense queremos hacer algo nuevo. Begoña piensa: ¿qué? El enano para y está tan alerta como Begoña. Como tenemos a gente de carreras muy distintas, creo que lo mejor va a ser que hagamos un montaje nuevo. Begoña piensa: ¿dónde estoy? El sudor parece detenerse y congelarse poco a poco en el flequillo ahora sucio de Begoña. Un proyecto colaborativo, sigue la profe. Begoña mira a su alrededor. De repente la gente le parece mayor, diferente, se da cuenta de que se conocen, se da cuenta de que no es la clase de «Pensamiento alemán y su apropiación en España», ni la de «Fundamentos filosóficos para el estudio de la lengua y la literatura», y se da cuenta de que no quiere estar allí. Así que vamos a juntarnos por grupos para escribir y crear nuestra obra. Begoña piensa: socorro. El enano ahora salta, pero es un salto diferente. No es un salto de reírse de Begoña y ser el acosador más acosador del reino de los enanos, es un salto de: Begoña pírate ya, que esta gente está loca y te van a hacer hablar. La profesora sigue hablando y las demás estudiantes parecen entusiasmadas. El tono, el género, todo eso lo decidiremos juntas, pero lo que quedó claro del año pasado es. Begoña piensa: auxilio. Que queremos hacer una biografía, un biopic más o menos, ¿no? Personajes llamativos, interesantes, con conflicto, pero de nuestra historia, por favor, nada de americanadas. Begoña piensa: ayuda. El enano dice: corre.

Hay un murmullo, y Begoña decide que es el momento de levantarse e irse. Pero cuando va a hacerlo, la profesora o la directora o lo que sea esa señora la señala y dice: tú, ¿cómo te llamas? Las cabezas se vuelven, y a Begoña le gustaría morirse. Yo me iba, es todo lo que dice. ¿Cómo te llamas? Begoña. Vale, Bego, ¿qué estudias? Begoña, corrige, lenguas modernas, pero es filología alemana. Hay dos cosas que la sacan de quicio: que la pongan en evidencia y que la llamen Bego, que es como la llama su padre. Genial, tú eres de las que escriben, ¿no, Bego? Begoña, vuelve a corregir. No. A mí me gusta leer. Genial, Bego, pues te pones en el grupo de Chema. Es que yo me iba. Ya encontraremos la mochila, no te preocupes.

A Begoña esta profesoradirectoramonitora le parece imbécil y no se quiere poner en el grupo de Chema y no quiere escribir porque ella no sabe escribir, nunca ha querido escribir, y se ha metido en una carrera de lenguas para leer no para escribir, como hacen muchas, que hacen mal, porque luego se frustran, y Begoña no quiere frustrarse. Pero todos los intensos del club de teatro, o como se llame ese sitio en el que se ha metido, la están mirando, así que coge y se sienta al lado del que se supone que se llama Chema y se aguanta. El tal Chema, que es el chico que antes discutía con la chicachico y que ha intentado ayudarla con la mochila, pregunta: ¿tienen que estar muertos o pueden estar vivos? El enano se mueve diferente porque hay algo en la pregunta del que se llama Chema que le interesa. Es una pregunta que Begoña ha hecho antes en alguna de sus variables. A su amiga del instituto. A Javiera.

Le gustaba preguntarle cosas a Javiera. No era que le gustase gustase, era que le salía. Se le formaban las preguntas dentro del pecho y de la cabeza, sobre todo de la cabeza, y tenía que sacarlas, y las sacaba con Javiera. Un día, en la plaza de El Espinar, le preguntó si pensaba mucho en la gente muerta y Javiera no entendió la pregunta. Javiera y Begoña siempre habían sido amigas, más aún cuando Begoña se mudó definitivamente a El Espinar. Vivían en el mismo pueblo e iban al mismo colegio y les pedían las mismas cosas a los Reyes. Siempre miraba con un poco de impresión a Javiera, porque Javiera era rubia con ojos azules y no tenía los brazos llenos de pelos y sí las piernas muy finas, y a Begoña siempre le decían que era mejor merendar una manzana Fuji que un bocadillo, porque mira a Javiera, qué piernas tiene. Begoña no entendía qué tenía que ver la manzana Fuji con las piernas de Javiera y con sus propias piernas. Javiera hacía todo bastante bien, y Begoña empezó a pensar que ella todo lo hacía bastante mal, pero que si estaba mucho con Javiera igual se le pegaba hacer bien las cosas y tener las piernas finas. Le gustaba mirar a Javiera, pero a veces no tenían nada que decirse. Volvió a preguntar mientras metía la mano en la bolsa de Doritos y sacaba las migas. Se chupaba los dedos y miraba a su amiga esperando una respuesta. Las chicas estaban sentadas en un banco en la plaza de su pueblo. Enfrente había unos viejos jugando a la petanca y unas mujeres sudamericanas con unos niños que no eran sus hijos en unos carritos. Javiera no comía Doritos. Le preguntó otra vez. Porque yo sí, pero no como de miedo, quiero decir, no como en zombis, ni tampoco en, no sé, la gente de las noticias. Pienso como en la gente que ha pasado por esta plaza, ¿sabes? Como en toda la gente que se ha sentado en este banco y que ya no está, no sé si me explico. Quiero decir que los sitios siguen y han visto muchas cosas y me gustaría saber qué cosas han visto y no se las puedo preguntar a nadie porque toda esa gente está muerta y no ha escrito libros ni les han hecho entrevistas ni nada. Porque son gente normal. En la gente normal pienso. ¿Me oyes? Pero Javiera no la oía porque acababa de pasar un grupo de chicos del instituto y le habían guiñado el ojo, y Javiera se levantó, y Begoña dijo: ¿a dónde vas?, y Javiera dijo: me voy con estos, y Begoña dijo: ¿a dónde?, y Javiera dijo: por ahí, ¿te vienes? Y Begoña no dijo nada. Javiera se fue de la plaza y la dejó allí con los viejos y las mujeres sudamericanas con unos niños que no eran sus hijos en unos carros. Miró la bolsa de Doritos en el suelo, soplaba un viento muy típico de su pueblo, y pensó en el cole y en las manzanas Fuji y en «irse por ahí» y en la gente que se había sentado en ese banco antes que ella y en los pelos de los brazos y en Javiera. Se pasó la lengua por el aparato que estaba lleno de Doritos, y se puso un poco triste. Begoña se acuerda mucho de ese día con Javiera. Begoña se acuerda mucho de Javiera en general.

Cuando se acaba esa clase del demonio, se levanta como un resorte y camina lo más rápido que puede hacia la puerta con su enano en la barriga. El que se llama Chema la agarra suave por el brazo. Oye, Bego. Que me llamo Begoña. Perdón, se disculpa el que se llama Chema. Me voy. ¿La has encontrado? A Begoña le gustaría que este chico la dejase en paz y le dejase de decir cosas y se quitase de ahí, que es justo por donde se sale del aula del demonio. La mochila, que si la has encontrado, insiste el que se llama Chema. Me voy, responde ella, y se gira y no mira por donde va y tropieza y se cae al suelo y le dan ganas de chillar, pero se aguanta, y piensa que le gustaría mucho morirse en ese momento, pero se aguanta. Se da cuenta de que ha tropezado con un bulto gris que es su propia mochila, y levanta la mirada y ve a Chema, y detrás de él, asomada, ve a su madre que le muestra los dos pulgares hacia arriba y sonríe, y aunque le guste mucho ver a su madre, esta le parece una broma malísima y piensa decírselo la próxima vez que la vea. Chema la ayuda a levantarse, y antes de que pueda agradecérselo, la profesoradirectoramonitora, que tiene los ojos muy grandes y la boca muy grande, como si alguien se los hubiese pegado de otra cara, sobre todo porque los labios están secos y aun así ella se ha puesto un pintalabios rojo casi naranja que hace sus dientes de fumadora amarillear más de lo que amarillean en realidad, llega y dice: Filología Alemana, genial, ¿hablas alemán? Begoña huele el tabaco que desprende esa mujer y se marea. Genial, a ver quién se te ocurre para la semana que viene, es genial tener a gente tan diferente, ¿eres de Madrid? Genial, cuanto más variopinto mejor, tú piensa bien, vivos o muertos, da igual, necesitamos gente como tú, este año hay muy pocas chicas. Es raro, pero a veces pasa. Es genial que te hayas apuntado. Bego, ¿verdad? Be-go-ña, repite agarrando su mochila. No sé si voy a tener tiempo, zanja. Aquí nos organizamos bien, lo importante es la documentación, la investigación, queremos que sea una historia que cautive, pero que sea honesta, ¿sabes? Una buena historia, una buena vida. Una vida emocionante, admirable. Vivo o muerto. Menos mal que tenemos a alguien como tú, Bego. Es muy importante contar bien las historias. De los vivos y de los muertos. Sale del edificio y se mete al metro y se pone los cascos y escucha a Zarah Leander y se va a su casa. Cuando llega y abre la mochila, se da cuenta de que la portada del hombre triste no está, y eso le preocupa muchísimo más que si hubiera perdido la mochila entera. Porque significa que se ha perdido en esa aula del demonio y que va a tener que volver a por ella.

Al día siguiente no tiene clase y está tumbada leyendo después de comer cuando el telefonillo le da un susto que hace que se le caiga el libro de las manos. El telefonillo del piso feo que está en la calle cuesta arriba siempre pega unos bocinazos desmesurados y no sabe cómo bajarle el volumen. Begoña se asusta con casi todo. Menos con lo de su madre, que por algún motivo le parece natural aunque no previsible, el resto de las interacciones le suelen espantar. A su padre lo vuelve loco. Cuando vivían juntos, se asustaba si él entraba en la cocina mientras ella se preparaba un café. Su padre se enfadaba y decía: yo también vivo aquí, Bego. Un día, mientras estudiaba concentrada con sus cascos, su padre se acercó a preguntar qué quería de comer y pegó tal bote y tal grito que su padre también gritó y de pronto estaban los dos gritando como locos en su casa en El Espinar, Segovia. Begoña se enfadó muchísimo, y salió de casa dando un portazo para volver a la media hora y decir que podían comer las lentejas del día anterior. Begoña y su padre siempre hacían lo mismo. Discutían o gritaban como si se odiasen profundamente y se deseasen lo peor el uno para el otro, y a la media hora estaban sentados en el sofá decidiendo qué serie ver.

Se queda en la cama e ignora el telefonillo hasta que vuelve a sonar. Se asoma por su ventana que da justo a la calle y ve a su padre abajo. Begoña piensa: qué rollo. El telefonillo suena otra vez. Luego su móvil vibra. ¿Estás en casa, Bego? Llamo al timbre y nada. Begoña dice que sí, que claro que está en casa, que dónde va a estar. Es que he tenido que ir a Alicante a una cosa de una carrera que hacen por ahí cerca de lo de la abuela, de la casa de la playa, y a la vuelta he pensado: voy a pasarme a ver a Bego en su casa nueva, explica su padre. Es una carrera muy chula, Bego, otra vez te vienes, estaba muy bonito el mar, y como he podido teletrabajar, otra vez te vienes y paseamos, pero ahora te cuento, ¿puedo subir o estás liada? ¿Te vas a clase? Decide abrirle la puerta. Escucha la voz de su madre que diría algo así como: cuquilina, es tu padre, pobre hombre, hazle caso. También un poco le da pena porque lo intenta mucho. Si hay algo que hace su padre es intentarlo, y Begoña tiene que reconocerlo. Su padre sube y trae merienda. A Begoña le gusta mucho merendar, así que le deja entrar y se sientan en el salón feo. Su padre ha traído miguelitos de La Roda rellenos de crema, que son los que más le gustan. Muerde un miguelito y el azúcar glas vuela por el salón y su boca se llena de aire, porque un miguelito es un bocado de aire con crema o con cabello de ángel, y a Begoña le gusta sentir esa frescura y esa bocanada, porque eso es lo que ella entiende por una bocanada de aire fresco. El hojaldre está blandito, nada crujiente, y el aire y la crema y el azúcar glas y la pasta se hacen una bola en la boca de Begoña y normalmente se sentiría hasta contenta en estos momentos, pero no puede sentirse contenta ni sentirse nada porque su padre empieza a hablar. ¿Qué tal las clases? ¿Te gustan? ¿Has hecho amigos? ¿Y este salón? ¿Era así en las fotos? Parece de Almodóvar, pero del principio, qué barbaridad, para pasar el polvo tiene que ser fatal. ¿Qué es todo esto?, pregunta su padre señalando las portadas de *El Caso*. ¿Tu compañera no está? ¿Estás mucho sola? No me gusta que estés sola, Begoña, ya te lo he dicho. Begoña sigue masticando los miguelitos, que la verdad están muy buenos, al enano le gustan también. Su padre sigue: la compañera esta, ¿Rita?, ¿Es extranjera? Qué nombre ¿Te trata bien? ¿Es dominanta? No me gustan las amigas dominantas. No sé si es mi amiga, dice Begoña con la boca llena. ¿Tiene Diógenes? ¿Qué son estos papeles? Cuidado con el polvo. A su padre tampoco le gusta el polvo. ¿Has llamado a tus abuelas? Un proyecto de su escuela de teatro, dice Begoña mientras coge otro miguelito, los papeles son para un proyecto de teatro. ¿Estás haciendo teatro? ¿A ti te gusta el teatro? ¿Desde cuándo? ¿Quieres que saque entradas? No saques nada, papá, por favor. Su padre dice que vale. Begoña intenta que este miguelito sí surta efecto y haga su magia, intenta disfrutarlo en silencio, pero no hay silencio, porque su padre no deja de hacerle preguntas idiotas. Su padre no se rinde: pero ¿haces teatro o no haces teatro? Ella responde: yo no. Ella, Rita, Rita es actriz y es de Sevilla. Su padre por fin coge un miguelito: uy, a mí Sevilla me encanta, muy buenas carreras, pero solo en invierno, claro, hay que estar loco para coger la bici por allí en verano, pero loco de atar. Oye, Bego, y ¿qué obra vas a hacer? Ninguna, papá, ninguna, yo no hago teatro. Pero el proyecto, dice su padre confundido. A mí me querían meter en una movida de la facultad unos frikis, pero he dicho que no, ¿hago más café?, dice Begoña poniéndose de pie, intentando cambiar el foco de la conversación. ¿Quién te quería meter? ¿Qué frikis?, sigue interrogando su padre, que se atraganta con el dulce. Begoña piensa: Dios mío, qué pesado está hoy. Y le contesta: pues unos de la uni que me iban a liar, pero les he dicho que no. ¿Por qué? Y dale molino. Porque quieren que escriba una obra, y yo no sé escribir. Pero te has metido en una carrera de letras, dice su padre, aún tosiendo un poco. Pero no tiene nada que ver, salta Begoña, es una carrera de leer, papá, de leer y de aprender a leer y de entender lo que dicen los otros y cómo lo dicen y por qué lo dicen como lo dicen y cómo son las palabras en cada idioma, si se parecen o no, papá, es una carrera de aprender alemán, no es de escribir. Su padre sigue tosiendo. ¿Quieres agua?, pregunta Begoña. Su padre niega con la cabeza, respira por fin y dice: bueno, vale. Y se calla un momento para coger aliento. Por supuesto, vuelve: ¿y de qué es la obra? Begoña pone los ojos en blanco y coge un tercer miguelito. ¿No me lo vas a decir? Mira a su padre y ve en sus ojos una necesidad imperiosa de acercarse a ella. Piensa en cuando le enseñó a montar en bicicleta. Le daba miedo, claro, pero no tanto como de mayor. De pequeña se tiraba por las cuestas con su padre y odiaba ponerse el casco. Su padre era muy estricto con el casco, y, la verdad, más adelante lo agradeció, sobre todo cuando en Altea se dio de bruces contra una chumbera. Cómo lloró Begoña ese día, había bajado una cuesta, la cuesta que bajaba de la casa de la abuela al mar, terminaba en curva y en la curva había unas chumberas enormes, llenas de pinchos y de higos chumbos. Acababa de aprender a montar sin ruedines, y no se lo pensó dos veces. Menudo tantarantán, como dijo su abuela. Su padre le quitó los pinchos uno a uno y Begoña se aguantó las lágrimas bastante. Puedes llorar, eh, cuquilina, dijo su padre, a veces pasan estas cosas, no se puede salir ileso de la vida. Begoña no sabía qué significaba la palabra ileso entonces, pero entendió que de alguna manera había sido tan divertido bajar la cuesta sin frenos y a lo loco, se había sentido tan bien, que había merecido la pena el daño que se había hecho. Ahora no se montaría en una bicicleta ni loca.

Una biografía, papá, eso están haciendo los frikis, o eso quieren, como un biopic, pero de teatro, resuelve al fin. ¿Por eso los periódicos? Que son de Rita, papá, que ya te lo he dicho. Piensa que su padre no se entera de nada. Además, son supertruculentos ¿no?, sigue, a mí no me gustan. Seguro que luego las cosas no eran tan terribles, pero, como lo ponían así, parecía todo, no sé, peor. Como Netflix, pero en papel. Como *true crime*, pero viejo. Se da cuenta de que ha hablado un montón y se calla. Su padre no dice nada más. Begoña se anima. Había uno que me gustaba, pero lo he perdido, así que da igual. ¿Cuál?, pregunta su padre. Uno de un señor con el brazo roto y la Guardia Civil, que ponía que era un quinqui y que lo habían capturado. ¿Y lo has buscado? No. Begoña empieza a querer que su padre se vaya. En internet, insiste su padre. Además, no voy a volver con los del teatro. Habla de repente mucho y de repente quiere dejar de hablar para siempre. Y ahora está en modo dejar de hablar para siempre. Bueno, pero dan igual los del teatro, si a ti te interesa, la anima su padre. Begoña se bebe el café y dice: me tengo que ir. También dice: tengo que leer mucho. Y su padre contesta: yo también me tengo que ir. Solo quería ver que estabas bien. Begoña dice: gracias por los miguelitos. Su padre contesta: están muy ricos. Y antes de irse, en el quicio de la puerta, pregunta: ¿has llamado a tus abuelas? Igual ellas saben algo del tipo del brazo, será de su época. Ve a su padre meterse en el ascensor y los restos de merienda en la mesa tan fea del salón tan feo. Por la ventana, eso sí, entra el sol.

Begoña coge su mochila, mete el portátil, y se va a la calle. Algo que le gusta muchísimo de vivir en el centro de Madrid es salir por ahí y caminar y mirar a la gente. Baja por su calle en cuesta y llega a la calle Arenal. Camina hacia Sol. La calle Arenal es peatonal durante la mayor parte del día. Conecta la plaza de Isabel II con la Puerta del Sol. Lo sabe, pero tiene un sentido de la orientación pésimo. Saca el teléfono y camina observando la bolita azul que se desplaza despacio. Mira al frente. La Puerta del Sol es una explanada de piedra, de baldosa, de acera. La Puerta del Sol es una acera gigante, un desierto duro con dos oasis que son dos fuentes y una estructura de vidrio y hierro y un lugar de perdición para Begoña que es una pastelería rosa que lleva allí más de cien años y le encanta ir y tomar café y napolitanas de crema pensando en toda la gente que durante los últimos cien años se ha sentado en esa pastelería a tomar café y napolitanas de crema y que ahora está muerta. Mira el escaparate, y ante ella hay unas tartas de fresas con nata imponentes. Para su cumpleaños, piensa, le gustaría muchísimo una tarta de fresas con nata. Tampoco es que piense mucho en su cumpleaños, sobre todo porque siempre están solo su padre y ella para celebrarlo. Antes venía Javiera, pero, después de aquello, no quiso venir más, como es comprensible. Begoña mira la tarta y piensa que es muy grande para su padre y para ella, así que continúa siguiendo la bolita azul. En el desierto hay una osa verde que pensaba que era un oso, encaramada a un arbolito verde, porque son de bronce, y tiene la cola brillante porque la gente la toca pensando que les va a dar suerte. La gente toca cualquier cosa pensando que les va a dar suerte. Cruza el desierto duro y llano lleno de globos de helio, observa la plaza y se pone a hacer eso que tanta paz le da: una lista de todo lo que observa. Begoña puede ver:

- turistas (poco miedo, no se dirigen a ella).
- testigos de Jehová (tampoco mucho miedo, son educados).
- adolescentes (muchísimo miedo, sobre todo si son un grupo de chicos).
- divorciadas (a ella poco miedo, a su padre mucho).
- zapaterías (lo que más le gustaba a su madre).
- franquicias (no le gustaban nada a su madre).
- yogur helado (qué rico).
- estancos (lo que más le gusta a Rita, quiere decir Begoña, porque Rita fuma como una carretera, sobre todo en la cama, y eso a Begoña le da miedo porque piensa que un día la casa va a arder con lo despistada que es Rita).
- barrenderas (poco miedo, le caen simpáticas, sobre todo después de leer aquella novela de Elvira Lindo).
- globos de helio (horror).
- señores disfrazados de Mickey Mouse o de gorila gigante (más horror, 8/10).
- ópticas (muy limpias, poco miedo).

Se detiene a atarse el cordón de la zapatilla. A su derecha está la Real Casa de Correos que Begoña sabe que es donde está el Gobierno de la Comunidad de Madrid y el reloj de las campanadas. Una chica le da un golpecito en el hombro y le pregunta si se puede mover, que está encima del kilómetro cero y que se quiere hacer una foto. Begoña se mueve y mira cómo la chica y sus amigas ponen todas el pie sobre las letras de bronce y se hacen una foto. Se acuerda de cuando fue al teatro con Javiera y le pidió hacerse esa foto, pero Javiera dijo que eso era de paletas, y no se la hicieron. Begoña sigue haciendo su lista y puntuando:

- la ballena, que es como se llama la estructura de vidrio y hierro que es la boca del metro (1/10).
- carteristas (4/10).
- policía (9/10, siempre piensa que ha hecho algo malo y que le van a poner una multa).
- gais (más interés que miedo).
- doña Manolita (en su casa no se ha comprado nunca lotería de Navidad, peró siempre les ha gustado mucho la Navidad).
- Tío Pepe.
- reloj (da un poco de miedo por ominoso).
- el cielo (depende del día, un cielo profundo puede dar mucho miedo).

Begoña sabe que el cielo de Madrid es el más bonito porque lo dice el abuelo de Manolito Gafotas, y ella siempre ha sido muy devota de Manolito Gafotas. Pero ahora lo mira con detenimiento y piensa si no será una mezcla de estar en la meseta, que una está más cerca del cielo, o de la cantidad de polución tan ingente que hay en esta ciudad. A Begoña le gusta mucho, muchísimo mirar. Así puede valorar si realmente las cosas son aterradoras o no. Baja por la Carrera de San Jerónimo pendiente de la bolita azul, pasa delante del Congreso y de los leones, sigue caminando pendiente de la bolita azul y cruza la glorieta de Neptuno, sigue caminando, dejando de lado el Ritz, sube Antonio Maura, y la bolita azul y Begoña llegan al Retiro.

A la madre de Begoña le gustaba mucho el Retiro. Le gustaba ir con Begoña pequeña los fines de semana y ver los títeres. A Begoña le encantaban los títeres y a la vez le daban miedo. Le daban pena. Los títeres siempre se estaban pegando porrazos, y siempre había un personaje inocente que se llevaba un golpe tremendo en la cabeza, en la *camochita*, que era como la llamaba su madre cuando Begoña se daba un coscorrón. Begoña lloraba cuando los personajes buenos pero un poco ingenuos salían mal parados, se aprovechaban de ellos, los perseguían con el garrote aquel. Y se levantaba, se acercaba al escenario, a la precaria estructura de los titiriteros, y la tocaba con la mano, acariciaba el terciopelo de mentira o la tela áspera y descolorida, o los rombos de colores, y lloraba y lloraba pidiendo que por favor perdonasen a ese personaje, que por favor le dejasen ir, que por favor, que no había hecho nada, mamá, mamá, no quiero, mamá, mamá, no me gusta, mamá, mamá, por qué le hacen eso si él no, mamá. Siempre volvían el siguiente fin de semana.

Entra en el parque y deja de mirar a la bolita azul. No va ni al estanque, ni al Palacio de Cristal, ni al de Velázquez. Coge uno de los caminitos hacia la derecha y camina bajo la sombra de los castaños y los plátanos. Piensa: en septiembre Madrid me gusta bastante. Sopla una brisa amable y el sol se cuela entre las hojas de los árboles haciendo dibujos en la gravilla del camino. Sale de las sombras para dar a donde quería ir. Begoña piensa: qué fuerte que me acuerde. Llega a la fuente del Ángel Caído, que también es verde como la osa, pero mucho más bonita. A Begoña le da un poco de miedo y de pena, como los títeres, pero más fascinación y misterio. Su madre decía que era la única estatua al diablo del mundo entero. Piensa que su madre decía muchas cosas y que igual no todas eran verdad. El ángel caído mira hacia el cielo mientras una serpiente se enrolla en sus piernas y tira de él hacia abajo. El ángel caído se retuerce, con su cabeza inclinada hacia atrás, el pecho también, orientado hacia el cielo, él se esfuerza por impulsar su cuerpo hacia arriba, pero la serpiente tira hacia abajo, y es esa tensión eterna la que le fascina. Porque el artista ha retratado justo el momento de la acción, el instante del movimiento, ni antes de caer, ni ya caído. No debería llamarse ángel caído, más bien ángel que cae, cayendo, cayente, precipitante. Piensa que eso no tiene ningún gancho, y después de mirar un poco a los demonios de la parte inferior de la fuente, que son bastante divertidos y por cuyas bocas salen chorros de agua en lugar de fuego, se aleja buscando un castaño bajo el que sentarse. Vuelve a pensar: Madrid en septiembre me gusta bastante.

Bajo el árbol, saca el portátil y lo conecta a la red de su teléfono. Se ajusta las gafas y busca: el caso portada hombre brazo roto. Le salen imágenes de *stock*, una noticia de La Sexta de un niño rompiéndose un brazo, y la novela *It* de Stephen King. Añade la palabra periódico y allí están todas las portadas que Rita ha colgado por el salón. Hace clic en la del hombre. Lee: en Salamanca el «quinqui Lute» fue capturado. Busca: quinqui lute.

Y empiezan a salir un montón de imágenes del mismo hombre: con barba, sin barba, más delgado, menos delgado, en blanco y negro, en color, más antiguas, más actuales, solo, con gente, con un grupo de música que a su madre le gustaba mucho. Sale Imanol Arias, que es un actor que a su madre no le gustaba nada. Hace clic en un artículo de *La Vanguardia*, y lee: «Consejo de guerra y pena de muerte para Eleuterio Sánchez, el Lute, y Raimundo Medrano por atraco a mano armada en una joyería de la madrileña calle Bravo Murillo en el que asesinaron al vigilante». Entiende que este que llaman Lute en realidad se llama Eleuterio Sánchez. O se llamaba. No sabe si está vivo o está muerto. Y cuando va a seguir leyendo el artículo, siente una presencia, levanta la mirada y ve a su madre. Debería asustarse, pero no se asusta, aunque hay algo en la sorpresa y la falta de previsión de su madre que la exaspera. Mamá, dice Begoña, si te apareces así. ¿Así cómo?, interrumpe su madre. No sé, así. Yo me aparezco como me aparezco, zanja la madre. Bueno. A Begoña no le parece del todo mal, porque, aunque no avise, le gusta que aparezca. ¿Qué haces?, pregunta la madre. Leer. ¿Y tu padre? Montando en bici. Hemos merendado miguelitos. ¿Y tus abuelas? No sé. Begoña se siente idiota por tener estas conversaciones con su madre muerta. Mira a su madre, que va vestida como siempre, con un forro polar, unos vaqueros, unas deportivas, demasiado abrigada para la buena temperatura que hace. ¿Tienes frío?, pregunta Begoña. Su madre sonríe y dice: no. ¿Hace frío allí?, pregunta. ¿Allí dónde?, responde su madre. No sé, allí. ¿En El Espinar? No, donde tú estás, mamá. Su madre la mira, se gira con todo el cuerpo para mirarla. Le parece tan guapa su madre, cuando se aparece tiene un brillo muy tenue que le recuerda a un melocotón. Su madre le dice: donde estoy yo ¿dónde? Mamá, es todo lo que acierta a decir Begoña, y se siente otra vez tan idiota. Tan imbécil. Su madre está tranquila a su lado, es como si al morirse se hubiese tranquilizado. Su madre era bastante buena, pero a veces no tenía mucha paciencia. Ahora de muerta es más paciente. A Begoña le gustaría saber cómo lo ha hecho. Le gustaría tener conversaciones profundas con ella, preguntarle cosas del más allá, de donde sea, preguntas mejores que si hace frío o no, de morirse, de qué tiene que hacer ella con su vida, de cómo se muere una, de cómo se vive una, se acuerda de un libro que leyó que decía que lo raro era vivir y le gustaría preguntarle sobre todo eso, pero no puede. No le salen las palabras, qué porquería, se le atoran, cree que es el enano que las agarra y no deja que salgan. Le gustaría mucho hablar con su madre y preguntarle por qué hizo eso el otro día en la facultad y por qué se ha muerto y por qué la ha dejado tan sola, y si puede tocarla, un momento, solo un momento, para ver si esa piel reluciente como un melocotón amarillo está tan calentita como parece. Pero solo puede darle las mismas respuestas lacónicas que le da a su padre y a todo el mundo, y le entran ganas de llorar, porque se da cuenta, Begoña se da cuenta, de que su madre, como se aparece, se desaparece, y que, si no aprovecha, no va a poder darle respuestas ni lacónicas ni locuaces ni nada. Y cuando levanta la vista para buscar a su madre, esta ha desaparecido.

El nudo en el pecho se retuerce. Es un nudo que lleva retorciéndose mucho tiempo, va con el enano, el enano hace de todo, hace cosas buenas y cosas no tan buenas, reacciona a todo y a todo sin medida, con exageración, sin lógica alguna. Esa tarde, en el parque del Retiro, en el septiembre madrileño que hasta hace un momento le gustaba bastante, se retuerce más. El enano no dice nada porque Begoña ya sabe lo que podría decir: idiota, boba, paradita, siesa, fría, mema, alelada, sosa, aburrida, insulsa, desabrida, apagada, infantil, gallina, gallina, gallina. El enano sigue apretando el nudo. Es un nudo aprisionador que paraliza a Begoña como si fuese una escapista. Lo que pasa es que Begoña no tiene la llave, no se sabe el truco, no sabe deshacer las ataduras. Begoña aguanta un poco la respiración. Begoña cierra los ojos. Begoña aprieta un poco los puños. Con los ojos cerrados solo ve tinieblas y una oscuridad dolorosa en la que cree que se va a ahogar, sí, seguro; si mantiene los ojos cerrados, el nudo y el enano la van a ahogar y se va a hundir no sabe dónde, en un lugar profundo y húmedo del que nadie va a ser capaz de sacarla porque nadie sabe que está allí. Así que decide abrirlos, porque el mundo de fuera le da menos miedo que el de dentro. Observa a la gente pasear. Su madre le dijo que en estos casos había que mirar al exterior. No hay mucha gente en el exterior. Intenta respirar. Decide hacer una lista de las cosas que ve: ve a una pareja corriendo, intenta respirar; un hombre paseando a un bebé gordísimo en un carro, intenta respirar; un anciano con un andador y una mujer de uniforme a su lado, intenta respirar; dos policías a caballo, intenta respirar; uno en bici, no puede. Cree que no va a respirar nunca más en su vida y que se va a morir en el parque del Retiro. Piensa que igual si se muere irá al mismo sitio en el que está su madre y quizá eso no sea tan malo. Quizá allí esté menos sola. El enano aprieta más el nudo, qué fuerte está el enano, por qué será tan malo, por qué le hará estas cosas; Begoña no se acuerda del día que llegó el enano, y se enfada, se enfada porque no quiere que un enano manipulador decida si se tiene que morir o no. Empieza a caer el sol. Mira a los árboles, mira las copas de los castaños y de los plátanos. Siente una gota en su nariz. Y luego otra en su frente. Y luego otra en su brazo y en su nariz de nuevo y en su cabeza, y se ha puesto a llover. Begoña no tiene tiempo de pensar en su nudo, ni en respirar, ni en nada, porque el agua empieza a caer del cielo como quien vacía el cubo de la fregona, así que Begoña agarra sus cosas y corre. Corre fuera del parque y se refugia bajo una parada de autobús de la calle Alfonso XII. Le llega un mensaje al teléfono: «tía, te importa si voy un rato con estos a casa?? nada en plan tranqui una cena que tenemos que hablar del musical y en plan ensayar». Begoña no entiende que es «en plan ensayar», pero sí entiende que su casa va a estar llena de gente bebiendo y fumando en el salón y poniendo una música que no ha escuchado nunca, pero que ya sabe que no le va a gustar y lo último que quiere ahora es ver a esa gente. Contesta: «claro, sin problema!!». Mira los autobuses y la gente que corre a refugiarse de la lluvia. A su lado, en la parada, hay una señora mayor. Están sentadas una junto a la otra, y la señora mira tranquilamente el asfalto mojado. Bonita, mírame cuándo pasa el 19, hazme el favor, pide la señora. Begoña duda un momento y la señora la mira inquisitiva. ¿Lo miras o qué? Sí, usted perdone. La petición de la señora y la lluvia y las ideas de bombero de Rita parecen haber distraído al enano. Menos mal. La señora le da las gracias y le ofrece un caramelo para la garganta. Estos meses, dice la señora, una se pone mala por poco previsora, como tú, que vas poco abrigada, pero perdóname, bonita, que parezco tu abuela y ni te conozco. Llega el 19 y la señora se monta muy contenta. Begoña mira su teléfono y, aunque en la escala del uno al diez le da por lo menos un siete de miedo, decide llamar a sus abuelas.

La abuela coge el teléfono al primer tono. Hola, rica, qué bien que me llames, qué ilusión, ¿ya estás en Madrid? ¿Ya estás instalada? Me dijo tu padre que tenías un piso en el centro. Pues muy bien. Aunque yo tengo muchísimo sitio en casa, podrías haberte venido, pero, bueno, tu padre prefiere gastarse el dinero, así que allá él. Nunca se le ha dado bien el dinero. ¿Y ya has empezado las clases? Qué bien que me llames, justo estoy ahora con la tía Marisol, que hemos cogido una mesa en el Vips de Gran Vía, que nos gusta muchísimo porque llegamos muy fácil con el autobús. Nos subimos en Moncloa y nos da la vuelta y llegamos. ¿Te quieres venir? ¿Has merendado? Ya casi merienda cena. Estamos al lado de tu casa. Coge paraguas que están cayendo chuzos de punta. Te esperamos aquí. Marisol acaba de pedir dos cervezas. Y cuelga.

Aparece el autobús y Begoña se sube. Llega al Vips de Gran Vía media hora después. Las abuelas están sentadas en la mesa de la ventana y hacen aspavientos cuando la ven por la calle. Entra completamente calada en el restaurante. Pero cómo te has puesto, menuda tromba de agua te ha caído, y qué cargada vas, para qué traes tanta cosa, luego se te hace una contractura de bigote, con lo joven que eres, la recibe la abuela. Hola, dice Begoña. Siéntate, bonita, dice la tía Marisol, cuánto tiempo. Ahora viene esta chica tan simpática que nos toma la comanda. Nosotras ya nos hemos pedido dos cervezas, añade la abuela, esta es la segunda. Como no tenemos que conducir. ¿Tú quieres una cerveza? Yo no bebo, dice

Begoña. Pues mejor, que engorda, dice Marisol, pídete lo que quieras. Qué guapa estás, dice la abuela, ese pelito te queda muy bien. A tu madre la melenita corta también *la* quedaba muy bien, tenéis la carita así redonda y la melenita favorece. Una pena que tengáis el cuello corto, añade Marisol, siempre lo habéis tenido, y bebe de su cerveza dejando un bigote blanco sobre el labio superior que se retira con la lengua con bastante habilidad. Pero no se nota casi, dice la abuela, que también bebe y también se queda con bigote blanco, pero no se lo quita con tanta habilidad. Muy guapas de cara, eso sí, puntualiza la tía Marisol. Begoña observa a las dos señoras mientras hablan. No son muy altas. Están bastante gordas las dos. La abuela tiene el pelo cano, aunque con trozos oscuros, corto, pesado, se le pega a la cara y se lo aparta con las manos. Sus ojos son verdes pero también pardos y tienen unas pintitas marrones y piensa que son dos rodajas de kiwi, y eso le gusta. Marisol, en cambio, tiene el pelo totalmente blanco y lo lleva muy peinado, con laca y ahuecado, unas ondas, parece una muñeca. Marisol lleva sombra de ojos azul y los labios rojos. La abuela tiene tres cadenitas doradas al cuello. Una con la letra A, otra con una palabra en árabe, y otra con unos eslabones de nácar de diferentes colores. Las cadenitas se mezclan con las arrugas y las manchas de la piel. La abuela lleva un bolso grandísimo de color caramelo que, según ella, pesa como un mal matrimonio, y Marisol lleva un pañuelo de colores anudado al cuello. La abuela lleva gafas y Marisol no, porque la operaron de cataratas y ahora ve fenomenal.

Hemos pedido croquetitas, que es lo que pide Marisol cuando viene con los del coro. Somos muchos, porque también vienen los de pulso y púa, añade Marisol, ya te los presentaré. Todos no venimos al Vips, solo con los que mejor me llevo, claro. ¿En El Espinar hay Vips?, pregunta la abuela. A nosotras nos gustaba Nebraska, que daban unas tostadas con mantequilla de rechupete, pero ya no existe. Igual han puesto otro Vips, dice Marisol. Las abuelas no pronuncian la P de Vips así que suena *vis vis vis* cada vez que lo dicen, como dos abejas zumbando y bebiendo cerveza. Y esa carrera tan difícil, ¿sois muchos? Tu madre también eligió una carrera difícil pero bonita, claro que acabó de maestra, porque estudiando eso solo se puede acabar de maestra, que no está mal, ser maestra, digo. Yo creo que lo que ella quería era escribir, fíjate, pero nunca se animó. Anda, anda, dice Marisol, si tu hija hubiese querido escribir, hubiera escrito. Con lo lista que era. Pero en el instituto no la dejaban ni respirar. Son muy burros los chavales. Menos tú, puntualiza la abuela señalando a Begoña, por si quedase alguna duda. ¿Y tú? ¿También vas a escribir?, pregunta Marisol. No, responde Begoña. Pues bien bonito lo que escribiste para el funeral de tu madre, te quedó muy bien, me lo dijo todo el mundo, dice la abuela, yo tengo una copia en mi casa, a veces la leo, está donde los mandos de la tele. Era también un poco divertido, ¿no? Que es una cosa muy difícil, porque estábamos todos hechos polvo, qué mala pata, hija, cada vez que me acuerdo. Me acuerdo todos los días. Pero la niña escribió bien, interrumpe Marisol, porque es verdad que su madre era muy pesada con las palabras. Mi hija no era pesada, corta la abuela. Bueno, con las palabras un poco, dice Begoña, lo de funeral y entierro, por ejemplo, que decía que no lo decíamos bien, que decíamos lo que dicen los americanos, por las películas. Eso digo yo, dice Marisol, y bebe su cerveza que increíblemente ya está por la mitad. Mi hija jamás en la vida dijo nada ni de funerales ni de entierros ni de nada, nunca discutía, era muy cariñosa, me llevaba en coche y me hacía la compra, que a ver cuándo me has hecho tú la compra, bonita, recrimina la abuela a Marisol, y apura su cerveza. ¿Yo? ¿Y yo por qué te voy a hacer la compra?

Antes de que puedan discutir, llegan las croquetas, y las abuelas se ponen muy contentas. Le dicen a la camarera lo guapa que está, le preguntan por sus niños, por su marido, la camarera es amable; Begoña está incomodísima, porque una de las cosas que más odia en el mundo es hablar con desconocidos o que su padre hable con desconocidos como si fueran sus amigos, y las abuelas están haciendo eso mismo, aunque si le preguntan por su familia igual tan desconocidas no son. La camarera se va y Begoña por fin respira. Abuela, dice Begoña. Dime, rica. ¿A vosotras os suena un señor que era quinqui y que lo llamaban Lute? Sí, hombre, dice la tía Marisol, muy famoso, pobre, mató a una niña, y se fugó de la cárcel y no sé qué. Se tiró de un tren cuando tu madre era pequeña, y no se murió ni nada, añade la abuela. Marisol dice: salía en las noticias. La abuela añade: lo escuchábamos por la radio. Marisol sigue: yo trabajaba mucho, pero me acuerdo. La abuela: yo me acuerdo poco. Marisol: hicieron una película. La abuela: con el de *Cuéntame*. Marisol: ¿tú has visto *Cuéntame*? Begoña dice: no. Pobre hombre, dice la abuela. ¿El de *Cuéntame*?, pregunta Marisol. No, mujer, el Lute este. Pero luego salió de la cárcel, dice Marisol, y se hizo abogado o algo así, salía en la televisión. Pero ¿cómo no has visto *Cuéntame*?, pregunta la abuela. Si es muy joven, cómo va a ver *Cuéntame*, interrumpe Marisol. Pues no se lo habrá puesto su padre, que igual en la casa esa tan lejos no tenían ni televisión.

Sí, mujer, se llevaron la que tenían en Moratalaz, dice Marisol. De Moratalaz se llevó todo, se llevó a la niña, y la tele, y el tocadiscos aquel tan bonito, y porque ha venido a estudiar a Madrid, que si no se queda en ese pueblo, que encima es de provincia, y no *la* vemos ya más el pelo. Bueno, bueno, intenta calmar Marisol a su hermana. Ni bueno ni nada, anda que tardó ese pájaro en hacer las maletas cuando se murió mi hija, Dios mío, qué mala pata, de verdad, cada vez que me acuerdo, me acuerdo todos los días. La abuela se calla un momento. Begoña nunca había pensado que su padre era un pájaro. Una losa de hormigón, sí. Un mueble castellano de madera maciza que no se puede mover y no se abren los cajones, también. Pero un pájaro, no. ¿Pedimos un postre?, dice la tía Marisol. O más croquetas, salta la abuela saliendo de su ensimismamiento. Y otra cerveza, Begoña, hija, a ver si ves a la muchacha.

Al final se han comido dos raciones de croquetas y unas tortitas con caramelo y nata que son como más le gustan a Begoña y según la abuela era como más le gustaban a su madre, pero según la tía Marisol, no. Ahí han estado un buen rato discutiendo. Y Begoña, de repente, mientras sus abuelas se enzarzaban en una discusión nimia y grave y ruidosa a la vez, en la mesa de la ventana del Vips de Gran Vía, se ha sentido bien.

quinqui.
quincalla.
vagos y maleantes.
chabola.
salamanca.
españa.
las hurdes extremadura.
cabras.
tren.
merchero.
gitano.
payo.
merchero.
merchero.
merchero.

El historial de búsqueda produce placer a Begoña porque es una lista ordenada de conceptos relacionados con el joven de la portada del que cada vez sabe más cosas. Quizá cuanto más sepa, menos miedo tenga. Aunque el joven del brazo en cabestrillo jamás le he producido temor, siempre curiosidad. A veces le inquieta enfrentarse a las cosas menos inquietantes del mundo. Como pedirle a Rita que baje la basura, porque lo lleva haciendo ella desde que llegó, o decirle a una en el supermercado que se ha colado, o preguntar por los apuntes a alguien de «Pensamiento alemán y su apropiación en España», porque ella estuvo encerrada con los frikis del teatro durante la primera clase. Lo que no le da miedo es enchufar el portátil, ponerse los cascos para silenciar el ruido de Rita y sus amigos, que están ocupando el salón casi todos los días ensayando eso de *Chicago-Chiclana*. Mira, yo soy de Sevilla, le repitió Rita un día, pero, en cuanto pude, me fui, claro, porque yo quiero ser actriz. Está bien irse, tú también te has ido. Ese día Begoña se vio acorralada en la cocina y tuvo que tomarse un café con Rita. ¿Te importa si fumo?, le preguntó mientras se encendía un cigarro. Sevilla es bonito, pero es todo feria feria feria y Semana Santa; aquí por lo menos hay vida, cultura, a mí me encanta la cultura, el cine clásico; ¿has visto *Gilda*? ¿Sabes cuando se agacha y levanta la cabeza y todo el pelo le rodea la cara como una nube? Es que me encanta *Gilda*, me encanta la Hayworth, qué guapa es, ¿te parece guapa?, le preguntó mientras le enseñaba una foto con el teléfono y en la otra hacía equilibrios con la ceniza del cigarro que Begoña sabía que acabaría precipitándose sobre el suelo y que sería ella la que tendría que barrerla. Miró la foto de esa actriz antigua, y, sí, le pareció guapa, muy guapa, pero más guapa le pareció Rita, su compañera de piso, hablando tan rápido, y claro, se puso nerviosa y tuvo que decir algo como: tengo que estudiar, y salió disparada hacia su habitación donde se sintió tonta del bote. Y allí es donde se refugia casi todo el rato, en su habitación cuadrada y propia, donde vuelve a buscar al quinqui de la portada en internet que ya ha aprendido que se llama Eleuterio Sánchez.

Begoña aprende las siguientes cosas:

1. Eleuterio no sabía leer ni escribir.
2. Eleuterio nació en Salamanca en 1942.
3. Vivía con su padre, su madre, y sus siete hermanos.
4. Eleuterio era merchero, que es un grupo étnico caracterizado por su naturaleza nómada. Se parecen a los gitanos, pero no comparten el mismo origen. Se cree que son una mezcla entre padre gitano y madre paya. También se los caracteriza por su oficio que tiene que ver con la chatarra. No le queda muy claro qué es un merchero, aunque se mete en el blog *Mundo Merchero* y lo lee a fondo.
5. Eleuterio vivía con su mujer Chelito en una chabola, que es una casa chiquitita hecha con las manos con cosas que te encuentras por la calle.
6. Los gitanos y los quinquis vivían en chabolas.
7. Quinqui viene de quincallero que viene de quincalla.
8. Quincalla es chatarra y tiene que ver con lo del oficio: los quincalleros te arreglan las cazuelas y las ollas y las sartenes. O te las arreglaban. Hoy en día Begoña investiga y no parece que haya quincalleros ni quincalleras.
9. No es bueno ser un quinqui. O que te llamen quinqui. A los mercheros los llaman quinquis despectivamente.
10. Eleuterio fue muy famoso, tan famoso, que Boney M, ese grupo alemán que a su madre le gustaba tanto, le hizo una canción.

Begoña escucha la canción. Mira una grabación de la canción en un programa de televisión en 1979. El vídeo empieza con un narrador con acentazo americano, pronunciando mucho las erres y abriendo mucho algunos sonidos vocales como el *ai* de *wild,* diciendo en inglés que si ésta es la historia del Lute, que si lo cazaban como un animal salvaje (de ahí lo de *wild*), y sobre todo que Eleuterio se negó a aceptar ese destino y que nunca se rindió. Algo así. Está cautivada por la voz y los coros que empiezan a sonar por debajo, también por los músicos que tan claramente no están tocando y aguantan las flautas traveseras cerca de su boca, pero ni mueven los dedos ni nada. Le da un poco de risa. Los Boney M son cuatro, tres mujeres y un hombre, vestidos con túnicas blancas que parecen griegos, se mecen de lado a lado cantando que Eleuterio tenía solo diecinueve años cuando le condenaron a muerte. Apunta para buscar eso más adelante. Los rodea una banda numerosa y silenciosa vestida de colores estrafalarios, también con túnicas, unos atuendos que Begoña no entiende, pero que un poco le encantan. De fondo, palmeras rojas. Los Boney M cantan que a Eleuterio lo persiguieron por toda España. Apunta para buscarlo luego, sus abuelas también dijeron que se había escapado. Boney M canta que Eleuterio aprendió a leer y a escribir él solo. Apunta más para luego. Boney M canta que nadie tenía una oportunidad en la España de esos días, también canta que no se podía ser libre; a Begoña le parecen un poco obvias estas frases, pero se las permite por las túnicas locas. Sabe un poco de «la España de esos días», por los libros, por su madre. Tampoco ha pensado mucho en «la España de esos días». Hasta hoy. Boney M canta que a Eleuterio lo cazaron en vano, porque vino un cambio para España, y la canción se vuelve un poco más alegre, o eso le parece a Begoña, aunque la melodía es la misma.

Abre otra pestaña y busca los libros de Eleuterio Sánchez en su libro electrónico, y sin consultarle a su padre, que es el dueño de la cuenta y de la tarjeta de crédito, se compra los cuatro disponibles. Empieza por el principio, porque Begoña es muy ordenada. *Camina o revienta* se llama el libro. Empieza a leer y ya no le importan Rita ni sus amigos ni la música ni los ruidos posibles del centro de Madrid. Lo que la cautiva de ese hombre es la disonancia de lo que dicen en los periódicos, la cara que sale en las fotos y lo que pone en el libro. Le fascina la distancia entre lo que dice Eleuterio de sí mismo y lo que dicen los demás. Y, sobre todo, sobre todo, le fascina que un hombre tan joven, apenas unos años mayor que ella, en un tiempo no muy lejano, viviese una vida tan diferente. Y que se atreviese a hacer tantísimas cosas tan peligrosas. Y que viviese una vida tan plena, no en la acepción quizá de plenitud como felicidad (que Begoña espera que también), sino de abundancia de sucesos, de eventos, de experiencias, malas, horribles algunas, realmente atroces y crueles, experiencias que ella no querría vivir, experiencias contra las que Eleuterio se rebeló o simplemente no aceptó. Y aun así, se va dando cuenta, o en alguna parte de su cuerpo se da cuenta, aunque su cerebro o su conciencia no lo sepan aún, de que Eleuterio no se rindió nunca, siguió y siguió, pero eso Begoña no lo sabrá hasta más adelante.

La línea 6 del metro cada vez da más problemas y Begoña no quiere llegar tarde a, esta vez sí, su primera clase de «Pensamiento alemán y su apropiación en España», así que corre por los pasillos de la facultad. Corre y no mira y se choca. Se choca con una mujer joven bastante alta, con la cara ancha y los ojos ligeramente separados, que su padre siempre ha dicho que son signo de inteligencia. Los ojos ligeramente separados de la mujer son oscuros, y su pelo rizado es oscuro, y su piel muy blanca, y el contraste la hace más blanca, y su cara redonda parece una luna, y eso está pensando y no escucha lo que la mujer le dice. Que si estás bien. Begoña reacciona. Sí, sí, es que, «Pensamiento alemán y su apropiación en España» ¿es aquí? No, dice la mujer, aquí es el club de teatro. Begoña piensa que es idiota, que cómo se puede equivocar dos veces, que tampoco es tan grande el edificio, que va a llegar tarde, pero antes de que pueda irse, la mujer con cara de luna dice: ¿Tú eres Begoña? Mira la cara de luna y solo dice: sí. Me parecía; me dijo la directora que había una chica nueva que tenía dudas, pero que tenía un perfil estupendo. Begoña piensa: la luna dice que tengo un perfil estupendo. La mujer sigue: he deducido que eras tú. Soy Alma, la doctoranda.

Alma la doctoranda Alma la doctoranda Alma la doctoranda Alma Alma Alma. Ese nombre suena como una canción, suena como las flautas traveseras de Boney M, no, no, suena como el mar, suena como un balancín, suena como las olas del mar meciéndose, el sonido de la ele chocando contra el de la eme, la belleza de la a, que es la primera vocal, la primera letra, el origen de todo. Alma alma alma alma alma.

¿Pasas?

Quería ir a «Pensamiento alemán y su apropiación en España», pero las olas de Alma la empujan al club de teatro, y solo dice: sí. Es como si conociese a Alma la doctoranda de toda la vida, el enano está contentísimo con esta decisión, y Begoña también. Hay algo en la mujer joven —no mucho mayor que ella, no sabe muy bien calcular las edades, pero esa doctoranda no debe de llegar a los treinta—, hay algo en su cara de luna y sus ojos separados que inspira una confianza casi absoluta en ella. Entra y todas las cabezas se vuelven. Ve al que se llama Chema y no se sienta a su lado. Se sienta en una esquina y se queda quieta como una galleta. Hoy estamos nosotras, empieza Alma, así que vamos a empezar, la profesora Pinto no va a poder venir a todos los ensayos, así que ha delegado en mí. Algunos ya me conocéis, pero, por si acaso, me presento. Soy Alma, doctoranda en estudios teatrales, mi tesis está orientada hacia la escritura de la memoria y el teatro verbatim, ¿sabéis lo que es? Begoña tiene ganas de levantar la mano, y el enano se sorprende, porque Begoña no tiene ni idea de lo que es el verbatim ni de cómo se escribe la memoria ni nada. Bueno, sigue Alma, ya lo investigaremos, puede sernos muy útil. Hoy había que traer personas, personajes para nuestra obra. ¿Quién empieza? El que se llama Chema empieza: yo había pensado que podíamos hacerla de Marcelino Camacho y de las Comisiones Obreras y todo eso. Chema estudia políticas y casi siempre está en el campus de Somosaguas. Qué murga tienes con Camacho, Chema, dice la chicachico que tiene el pelo corto como Peter Pan, yo creo que hay que hacer una mujer, Elena Fortún. O Margarita Salas, añade otra. De Elena Fortún ya se ha hecho una obra el año pasado. En la Abadía, dice Chema. ¿Y tú cómo sabes esas cosas?, dice la que se parece a Peter Pan. Porque fuimos juntos, bocazas. ¿Y si la hacemos de algún decano?, dice bajito uno con bigote. Qué pelota eres, empiezan a decir todas, y el del bigote se calla. O de la Residencia de Estudiantes. O de Ferrán Adriá, o de los Morancos, o de Gracita Morales, o de Garbiñe Muguruza, o de Ana Belén, o de la chica esa de *Operación Triunfo* que la llamaban gorda pero no estaba gorda, no estaba gorda, qué dices, eso es gordofobia, la Complu es inclusiva, odio la palabra «inclusividad», es superproblemática, que yo no digo que estuviera gorda, que lo decía la gente, la gente eres tú, yo no había nacido, a mí qué me cuentas, y si lo hacemos de Comisiones Obreras, Chema por favor, es que Camacho tiene mucho tirón y, y dale molino, yo quiero hacerlo de Pablo Motos, qué horror, o del de La Sexta de las gafas, o de, o de, o de.

Todas hablan a la vez y las observa, y Alma la doctoranda las observa y la observa observando y dice: Begoña, ¿tú que habías pensado? Y las cabezas se vuelven a girar hacia ella y Begoña piensa: odio las cabezas. Se callan. Alma mira a Begoña y Begoña empieza: bueno. A ver. Yo. A ver. No he pensado nada. Pero. Un poco. Le cuesta que salgan las palabras, pero, no sabe por qué, quizá sea la cara de luna, la palabra memoria, la merienda cena con las abuelas, esa facultad, el enano, el fantasma de su madre. Algo hace que le den ganas de hablar de Eleuterio y dice: he encontrado a un señor. Peter Pan resopla. No, sigue Begoña, pero es que, dejadme que os cuente: había una vez, hace no mucho tiempo, más o menos cuando nació mi abuela, un chico que se llamaba Eleuterio. Eleuterio nació cuatro años después que mi abuela y creció en una gran familia de nómadas: tenía un padre, una madre, y cinco hermanos que luego fueron seis y luego siete. Las cabezas la miran atentísimas y sigue hablando. Hay algo en la mirada de Alma que le da unas fuerzas que no sabía que tenía. El enano se anima, pero se anima bien, no como cuando tenía que hacer presentaciones en clase de Historia del Arte con Javiera, el enano tiene ganas de convertirse en gigante. Reconoce que hay algo en la historia de Eleuterio, tan diferente a la suya, tan lejana y a la vez tan dentro de ella, que tiene que salir. Simplemente tiene que salir. Salir de sus apuntes, de su libro electrónico, de su cabeza. Alma la doctoranda la mira y asiente. Sigue hablando.

A ver, que tampoco os voy a contar la historia de Eleuterio desde el principio, porque no me quiero enrollar, y si eso mejor contaros la historia que le hizo famoso en toda España, y luego en todo el mundo, famoso internacionalmente, tan famoso que Boney M le hizo una canción, un temazo. Lo escuché en mi casa anoche, si queréis os lo paso, es un poco loco pero es divertido. Yo sí creo que es un temazo. Que yo no sé de temazos ni de nada, pero. Begoña, coge aire, tranquila, parece decir el enano, sigue, sigue, sigue, Begoña. Pero eso fue mucho más adelante, quiero decir, después de la cárcel y todo, y aunque no os voy a contar la historia desde el principio, tampoco os voy a contar el final, o el presente. Es que no sé cómo acaba. Mira la cara de luna. Sigue hablando y las palabras salen limpias y de seguido de su boca y de su cabeza, como si no costase, como si fuese una historia vieja que lleva enterrada en su cuerpo mucho tiempo y que ahora por fin sale, una historia que tenía ganas de salir, y les cuenta lo de los mercheros y los quinquis y la chabola y Chelito y los nómadas y la pobreza y ser analfabeto. Sigue, dice el enano, cuéntales más. Pero, a ver, lo que le hizo famoso es que se escapó de la cárcel. Se fugó. Varias veces. Una tirándose de un tren en marcha. Otra de un penal del que era dificilísimo escaparse. Y luego lo encerraron otra vez, y allí ya con unos veinticinco años aprendió a leer y a escribir. Y se hizo abogado. Y cuando salió de la cárcel.

Chema la interrumpe: pero ¿era un criminal? No, a ver. Robaba gallinas. Tenía hambre. Como Robin Hood, dice la que se parece a Peter Pan. Bueno. O sea, que lo encerraron. Lo condenaron a muerte y luego a cadena perpetua. Voces, murmullos. ¿Por robar gallinas?, pregunta el del bigote. No, bueno. Mira a Alma y Alma sonríe, ¡ha sonreído! Begoña casi se despista y se enfada consigo misma, porque qué es esto de que cada vez que una mujer joven le sonríe ella se despiste y se le vaya la cabeza. Céntrate, dice el enano, tienes que seguir. ¿Os lo cuento? Y las cabezas dicen: sí.

Eleuterio y Chelito tenían un niño, empieza de nuevo, Eleuterio y Chelito eran pobres como las ratas, pobres como los quinquis. Vivían en Madrid como por El Pozo del Tío Raimundo, o por ahí, en un poblado de chabolas, como en el tercer mundo, pero cerca de Chamartín, creo. No sé. Luego lo miro, tenemos que documentarnos. Un día, cuando el niño lloraba y lloraba y tenía hambre y hambre y Eleuterio se preocupaba y preocupaba, Medrano y Agudo, los vecinos de Eleuterio, que tenían su edad, o sea, nuestra edad, vinieron y dijeron: escucha, nosotros también tenemos hambre y tenemos una idea. Hay una joyería en Bravo Murillo que se queda vacía a la hora de comer. Va a ser facilísimo, unas pulseritas de plata, unos anillos de oro. Entrar y salir. El plan era llegar en la moto de Agudo, lanzar un ladrillo para reventar el escaparate y llenarse los bolsillos con tantas joyas como pudieran. Resulta que la joyería estaba cerrada, así que buscaron otra, cogieron el ladrillo, reventaron el escaparate y ADIÓS, unas personas salieron de la tienda. Agudo tenía una pistola vieja, y cuando vio salir al guardia, disparó, PAM, añade Begoña para darle más efecto, solo para asustarle, pero disparó, y la bala, PAM, vuelve a añadir porque ve que la primera vez ha funcionado, fue directa al pulmón del guardia y el guardia murió *ipso facto*. ¿Lo mató?, pregunta Chema. Calla y así te enteras, le dice la de Peter Pan, no ves que lo está contando. Begoña sigue. Y Eleuterio, justo al lado de Agudo, aterrorizado, no había sido capaz de coger ni un anillo, empezó a correr y a correr y a correr Bravo Murillo abajo, abajo y abajo, y la policía corría tras él, y él zigzagueó entre la gente de la calle, los policías gritando: «¡DETENGAN A ESE HOMBRE!». Begoña se ha puesto de pie y con cada repetición, cada vez que dice la palabra correr, es más grande, siente su cuerpo elevarse, siente que ve a sus compañeras desde arriba, que son ahora ellas las enanitas, escuchando su cuento, y ella, ella quizá pueda ser giganta, no se había sentido giganta nunca, Dios mío, qué es esto, Begoña casi tiembla y sigue contando el cuento:

Nadie detuvo a Eleuterio que corrió como alma que lleva el diablo (ah, cómo le ha gustado siempre esa expresión a Begoña, qué maravilla poder usarla), las balas tan cerca casi tocándole casi acariciándole. Era una persecución solo vista en películas, en películas americanas, películas de gánsteres, películas de bandidos, puro Hollywood en el centro de Madrid. Los ojos de las enanitas brillan y la cara de luna brilla. Pero no era Hollywood, era la vida real, porque Eleuterio es una persona de verdad y no alguien que me he inventado, y la policía volvió a gritar ya casi llegando al Canal de Isabel II «¡DETENGAN A ESE HOMBRE!». Yo no he estado en Bravo Murillo en mi vida, dice el del bigote, y todos le mandan callar. Tienes que seguir, Begoña, dice su enano y dicen los ojos de Alma; Begoña nota la garganta casi seca de hablar, nunca jamás le había pasado, quizá de nervios, quizá de una manera que le impedía hablar, pero esta vez es al contrario, se le seca la boca de hablar tanto. Begoña sigue: Eleuterio corrió tan pero tan rápido que no se dio cuenta de que se le habían desatado los cordones y uno de ellos se enganchó y se enredó y Eleuterio se tropezó y el zapato se quedó atrás, y Eleuterio siguió corriendo y corriendo con un pie descalzo. Qué putada, dice el del bigote, y todos le mandan callar otra vez. Begoña sigue: una de las balas que la policía disparó, porque la policía disparaba todo el rato, una de las balas rebotó en un SEAT 600. Qué mala suerte, qué espantosamente desafortunado, la bala que la policía disparó rebotó en un SEAT 600 y fue directa al corazón de una niña de ocho años que se llamaba Raquel.

El del bigote no dice nada. Nadie dice nada. Begoña siente cómo ha cambiado el ambiente, cómo los ojos y las manos y las frentes de sus compañeras han cambiado. Begoña sabe que le queda poco cuento, pero Begoña lo va a terminar, se lo dice el enano: Begoña, tienes que seguir, casi has llegado. Así que Begoña cuenta: Eleuterio no supo de la muerte de Raquel hasta que lo cogieron, y lo llevaron al juzgado, y cuando le sacaron del coche de policía la gente gritaba cosas como canalla, sinvergüenza, asesino, sobre todo asesino.

Begoña termina y se da cuenta de que está de pie y de que lleva hablando muchísimo rato y que todo el grupo la está mirando con la boca abierta y que Alma la doctoranda sonríe muchísimo. Begoña se pone roja y le gustaría desaparecer y piensa: soy idiota, para qué abro la boca, para qué me meto aquí, para qué sigo a la cara de luna. Se sienta de golpe e intenta esconderse, menuda tontería, le dice el enano, ahora te vas a esconder, menudo *show* has hecho, guapa, ahora la friki eres tú, ya te vale. A Begoña la agota que el enano un día sea su amigo y otro su peor enemigo. Da igual, dice Begoña, es solo algo que he leído en internet, yo me voy. Pero, vamos a ver, dice la que se parece a Peter Pan, entonces, ¿este tío no hizo nada? Las compañeras no hacen caso a ese último comentario y se ponen todas a hablar. Nada, nada, no, contesta el del bigote, planeó un atraco. Pero que les salió mal, dice el que se llama Chema. Si no cogieron nada, dice otro. Pero murieron dos personas, dice el del bigote. Que no las mató él, no te has enterado, él no tenía arma ni nada, dice Peter Pan. Y luego, ¿qué pasó?, pregunta el que se llama Chema. Begoña se da cuenta de que el que se llama Chema se lo está preguntando a ella. Begoña se había levantado, pero esta vez para irse, para irse por segunda vez de esa aula y de ese grupo. Sin embargo, se da cuenta de que esta hazaña, que en la escala de miedo sería un 10/10, la ha hecho sin pestañear. Está cansada y aturdida, pero sorprendentemente contenta. Alma pregunta, ¿qué pasó después, Begoña? Y cuando escucha su nombre en la boca de Alma, dicho con sus tres sílabas, su be redonda y la ge que rebota en la garganta y hasta la eñe que siempre le ha parecido tan fea, cuando escucha esos sonidos consonantes en la voz y en la boca de Alma la doctoranda, Begoña decide contestar. Bueno, dice, después pasó lo del tren y, muchas cosas, a este hombre siempre le pasaban muchas cosas. ¿Nos lo cuentas?, piden varios expectantes. Mira a Alma la doctoranda y Alma dice: creo que tenemos a nuestro protagonista, ¿no? Sí, sí, dicen todos. ¿Cómo dices que se llamaba? Eleuterio, dice Begoña. Eleuterio Sánchez.

«Tierra, esto tus frutos nos dio; sol, esto tu luz maduró; sol y tierra bien amados nunca seréis olvidados», decían antes de merendar en el jardín de infancia de Begoña. Su abuela no dice nada antes de comer. Igual dice: que aproveche, pero Begoña sabe que eso es de mala educación porque un día se lo dijo Javiera. Si dices «que aproveche», la otra persona tiene que responderte con la boca llena, que es una vulgaridad, dijo Javiera, además, el provecho o el provechito es el eructo de los bebés. Un asco. No digas nada. Javiera sabía muchas cosas de ese estilo. Begoña no dice «que aproveche», ni ahora ni antes ni nunca. Su abuela después de comer dice: ya hemos comido, gracias a Dios, cuándo cenaremos, válgame Dios.

La abuela ha invitado a Begoña y a la tía Marisol a comer el domingo en su casa. Hace cocido madrileño que lleva garbanzos, repollo, zanahoria, patata (Begoña, sírvete una patatita que ha cogido todo el sabor del caldo y está muy rica, muy rica) pollo, jamón, chorizo (muy poco), morcilla (de Burgos) y tocino fresco que la tía Marisol se come con pan mientras dice: qué rico. Todo está rico. ¿Quieres vino? pregunta la abuela. No, gracias, abuela, yo no bebo. Tú sabrás. Es Rioja, este sale muy bien de precio, la gente ya no pide Rioja, solo Ribera, la gente joven, se está perdiendo el Rioja y es una pena, dice la abuela. Luego dice: hazle otra *pringaeta* a la niña, que tiene muy buen tipo y no pasa nada. La niña es Begoña. La que tiene que hacer la *pringaeta* es la tía Marisol. Yo no he dicho que tenga mal tipo la niña, dice Marisol con un trozo de pollo pinchado en el tenedor. Pues házsela, insiste la abuela. Déjala, que igual no quiere. Es que no le dejas probar el tocino. Ya he probado el tocino, abuela, intenta apaciguar Begoña, muy rico. Es fresco, dice la tía, que ahora mezcla los garbanzos con la sopa. Marisol, si te lo comes todo tú, te vas a poner como un tonel. Ya estoy como un tonel, zanja Marisol, levantando levemente su copa de vino. Salud. La abuela dice: yo esta noche no ceno. Luego recula: bueno, si eso, un vaso de leche y un bollito. La abuela también dice, con un trozo de pan con mucha miga en la mano: más vale una vuelta aquí que ciento a la plaza. Aquí es el plato y la plaza es la plaza de un pueblo o de una ciudad.

Mientras Begoña ayuda a su abuela a preparar el postre (melocotones en almíbar con nata y un poquito de helado, que era como los preparaba la madre de Begoña), le entran muchas ganas de preguntar por Eleuterio. Abuela, pero la abuela no hace caso. Llévale esto a la tía Marisol y le preguntas si va a querer café o mejor luego con la película. Abuela. Estoy sudando como un pollo, dice su abuela, y le da una bandeja cargada con el postre. Begoña coge la bandeja y va al comedor. La casa de la abuela es bastante oscura. Tiene unos techos altos y unas paredes cargadas de cuadros. Un señor y una señora chinos o japoneses. A la señora se le ven las tetas, y a Begoña eso siempre la ha inquietado. También hay un cuadro muy grande encima de la televisión, una armadura, un caballero medieval, sentado, con un montón de objetos a su alrededor. El casco tiene unos pinchos que le salen del centro y le hacen parecer un rinoceronte, también tiene unos dientes afilados de cocodrilo o de tiburón. Es un gigante caballero, gordo. A Begoña siempre le ha dado miedo. Las tetas de la señora asiática no le daban miedo. El gigante caballero mucho. También hay fotos de la abuela de joven con unos vestidos muy largos y muy elegantes, y unas fotos de la abuela con el abuelo y la madre. La madre debía de tener entonces la edad que tiene ahora Begoña. Begoña se queda mirándolas. La tía Marisol dice: tu madre debía de tener tu edad. Son dos fotos casi idénticas. Sentados en el jardín de casa de la abuela. En la primera sonríen, tranquilos aunque un poco tensos. En la segunda se mueren de risa, los ojos cerrados, las bocas abiertas. Era para el intercambio de los alemanes, uno que hizo tu madre durante BUP, muy pesada estaba ella con Alemania, pobre, le gustaba mucho; un día con doce años me dijo que le diese dinero para apuntarse a clases, fíjate tú, una niña, y se lo di, dice la abuela que acaba de aparecer por detrás, la abuela es leísta y laísta a la vez, algo que a Begoña le parece sorprendente. La abuela sigue contando: el gato saltó encima de mí, ahí, al regazo, nos dio un susto de bigote, pero qué risa. ¿Cuál mandasteis?, pregunta Begoña. La abuela no le hace ni caso y pregunta: ¿vais a querer el cafelito ahora o luego? Begoña ya sabía que a su madre le gustaba Alemania, pero no que había ido de intercambio, tampoco había visto esas fotos nunca. Realmente Begoña no se parece nada a su madre. Marisol dice: tú es que has salido igualita igualita a tu padre. En lo de la bici no, menos mal, eres así lectorcita como tu madre, pero en la cara, vamos, no hay duda. ¿A ti te parecía bien lo del alemán, abuela? La abuela se sienta y dice: no me parecía ni bien ni mal, tu madre quería estudiar, y yo *la* decía que estudiar era muy importante, yo es que fui muy poco al colegio, ¿sabes? No, no sé, dice Begoña, porque realmente no sabe casi nada ni de su madre ni de sus abuelas ni de su abuelo. ¿Al abuelo le parecía bien? La abuela come melocotones y parece que no escucha, que quizá son los audífonos o una audición selectiva que Begoña sabe que les pasa a veces a los viejos. Begoña no se rinde. Abuela, el abuelo ¿fue al colegio? Sí, señora, mi marido sí, mi marido empezó la carrera de químicas que era dificilísima. Muy guapo era tu abuelo, interviene la tía Marisol cogiendo su propio postre. Muy guapo, sí, señora, y muy trabajador, la pena es que se le murió el padre, muy joven era, cuarenta años o así, y mi marido, fíjate que acababa de empezar a estudiar, un niño, si es que esta familia. ¿De golpe se murió?, pregunta Begoña. Sí, hija, de golpe. Begoña piensa que en esa familia todos se mueren de golpe. Pero en cuanto empezó a trabajar, y trabajó mucho, cuando vio que su hermano ya iba bien en el colegio y que su madre estaba más tranquila, se volvió a meter a químicas, que bien bonito que es químicas; ¿tú no te querías meter a eso? Begoña mira a su abuela y a su tía Marisol, y dice que nunca lo había pensado.

Yo me voy a poner más helado, dice la tía Marisol. A tu tía Marisol la criaron con leche condensada, por eso es tan golosa, explica la abuela. Nuestra madre tenía mucha leche condensada, no sé por qué, fíjate, en la posguerra, no me acuerdo yo por qué tenía leche condensada, pero la tenía, e iba a cambiarla por harina para las papillas. Yo tenía tres años. A mí, el dulce, de siempre, dice Marisol, echándose más nata. Fíjate, que la leche condensada debía de valer más que la harina, pero vaya *usté* a saber. Vaya *usté* a saber, repite Marisol. ¿Eso en Madrid?, pregunta Begoña. No, en Ávila, dice la tía. Nosotras nacimos en la calle Ave María, somos gatas gatas, que nadie te diga otra cosa, dice la abuela, pero después de la guerra mi padre se fue a Ávila, vaya *usté* a saber. Vaya *usté* a saber no, responde la tía, nuestro padre era un cobarde y ya está. De cobarde nada. Luchó en el bando republicano y luego lo mandaron a Aranjuez a unos campos de trabajo. Y tardaron tres días en llegar a Madrid y eso que iban en tren, defiende la abuela. ¿Llegar, cuándo?, pregunta Begoña. En Aranjuez había un campo de esos de los de Franco de trabajos forzados, explica Marisol. A Madrid vinieron andando. Begoña no sabe dónde está Aranjuez exactamente y pregunta si eso es mucho, pero no le responde nadie. La abuela dice: él reparaba máquinas de escribir, y por eso se fue a Ávila. Marisol contesta: no señora, se fue porque tenía miedo de los nacionales en Madrid. Ay, Marisol, qué pesada te pones, lo sabré yo bien, dice la abuela. Siempre lo cuentas mal y a la niña *la* vas a hacer un lío. Begoña rebaña su tacita de helado. ¿Y os gustaba Ávila? Ni nos gustaba ni no, dice la abuela. Estábamos, y punto, dice Marisol. Luego nos vinimos a trabajar a Madrid y a vivir con nuestra tía Isabel. Y punto. ¿Y ya salía en las noticias lo del Lute? ¿Qué?, dice la abuela. ¿Qué?, dice la tía Marisol. Eleuterio Sánchez, que robó y que, pero sus abuelas no la dejan continuar. Ah, el de las gallinas. Ah, el quinqui. Tendrá mi edad. ¿No se ha muerto ya ese señor? El Lute. Bueno, en las noticias no sé. Eso era después, cuando tú madre era pequeña, dice la abuela. Pon ya el café si quieres, dice Marisol. ¿El abuelo hablaba de Eleuterio?, pregunta Begoña. Qué de preguntas haces, hija, no sé, no me acuerdo, dice la abuela. ¿Vas a poner ya el café o nos *le* tomamos en la calle?, insiste la tía Marisol. Yo a la calle no salgo, dice la abuela. Lo hago yo, dice Begoña. Quita, quita, que no sabes dónde está nada y luego me lo colocas todo donde no es, como las asistentas. La abuela se levanta y la tía Marisol se enciende otro cigarrillo. Marisol, no fumes dentro, pero Marisol no hace caso y ofrece a Begoña, que dice que no con la cabeza. Y ese domingo en casa de la abuela no se habla más ni de Ávila ni de las máquinas de escribir ni mucho menos de Eleuterio.

Vuelve al piso feo con una bola en el estómago y una bolsa del supermercado llena de fiambreras con restos de la comida y un bote de melocotones de almíbar. En el tren de cercanías ha seguido leyendo artículos que salieron en 1965 sobre el caso de Eleuterio en Bravo Murillo. Begoña no puede parar de leer y cada descripción le resulta más impactante que la anterior. Begoña piensa que parece un personaje de esos cuentos que le leía su madre antes de dormir. Estaban todos en un libro violeta, muy gordo, recopilados por un escritor italiano. Los cuentos tenían siempre varias partes, repeticiones, arduas tareas y misiones que los protagonistas tenían que cumplir para alcanzar su objetivo. Protagonistas siempre pobres. Después de mirar la hemeroteca de *ABC*, se mete en el BOE de 1970 a leer la descripción de la Ley de Vagos y Maleantes. Le cuesta encontrarlo en la pantalla diminuta de su teléfono, pero lo encuentra. Dice que la ley nace «impulsada por la necesidad de defender a la sociedad contra determinadas conductas individuales, que sin ser, en general, estrictamente delictivas, entrañan un riesgo para la comunidad». Begoña no entiende qué es «no estrictamente delictiva». Begoña no entiende cómo sus abuelas no han querido hablar de este tema que a ella le cuesta tanto entender y que le parece tan emocionante. No ha oído algo así nunca. ¿Por qué no ha oído algo así nunca? ¿Y por qué las abuelas no le hacen ni caso? O como dirían ellas, ¿no *la* hacen ni caso?

Cuando va a abrir la puerta del piso, oye música y risas y huele el tabaco. Piensa: socorro. Piensa en darse la vuelta y esperar en la calle hasta que se vayan, pero son ya las nueve y media, y le gustaría estar apagando la luz en más o menos una hora para poder dormir y madrugar mucho al día siguiente. Así que se arma de valor y abre la puerta de su piso. Amor, hola, ¿qué tal, dónde estabas, cómo te va? Hace tela que no nos vemos, qué fuerte, y viviendo juntas, ven, que te voy a presentar, avasalla Rita, que lleva un vestido verde que resalta sus ojos miel, y antes de que Begoña se pueda escabullir, la agarra de la mano y la lleva al centro del salón. Allí hay seis, siete, ocho chicas que Begoña no conoce, quizá más, todas con cervezas en una mano y cigarrillos en la otra, una tiene un peta, la ventana está cerrada, a Begoña le pican los ojos, pero siente la mano de Rita en su mano y no se puede mover. Rita empieza a presentar y Begoña no escucha nada porque solo piensa en la mano de Rita que sostiene su mano, ni muy fuerte ni muy flojo, podría irse, podría zafarse, podría correr, pero esa mano en su mano le gusta. Y cuando se da cuenta de que le gusta, la suelta. Rita, por favor, ¿podéis abrir un poco la ventana?, dice con una voz de ratón, que es una voz muy habitual en Begoña. Claro, amor, perdona, no nos hemos dado ni cuenta, abrid, va, que parece esto el *after* de Carol, va. Rita mira a Begoña, ¿has cenado, quieres algo? Estamos haciendo cena, pasta con salchichas y tomate frito, ya ves, estrellas Michelin en esta casa, se ríe, top. ¿Quieres? El aire entra en el salón. El humo se disipa levemente. Begoña mira a Rita y aunque tiene una bola de cocido en el estómago y aunque todas esas chicas le dan un poco de miedo, como un 6 o un 7, se escucha decir con una voz de ratón: vale. Rita se pone contentísima, qué bien, amor, el primer día, la primera vez que cenamos juntas, y con todas estas, estas son las del musical, ¿te acuerdas? *Chicago-Chiclana*, sí, ya verás, son tela buena gente, de verdad. Tía, qué ilusión. Begoña come pasta con tomate frito y salchichas y mucho queso rallado. Habla con unas chicas que no conoce de nada, pero a las que va conociendo. Hace una lista en su cabeza. Sus pueblos, sus padres, sus hermanas, sus pisos en Madrid, sus planes, su grupo favorito, cuándo les bajó la regla, cuántas veces se han emborrachado, qué opinan del fútbol, de la política, del feminismo, del teatro, del cine, de los libros, de las uñas de los pies, de la tortilla de patata, del metro, de la Coca-Cola, de los vapeadores, de la depilación, de la playa, del amor, de la muerte. Se ríe y repite macarrones y cuenta alguna cosa, sobre sus abuelas y sobre sus libros, y habla un poco en alemán, y a todas les gusta mucho. A Rita le gusta mucho. Cuando se da cuenta, son casi las dos de la mañana, pero no le importa porque por primera vez desde que llegó a Madrid, incluso después del cocido y de los macarrones, se siente ligera.

Al día siguiente, entra decidida en el aula del club de teatro. Allí está la doctoranda, pero no ve al que se llama Chema, ni a Peter Pan, ni al del bigote. Ha dormido menos de lo que le gustaría y no le ha dado tiempo a desayunar, pero sí a tomarse tres cafés antes de las diez porque para eso siempre hay tiempo. Begoña vibra, es ahora como sus abuelas abejas en el Vips, zumba, su cuerpo es eléctrico y se siente bastante invencible, que es una cosa muy rara para Begoña. Siempre se ha sentido más cómoda siendo ratón. Siempre, siempre, no. Antes de que se muriera su madre no estaba tan cómoda siendo ratón. Antes era león, o águila, o caballo, esos animales imponentes en los que se transforma el gigante del gato con botas. Con su madre podía ser cualquier animal de la sabana o de la jungla o de las montañas. Pero desde que se murió, desde que vendieron el piso de Moratalaz, desde que se fueron a vivir a El Espinar, desde que dejó de ir a la cabalgata, no se siente grande. Pasa el tiempo, cumple años, y su cuerpo cambia, pero hay algo por dentro que sigue igual. Algo se congeló. Como se congelaba su ordenador Windows en el dormitorio de Moratalaz. Su padre también se congeló cuando se murió su madre. Su padre antes era bastante gracioso y tenía bastantes amigos. Montaba en bicicleta los fines de semana y luego hacía barbacoa en la azotea del edificio. A Begoña no le gustaba mucho la barbacoa porque le parecía que la carne quedaba como la suela de un zapato, pero ahora su padre no hace barbacoa ni hace nada, y un poco lo echa de menos. Luego su madre se la llevaba al centro al cine, o al teatro, a pasar su tarde juntas mientras su padre se echaba la siesta. Merendaban y criticaban lo que habían visto, y Begoña se sentía importante. A la madre de Begoña un día le dio un infarto cerebral y se murió de golpe.

No sabe si es el café, la falta de sueño, la indigestión del día anterior, pero se acerca a la doctoranda Alma. He pensado, dice Begoña, he pensado qué podemos hacer, y la doctoranda la interrumpe. Buenos días, Begoña. Hola, sí, perdón, Alma, hola, buenos días, Begoña se pone muy nerviosa cuando la doctoranda la mira a los ojos y le habla solo a ella. Digo que he pensado que como, a ver, como es un poco, es que he leído. Begoña, dice la doctoranda. Sí, dice Begoña. ¿Te quieres sentar? Begoña se da cuenta de que está de pie, ni se ha quitado la chaqueta, ni ha dejado la mochila, que suda un poco y que tiene los cascos puestos. Deja todo y se sienta enfrente de Alma. Perdón. Es que he pensado, he tenido una clase de literatura fantástica, es muy chula, es de fantasía, pero no de dragones y arqueros, fantasía oscura, bueno, no sé si oscura. Quiero decir. Fantasía clásica. Cuentos. Me he dado cuenta de que igual podemos contar lo de Eleuterio como un cuento, un poco como lo conté yo el otro día, pero cambiándolo, claro, o sea, entre todas, horizontal. Alma dice: claro, Begoña, tranquila. Porque, además, he estado leyendo en la hemeroteca, y las noticias son todas así, como espeluznantes. Creo que puede ser muy dramático. ¿Se dice dramático? Sí, se puede decir, dice Alma con su cara de luna. Bueno. Pues he pensado que a Eleuterio le pega. Porque su vida es un poco fantasía, ¿no? No fantasía de maravillosa sino de asombrosa o de admirable. A Begoña le encanta que la mire la cara de luna. Se lo puedes proponer a tus compañeras. Sí, claro, claro, entre todas, colaborativo, pero ¿a ti qué te parece? Puede funcionar. Puede ser teatral, ¿se puede decir así? Se puede, dice la cara de luna. Entonces, ¿te apetece estar en el club de teatro? Begoña se calla. Alma la doctoranda la mira. Bueno. Me apetece contar esta historia, dice Begoña.

Esa tarde llama a su abuela. Hola, rica, dice su abuela, que no tarda ni dos tonos en contestar, no veas qué día, he ido al banco y. Abuela, interrumpe Begoña, ¿te puedo preguntar unas cosas para la uni? Sí, bonita, claro. Es que ayer en tu casa. Ahora es la abuela la que interrumpe. ¿Cogiste los restos? Sí, responde paciente Begoña. ¿Los melocotones? Abuela. Dime, rica. Que no me contasteis mucho del Lute. Su abuela se calla. Es que no hay mucho que contar, responde. Pero ¿os acordáis?, insiste la nieta. Pues sí, pero, no sé. Salía en la radio. En el periódico. ¿Has mirado en internet? Sí, abuela, pero quiero que me cuentes tú, insiste tenaz Begoña. Es que no hay mucho que contar, repite la abuela. Yo estaba en casa con tu madre, que era pequeña. Ya, fue el año en el que nació mamá. ¿Ah, sí?, fíjate. Pero la abuela cambia de tema. Hoy en el banco, resulta que tu tía Marisol. ¿Y a ti que te parecía que saliese en las noticias? Ay, Begoña, no sé. Me daba igual. La abuela se aburre. No va la chiquita nueva del banco y nos dice a mí y a tu tía que. Abuela. Qué pasa. Que no me cuentas nada de Eleuterio. Y, por primera vez, la abuela se enfada. Mira, Begoña, a mí es que el quinqui ese me daba igual, yo tenía otras cosas en la cabeza. Yo estaba muy ocupada con tu madre y con tu abuelo, que menudos disgustos me daba tu abuelo, te puedes creer, tú qué vas a saber. Begoña no se rinde e interrumpe de nuevo. Pero, abuela, que Eleuterio se tiró de un tren en marcha. Qué tren en marcha ni que niño muerto. La abuela resopla. La abuela está enfadada. Begoña nunca ha oído a su abuela enfadada. Escúchame, sigue la abuela, la cosa es que cuando el Lute estaba tirándose de los trenes y corriendo por España, a mi marido, a tu abuelo lo estaba deteniendo la Político-Social y se lo estaban llevando a los bajos de Sol y luego a la cárcel de Carabanchel, así que espero que entiendas que tuviera otras cosas en la cabeza, tenía en la cabeza cosas más importantes que el quinqui, cosas importantes de verdad, como tu madre que tenía un año y un marido en la cárcel por rojo. Pero eso ya te lo cuento otro día.

La abuela cuelga de golpe.

Mira el teléfono donde en la ficha de contacto de su abuela hay una foto en la que la anciana sostiene una cerveza en la mano derecha y sonríe. Sabe lo que es rojo, porque Begoña no es idiota. Sabe qué son los bajos de la Puerta del Sol porque ha leído mucho sobre Eleuterio y Eleuterio también estuvo allí. Llama a su abuela otra vez y la abuela no lo coge. Le gustaría poder gritar quizá o llorar o hacer algo muy grande como hacen en las películas cuando reciben noticias que cambian todo lo que son los personajes, grandes revelaciones que determinarán el futuro de la protagonista. Pero lo que pasa es que no acaba de entender. Y Begoña, cuando no entiende, cuando no sabe todos los datos, cuando no ha leído todos los libros y subrayado todos los artículos académicos, cuando no ha hecho nada de eso, a Begoña solo le sucede una cosa: le entra el miedo.

Va sentada en la línea circular de metro. Tiene el libro electrónico entre las manos. Lo agarra con fuerza, como si se fuese a caer, como si se lo fuesen a quitar, como si las palabras fuesen a llegar más rápido a su cerebro a través de sus manos que de sus ojos. No oye no ve no siente nada más que la voz de Eleuterio narrando su vida. Lee que, tras el atraco fatal de Bravo Murillo, Eleuterio es condenado a muerte. A Begoña se le encoge un poco el estómago porque le cuesta entender cómo se puede condenar a muerte a un chico que apenas tiene veinte años y que literalmente no ha hecho nada. Eso dijeron en el club de teatro. Literalmente no ha hecho nada. Begoña les tiene que contar que consiguió coger un reloj de pulsera de señora de cinco mil pesetas. Begoña no entiende cuánto son cinco mil pesetas. Cada vez que su padre le convierte pesetas en euros, ella sigue sin comprender. ¿Qué podías hacer en 1965 con cinco mil pesetas? ¿Comprarte un coche? ¿Una casa? ¿Un tablero de ajedrez con sus fichas?

Sigue leyendo. Eleuterio describe torturas terribles en los bajos de la Puerta del Sol, que era la Dirección General de Seguridad. Ya sabe qué era la Dirección General de Seguridad, que también se llamaba DGS, porque cuando su abuela habló del abuelo Emilio, Begoña se metió corriendo en internet. Aprendió que era la rama de la policía que se dedicaba a perseguir a toda la disidencia del régimen. Le da la sensación de estar leyendo una novela de Orwell, pero continúa. Se da cuenta de que es justo debajo del reloj de las campanadas, el reloj que lleva dieciocho años mirando cada Nochevieja. Begoña para un momento y es consciente de que todo esto sucedió, sucedía, el año en el que nació su madre. La policía hacía esas cosas que no se atreve a reproducir el año en el que nació su madre. España era una dictadura el año en el que nació su madre. Hombres torturaban a otros hombres debajo de la plaza más famosa de Madrid el año en el que nació su madre. No mira por qué parada va, le da lo mismo, la línea 6 es circular y por lo tanto eterna, perfecta para leer y para dormir. Deja su teléfono y continúa la lectura.

El juez conmuta la pena de muerte de Eleuterio por cadena perpetua. Eleuterio, pese a su abogado inútil, consigue demostrar que el que mató al guardia fue Agudo, el compañero, y no él. Eleuterio es condenado a cadena perpetua por robar un reloj de señora de cinco mil pesetas. En ese momento, se encuentra preso en el penal del Dueso en Santander y lo trasladan en tren a Madrid para continuar con el juicio. Va con otro compañero y dos guardias civiles. Previamente, en la cárcel, Eleuterio había conseguido una réplica de la llavecita de sus esposas. Begoña lee y relee esta parte, pero no le queda del todo claro. Parece que es un anarquista el que tiene conocimientos y herramientas para llevar a cabo esta tarea, y le fabrica una réplica de la llavecita de las esposas. Eleuterio siempre ha sido muy capaz de hacer amigos en los momentos más necesarios. Considera que el único lugar realmente seguro en el que transportar la llavecita sin que la descubran los guardias es en el recto. Así que se guarda la llavecita en el culo. En el compartimento del tren de Santander a Madrid en 1966 viajan Eleuterio esposado a un compañero y dos guardias civiles. El tren circula a una velocidad entre ochenta y noventa kilómetros por hora, y Eleuterio mira por la ventana. Los guardias civiles, con sus bigotes y sus porras, hablan entre ellos. El otro reo no dice nada, cabizbajo. Eleuterio no le ha preguntado por qué lo llevan a Madrid porque ha aprendido a no preguntar esas cosas en la cárcel. Nota la llave en el culo y se dirige a los bigotes: por favor, ¿podría ir al retrete? Que lo llama retrete por llamarlo algo, porque aquello ni era retrete ni era nada, era un cuartucho, pequeño, vacío, con un agujero que daba a las vías que se movían a una velocidad pasmosa, y ya está. Eleuterio entra en este habitáculo, aún esposado al compañero, y haciendo unos contorsionismos que Begoña no consigue imaginar, se saca la llavecita del culo y se la mete en la boca. Ese es otro lugar seguro en el que guardar una llave que no debe existir. Vuelven al compartimento y Eleuterio es muy simpático. Eleuterio es muy simpático con los bigotes, porque Eleuterio es muy simpático en general, Begoña se lo imagina simpático, Begoña se lo imagina rápido, locuaz, brillante, no sabe leer, pero sabe encandilar (Begoña piensa que otros dirían engatusar, pero ella no. Eleuterio es brillante y lo que brilla, encandila). Eleuterio reconoce el acento extremeño de uno, y gracias a su carisma, su encanto, su piquito de oro, se gana a los bigotes. Los bigotes se relajan, sus hombros descienden ligeramente, y la arruga de su frente se suaviza, y Eleuterio aprovecha y pide ir otra vez al baño. Los bigotes dicen: de acuerdo. Esta vez Eleuterio pide si puede ir sin el otro reo a su lado. Dice: tengo mal el estómago, ustedes disculpen, ustedes me comprenderán. Los bigotes no quieren detalles escatológicos y separan a los presos. Eleuterio, con el bigote detrás, se dirige de nuevo al habitáculo. Y entonces la ve. Ve su oportunidad. Ve una puerta, ve la puerta del vagón, ve la puerta del vagón que da a las vías que se mueven a una velocidad pasmosa. Una puerta que se golpea, que truena y resuena. Tum, tutum, tutum, tumba y retumba y tumba y retumba, rítmica e imparable, tumba y retumba a la velocidad pasmosa en el tren de Santander a Madrid en 1966. Y la puerta, la puerta le invita, la puerta le está invitando, la puerta está diciendo: esta es tu oportunidad, este es tu momento. Eleuterio, que entonces ya era el Lute, no lo piensa dos veces, muerde la llavecita fuerte en su boca y va y se tira por la puerta a las vías que se mueven a una velocidad pasmosa en el tren de Santander a Madrid en 1966.

Begoña ha llegado a Príncipe Pío y se baja. Sale de la estación de cercanías de Pozuelo y ve a sus abuelas sentadas en una terraza tomando una cerveza, aunque no hace ningún tiempo de terraza. Pozuelo de Alarcón es el pueblo con la renta per cápita más alta de España y el pueblo en el que viven las abuelas. Su ayuntamiento fue el epicentro de la trama Gürtel y el PP gobernaba con mayoría absoluta hasta 2019, que llegó VOX y le quitó tres concejales. Las abuelas viven cerca de la estación que lleva meses de obras, y que según ellas todo está cutrísimo y no hay dónde comer ni dónde sentarse, solo esa terraza que es de la churrería, y allí se sienta todo quisqui. Pero aquí hay de todo, asegura la tía Marisol a Begoña mientras se enciende un cigarrillo muy largo y muy fino. Está: la mercería de Valbuena (de toda la vida); la panadería de Paco (de toda la vida); el centro de belleza de Laura y Eva (de toda la vida); la papelería de Maite (de toda la vida); la cafetería Mister Churro King del dueño de la churrería Mister Churro King (de toda la vida); el zapatero Zapacos de Paco y Julia (de toda la vida); chinos varios (Begoña intenta explicar que no se dice chino sino «bazar»); el taller de enmarcado de Azucena y de su marido, que es taxista, pero antes era ingeniero de telecomunicaciones (de toda la vida); la ferretería Leonesa de la dueña de la ferretería Leonesa (de toda la vida); una tienda de artículos de piscinas a la que no han entrado en su vida (de toda la vida); el herbolario de Felipa (que las abuelas creen que es lesbiana —de toda la vida— y la dependienta nueva joven es su novia). Eso sí, no hay dónde comprar prensa, porque, claro, como se han cargado el quiosco de Antoñito el quiosquero, el más famoso lotero de toda la zona noroeste de Madrid, ole que sí, pues hay que ir a la Despensa. La Despensa antes era el único supermercado, pero ahora hay Carrefour y Aldi y Día y Alcampo y Ahorramás, y antes había Ahorravés, pero ahora son unos trasteros. Begoña se acuerda del Ahorravés, le gustaba el Ahorravés porque había lentejas y garbanzos y judías a granel, y Begoña era pequeña y metía la mano en el saco de lentejas a granel y era de las sensaciones más placenteras que su cuerpo pequeño y asexual o asexuado podía experimentar.

Enseguidita vamos a comer, dice su abuela, apaga eso, Marisol. Las abuelas se levantan y la abuela se agarra al brazo de Begoña para subir la cuesta hasta su casa. Abuela. Dime, rica. El otro día me dijiste. ¿Te comiste el cocido? Sí. Siguen caminando. La tía Marisol va un poco más adelantada. Hoy hace un poco de frío. La tía Marisol lleva una caja de buñuelos de viento en la mano. La mayoría serán de cabello de ángel que es lo que más le gusta a la tía Marisol, pero espera que haya alguno de nata también, o de crema. Abuela, repite. Ojo no te escurras y nos demos un tantarantán las dos, hoy estoy muy torpe. A la abuela le cuesta un poco subir la cuesta, y Begoña tiene que contrarrestar todo el peso que su abuela pone en ella para que no se caigan las dos. El otro día me dijiste que cuando Eleuterio. Eleuterio quién es. Begoña suspira y tiene paciencia porque es muy educada, es lo que tiene ser ratona, que las ratonas son educadas por naturaleza, ocupan poco espacio, hacen poco ruido. Sin embargo, poco a poco las ganas de saber le van ganando terreno a las ganas de ser invisible. Agarra fuerte a su abuela para que no se caiga e insiste. Eleuterio, abuela, el Lute. La abuela resopla. Hubiéramos cogido el autobús, dice la tía Marisol, y la abuela no dice nada. Pues que, cuando te pregunté, me dijiste que el abuelo había estado en la cárcel y tú nunca me habías dicho que el abuelo había estado en la cárcel. La abuela no dice nada, se agarra más fuerte del brazo de Begoña, y tiene que tirar hacia arriba. Siente que, con su abuela, últimamente, siempre tiene que tirar hacia arriba. La tía Marisol responde sin girarse. Tu abuelo sí, dos veces, en Madrid y en Jaén. Dos veces, eso no se lo había dicho la abuela. Begoña no sabe si dos veces son muchas veces, no sabe si era normal estar en la cárcel, menos en Jaén; Begoña no sabe nada de las historias de los muertos y por más que pregunta solo le dan estas respuestas incompletas que hacen que el brazo de la abuela pese más y la paciencia de Begoña menos. Si su madre estuviera allí seguro que le hubiese contado todas estas cosas. ¿Dos veces de verdad?, pregunta Begoña. Entonces la abuela se suelta del brazo de la nieta, se planta en la acera estrechísima de la carretera de Húmera que une la estación de Pozuelo con la urbanización 109 Villas y dice demasiado alto para estar hablando con dos personas que no están ni a metro y medio de distancia: sí, señora, dos veces, en Carabanchel y en Jaén, en celdas de castigo estuvo por pedir que dejasen a los presos elegir si iban a misa o no, que no fuese obligatorio vaya, fíjate, por eso fue. La abuela coge aire: menos mal cuando llegaban a Carabanchel, porque entonces sabíamos que no estaban en la DGS, que es donde más perrerías les hacían, madre mía, cómo salían. Seis meses y luego sesenta días en celdas de castigo, la abuela resopla, y tu madre pequeña. Ven aquí, ordena a su nieta, ven aquí que me agarre, que no tiro de la rodilla. Y tú, Marisol, cállate, que no sabes nada. Cómo no voy a saber si yo estaba allí, dice la tía Marisol. Así comienza la discusión. Otra vez, porque Begoña se da cuenta de que respuestas no, pero broncas sobre los detalles del pasado hay cada vez que ve a sus abuelas. Sobre quién ha vivido las historias. El enano se mueve un poco porque está seguro de que, si Begoña se hubiese callado, de que, si no se hubiese metido en ese berenjenal que son las cosas de los muertos, sus abuelas no se hubiesen puesto a discutir. Pero antes de que el enano se apodere de Begoña, ella recuerda que las abuelas discuten por casi cualquier cosa sin ningún tipo de motivo o disparador externo, que, si las razones no vienen de fuera, ellas las sacan de dentro, así que la nieta sostiene a la abuela e intentan seguir el camino.

Begoña no entiende algo que farfulla su abuela y a lo que la tía Marisol responde que menuda es, que cómo la ha machacado siempre, y la abuela añade otra retahíla que Begoña tampoco descifra, y la tía Marisol dice que ya casi están y la abuela resopla. Pero, abuela. Dime, rica. ¿Por qué lo metieron en la cárcel al abuelo? La abuela se agarra y la tía Marisol hace como que no oye. Por nada. ¿Cómo que por nada? Begoña empieza a sudar por tener que tirar de la señora y de ella misma, y sabe que a la gente no la meten en la cárcel por «nada nada». Siempre hay algo, si no hay razones fuera, ya las encontrarán dentro. Por asociación ilícita, dice la abuela. A muchos los metían por eso, dice la tía Marisol, que al final resulta que sí que estaba escuchando. Asociación ilícita ¿a qué? Ay, de verdad, Begoña, bonita, los jóvenes de hoy no sabéis nada, de verdad, dice la abuela. Saben lo que les enseñan en el colegio, y si esto no se lo enseñan, cómo lo va a saber, en las noticias no sale. A estas alturas, la tía Marisol ha alcanzado a la abuela y a Begoña y camina a su lado por la calzada porque en la acera no cabe, porque las abuelas están bastante gordas y la acera es bastante estrecha. Por asociación ilícita al partido, explica la abuela. Al PCE, puntualiza la tía Marisol. Que estaba prohibido, obviamente, sigue la abuela. Con Franco, sigue la tía Marisol. Sí, sí, se defiende Begoña, eso sí lo sé. Pues eso, dice la abuela. Pues eso, dice la tía Marisol.

La casa de la abuela tiene tres puertas. Primero una verja roja. Luego una puerta de rejas roja y acristalada. Finalmente, una puerta negra maciza que tiene una chapa dorada y lustrosa en la que pone «EMILIO» y el apellido de su abuelo. La abuela saca brillo a la chapa todos los días. Después de comer, mientras ven *Cine de barrio* en la televisión y la tía Marisol fuma en el jardín, Begoña se come una mandarina y la abuela le señala un cuadro que pintó la madre de Begoña hace la pila de años, un botijo que pintó su madre hace la pila de años, y una raja en la pared que hace la pila de años que no pintan. La abuela dice: Pozuelo no siempre ha sido así de facha, sabes. Pozuelo empezó siendo un sitio de comunas de *hippies* adonde venía toda la gente de izquierdas como tu abuelo. No es que tu abuelo fuera *hippie*, tu abuelo era muy limpio. Forges vivía aquí y le escribió esa cosa tan graciosa a Antoñito el quiosquero. Y vino más gente importante. A vivir a esta urbanización, digo. Begoña se come otra mandarina. No tiene que preguntar nada porque la abuela dice: a tu abuelo Emilio se lo llevaron y no sabíamos nada. Imprimían octavillas en un sótano y luego iban a sembrar. Begoña no entiende nada. Un día vinieron a casa y lo pusieron todo patas arriba y no encontraron el *Mundo Obrero* porque lo había escondido debajo del colchón de la cuna de tu madre. Eso sí que hubiese sido un problema, porque eso es propaganda ilegal, que era más que asociación ilícita. Tu abuelo Emilio quería sindicatos y derechos de los trabajadores y esas cosas y por eso era del partido y de las Comisiones Obreras, que también estaba prohibido. Begoña escucha las piezas de información, las píldoras que le da su abuela, que no se terminan de conectar entre ellas y que Begoña tiene que descifrar, que tiene que encajar como un puzle, un puzle difícil porque no sabe ni lo que busca ni lo que quiere encontrar. Como no hay buñuelos, porque la tía Marisol se los ha comido casi todos, Begoña se come otra mandarina y pregunta: ¿qué es sembrar? La tía Marisol responde desde el jardín, se ha encendido otro cigarrillo y se asoma a la puerta del salón. Se imprimían las octavillas, dice, y se salía antes de amanecer y de que hubiese gente, pero después de que hubiesen limpiado, se salía con el coche y se tiraban las octavillas por la ventana y la gente luego las cogía. ¿Qué gente?, pregunta Begoña. La gente que iba a trabajar o a la compra o a donde fuese, dice la tía Marisol. Marisol, fuma fuera, dice la abuela. Estoy fuera, dice Marisol. Pero una octavilla ¿qué es?, sigue Begoña. Y la tía Marisol sin moverse ni un centímetro contesta, un panfleto, un trozo de papel que medía una octava parte, y que tenía información sobre el partido y las Comisiones y también llamaba a la huelga. La abuela se levanta y dice: tú lo que tienes que hacer es no significarte. Voy a hacer café, y mira la hora que es, Begoña, no se te vaya a hacer tarde.

Vuelve en el cercanías, y como sus abuelas no le han explicado qué pasó exactamente cuando se llevaron a su abuelo, ni quién se lo llevó, ni a dónde, ni nada, se lo empieza a imaginar. Se imagina que era noche cerrada, su abuela, que tendría la edad de Alma la doctoranda, quizá se había hecho la toga, o llevaría una bata roja y zapatillas, esa abuela joven justo había conseguido dormir a su madre a la que le costaba mucho dormir. Su abuela se sienta por primera vez en todo el día, y en cuanto cierra los ojos por un segundo, suena el timbre. Una, dos, tres veces. Su abuelo no está, su abuelo está en el taller, que es una imprenta, que es un sótano, el sótano ese que ha mencionado su abuela, un sótano con una máquina antiquísima a la que hay que dar con una manivela para producir las copias de las octavillas que han preparado con los del partido. Su abuela va a la puerta, el timbre no deja de sonar, Begoña se imagina el timbre, insistente, martilleante, partiendo la noche cerrada en dos, el timbre quiere abrir la puerta y la noche y Madrid. Y la madre de Begoña, que es un bebé, se despierta y llora, y el llanto se mezcla con el timbre y parece que cantan juntos y a la vez que piden ayuda juntos y que juntos quieren romper todo lo que se encuentren sus ondas, las ondas de su sonido. La abuela abre la puerta y ve a dos señores muy altos que dicen algo así como «Policía», y empujan a la abuela y entran.

Ese es un escenario. Pero como no le han dicho nada de noche ni de llanto, se imagina otro.

Era el quinto cumpleaños de la madre de Begoña. La abuela había invitado a la tía Marisol y a las amiguitas y amiguitos de la madre de Begoña y a algunos amigos del abuelo. La tía Marisol había hecho un bizcocho redondo y esponjoso y dorado. Apagan las luces y la tía Marisol entra con el bizcocho lleno de velas, se ilumina su rostro que se vuelve dorado como la tarta, y empieza a cantar con todas las criaturas el cumpleaños feliz. La tía Marisol canta muy bien el cumpleaños feliz, que es una canción muy difícil de cantar bien de verdad, las criaturas no cantan muy bien, ni la abuela ni el abuelo, la tía Marisol deja el bizcocho delante de la madre de Begoña, y ahora es la cara de la madre de Begoña la que es dorada y le falta un diente y la canción sigue como un tren que ha salido de la estación y ya no puede parar, las trenzas de la madre de Begoña están medio deshechas porque alguna criatura le ha tirado antes de ellas, pero a ella no le importa porque lo único que importa ahora es la tarta, la tarta de oro y la canción sigue, la canción se acerca al final, ese final espléndido y esperanzador, y justo cuando va a soplar, y la canción va a terminar, justo cuando va a soplar las velas de su quinto cumpleaños, la tía Marisol alcanza la penúltima nota, va a llegar a la última sílaba con su correspondiente última nota, justo cuando la tía Marisol va a terminar de cantar con todas las criaturas y la abuela y el abuelo, llaman al timbre.

Y llaman. Y llaman. Y llaman de nuevo. La madre de Begoña se detiene porque el timbre no deja de sonar, luego vienen golpes a la puerta, secos y firmes, y voces de hombres secas y firmes que exigen a los de dentro que abran, abran inmediatamente, tan fuertes los golpes que la abuela corre, porque cree que van a tumbar la puerta. El abuelo Emilio mira a su amigo y luego mira a la tía Marisol y luego mira a la madre de Begoña y le dice: «Pide un deseo». La madre de Begoña cierra los ojos y sopla. La policía ya está en la casa, y, sin ningún tipo de miramientos, empieza a vaciar las estanterías y los cajones tirando su contenido al suelo y levantando los cojines del sofá y las mantas y las camas y no dejan títere con cabeza. ¿Dónde está don Emilio? No sabemos. ¿Dónde? No lo hemos visto. ¿Podemos comer la tarta? El abuelo y su amigo se han escurrido por la cocina y han salido por la puerta de servicio mientras los de la Político-Social continúan destruyendo la casa. Se van con las manos vacías y cuando cierra la puerta la abuela se pone a llorar.

Como a Begoña no le cuentan las cosas, Begoña se las tiene que inventar.

Pero, vamos a ver, que eso no lo puedes decir. Es xenófobo. Hombre, por Dios. ¿Qué es xenófobo? Xenófobo de qué. Pues de toda la vida xenófobo. Será racista, ¿no? Es xenófobo decir que es xenófobo. Los gitanos no son extranjeros. No se dice gitano, se dice cultura del pueblo romaní. Qué dices, se dice pueblo gitano de siempre, siempre se ha dicho. No, se dice *caló romanó*. Pero que no era nada de eso, te estoy diciendo. Tú no puedes decir gitano. ¿Un negro puede decir gitano? No digas gilipolleces. Si el tío era gitano, pues era gitano. Ya, pero que no era gitano, esa es la cosa. Pues merchero o lo que haya dicho Begoña. ¿Te has leído lo que nos mandó? Lo ha dicho ella. No te lo has leído. Es que el teatro es así. El teatro es como nosotras queramos, Chema. Que la obra no es tuya, joder, que te pones en plan como el año pasado, y yo, si va a ser así, paso. Pues yo paso de contar una historia sin revisar nuestra posicionalidad. Posicionalidad no es una puta palabra. No os podéis meter con las putas. Se dice mujeres prostituidas. Cuando te pones abolicionista no hay quien te aguante.

Ha llegado tarde al ensayo de hoy y se desliza como una lagartija por la puerta y entre las mesas. Ha oído los gritos de Peter Pan y del que se llama Chema desde el pasillo. Alma la doctoranda mira la escena sin mirar, con la vista más bien en su portátil. Begoña considera seriamente abandonar el aula cuando tropieza con una silla y el que se llama Chema la ve. Begoña, explícaselo tú, exige. No hay nada que explicar, dice la que se parece a Peter Pan. Es que no escuchas, dice el que se llama Chema. ¿Explicar qué?, pregunta Begoña. Pues, a ver, tía, es que nos has metido en un debate gordo, empieza Peter Pan. Te has metido tú, salta Chema, y Peter Pan le ignora. Es que aquí has puesto muchas veces la palabra quinqui y gitano y tal. Y yo le decía a Chema. Pero Chema interrumpe. Me gritabas. Yo no grito, se defiende Peter Pan con un tono de voz que se parece bastante a un grito, y se vuelve a dirigir a Begoña. A ver, compañera (a Begoña solo la llama compañera su padre), la cosa es que estamos como, rollo, cuestionando nuestra posicionalidad (Chema suspira) y como toda la ética de contar esta historia. Porque, a ver, cómo te lo digo, yo estudio filosofía, ¿vale? Begoña asiente. Bueno, pues que me he dado cuenta de que, rollo, la estética, o sea, la forma, es tan importante como el contenido, ¿no? Menuda chapa le estás soltando, interrumpe Chema, que la chavala no necesita estudiar filosofía para saber eso. Pero Peter Pan le ignora y sigue. Lo que yo te quiero decir es que nosotras somos un grupo de universitarias blancas y de clase media. La clase media no existe, dice desde una esquina el del bigote y todos le miran, porque no sabían que estaba allí. Y este tío, Begoña, este protagonista, pues que ni nos va ni nos viene. O sea, sí en cuanto a nuestro compromiso político y la visibilidad y la representación, ¿sabes lo que te digo? Begoña mira a Peter Pan y piensa que igual Peter Pan cree que ella tiene algún tipo de discapacidad, y por eso le habla así. Pero lo que pasa es que aquí estamos nosotras en nuestro privilegio contando la historia de este pobre hombre y encima como si fuese una película de Tom Cruise. Y no me parece. Tendríamos que revisarnos. Hay que votar. Qué votar ni qué niño muerto, dice el que se llama Chema, el problema es que esta (esta es Begoña) ha escrito unos monólogos larguísimos que no hay quien se los aprenda. Si te aprendes todas esas mierdas de la Unión Europea, te puedes aprender esto perfectamente, dice Peter Pan. La Unión Europea no existe, dice el del bigote, y todos le vuelven a mirar porque se les había olvidado que estaba allí. Begoña decide hablar y pregunta: pero ¿el problema es Eleuterio? No, amor, dice Peter Pan, y Begoña no entiende cómo ha pasado de ser compañera a ser amor en menos de tres minutos, el problema es idealizar y romantizar su vida así, sobre todo siendo quienes somos. Entonces, *Los miserables* tampoco la podemos hacer, ¿no?, dice Chema. Mira, Chema, si no te quieres enterar, pues no te enteres, pero como luego vengan los de las Juventudes y vean esto y te canten las cuarenta, yo me desentiendo, zanja Peter Pan sentándose en una silla. Begoña mira al que se llama Chema y a la que se parece a Peter Pan y al del bigote y al resto de los chavales y chavalas de su edad que no han participado en la conversación o sí lo han hecho, pero Begoña no los ha escuchado, y mira a Alma la doctoranda que esboza una medio sonrisa mientras mira su portátil y a la vez mira a los chavales y las chavalas, y a Begoña le empieza a entrar una sensación que solo le entra con su padre, una sensación que empieza en las puntas de los pies y que le trepa por las piernas, y que se le clava en el estómago como una flecha en llamas y le hace un agujero ahí, en medio de la tripa, donde el enano la está esperando para apoderarse de ella y hacer todas las maldades que se le pueden ocurrir a un enano dentro de una niña. El enano construye un fuego o un volcán o un tren que cada vez va más rápido, un tren de vapor como ese de Eleuterio, con mucho carbón, que hace mucho ruido, que silba, y a Begoña no le provoca ganas de llorar como otros trenes, sino de gritar muy fuerte y tirar la mochila al suelo y tirar las sillas y las mesas y romper los cristales y romper las gafas de la que se parece a Peter Pan y arrancarle todos los pendientes que tiene en las orejas y en la nariz y seguro que en el ombligo y en muchos más orificios de su cuerpo. Begoña mira a todo el mundo. Se han puesto a hablar unos encima de los otros y nadie se escucha, y el que se llama Chema discute con la que se parece a Peter Pan, y Begoña de repente se encuentra haciendo algo que nunca ha hecho en su vida, y ese algo es gritar muy fuerte que escriban la obra ellos y que hagan con Eleuterio lo que les salga de la punta de la polla (que es una palabra que Begoña nunca ha dicho tan alto, porque, en general, es una palabra que no le gusta nada), que ella está ahí de rebote y de casualidad, y que a ella se la pela su puta obra, y Begoña dice muchísimas palabrotas más, y, cuando acaba, todos están callados, y Alma la doctoranda ya no mira el portátil y la mira solo a ella. Ahora es Alma la que habla. Habla muy fuerte. No es gritar, pero casi. Begoña, esas no son maneras, si no quieres participar en el proyecto lo entendemos, esta es una actividad voluntaria y aquí todas sois mayores y tenéis capacidad de diálogo y de decisión, esto es un proyecto colaborativo y horizontal, y hay que escuchar todas las voces, ninguna más alta que otra, ¿estamos? Es que yo no quería que mi voz se escuchase en ningún momento, dice Begoña, y decide que ese es un buen instante para irse.

Camina por el parque del Oeste. En Madrid no hace tanto frío como en El Espinar, pero el parque suele tener una capa cristalina de escarcha, que es una cosa que le gusta, porque la escarcha es algo que solo sale por las mañanas, y si una está viendo la escarcha y haciéndola crujir bajo sus pies significa que se ha despertado bastante pronto. Pero ahora es por la tarde y no hay escarcha, solo una nube muy grande que hace que todo tenga un brillo complicado, una luz que siempre ha odiado, porque le recuerda a salir del colegio en invierno y sentirse mareada y meterse en el autobús de la ruta mareada y llegar a casa mareada y estar mareada más o menos hasta la hora de cenar y no poder leer ni hacer nada. Camina y camina, sube y baja las cuestas del parque, se acuerda de su madre y de lo poco que le gustaban las cuestas. Había muchas cosas que a su madre no le gustaban. Cosas que directamente odiaba, como por ejemplo: las cuestas, la gente que ocupa más de un sitio al aparcar, las motos que hacen mucho ruido, los fideos gordos, los bufets *all-you-can-eat*, los pantalones pirata, las camisetas cortas, los jerséis cortos, las vacaciones cortas, esperar más de dos minutos a ser atendida en cualquier sitio, los puticlubs, el bricolaje. Camina entre los árboles y piensa en Eleuterio caminando entre las cosechas.

Eleuterio estuvo trece días y trece noches caminando por los campos de Castilla. Se escondía de día, y caminaba de noche. Comía plantas, hierbas y rastrojos. Un día comió un huevo. Un día consiguió agenciarse unas ropas de campesino. Otro día una vespa con la que avanzó y avanzó por una carretera nacional castellana, hacia un horizonte incierto pero libre. Corría, rugía la vespa, la vespino, una moto, un caballo, una yegua, Babieca, arre arre arre, a galopar, a galopar, a galopar. Pero Babieca tiene un nivel de gasolina limitado y deja de ser yegua para ser vespa, para ser vespino, y, justo, qué mala suerte, qué espantosamente desafortunado, justo cuando su motocicleta se queda sin combustible, aparece en el horizonte incierto pero libre un coche de la Guardia Civil.

Begoña se sienta en un banco bajo el cielo con la nube y el brillo complicado y, aunque se siente un poco mareada, saca su cuaderno y escribe. Porque una cosa que le pasa desde que empezó a leer sobre Eleuterio y a ir al club de teatro es que le dan ganas de escribir. A pesar de que haya dicho mil veces que lo suyo no es una carrera de escribir, que es una carrera de leer. Pero a veces una se encuentra libros que dan ganas de escribir, y gente que da ganas de escribir, y eso le está pasando a Begoña. Escribe sin pensar y luego nunca lo revisa, porque si vuelve sobre el camino, si mira atrás, teme arrepentirse y querer borrarlo todo. Así que no le queda otra que seguir adelante. Como a Eleuterio.

Rufino Rodríguez Ruiz y Baldomero Benítez Bosón llevan toda la noche apaciguando una trifulca en una taberna castellana de un pueblo castellano y conducen en silencio. Rufino Rodríguez Ruiz, sentado en el asiento del copiloto, acaba de salir de la academia, por eso le han puesto de compañero a Baldomero Benítez Bosón, al volante del vehículo, que lleva más de treinta y cinco años sirviendo a nuestra patria en el cuerpo de la Guardia Civil. Rufino está aún inquieto, don Baldomero, usted ha visto cómo se ha puesto el dueño, y el parroquiano aquel, y qué hacían despiertos a estas horas, esta gente no tiene que trabajar, y si piden y luego no tienen para pagar, por qué piden tanto, y la mujer, qué me dice de la mujer, que menuda es, si no es por ella, no hay orden en ese sitio, claro, mi madre es igual, ¿su madre es...? Bueno, era. Perdóneme usted. Y mañana, quiero decir hoy, porque mire usted la hora que es, casi las cinco, vamos, se nos va a hacer de día, mire usted el horizonte, sí, allá, don Baldomero, que va a amanecer, vamos, que sale, mire, ¿no ve? Y don Baldomero Benítez Bosón, que lleva más de treinta y cinco años sirviendo a nuestra patria, mira el horizonte y lo ve. Don Baldomero Benítez Bosón ve a un hombre en motocicleta, que de por sí no debería ser raro, pero a medida que se acercan el hombre acelera y entonces don Baldomero recuerda que el «peligrosísimo» y «salvaje» y «sinvergüenza» del Lute anda en busca y captura justo por esos campos castellanos. Entonces don Baldomero deja de escuchar a Rufino Rodríguez Ruiz y acelera, acelera, acelera hasta que el hombre motorizado decide parar, tira la moto al arcén, y se tira él también. Rufino mira a Baldomero y Baldomero frena de golpe y salen del coche y se echan a correr tras el hombre antes motorizado. Corre Rufino, corre Rufino, corre Rufino, ordena Baldomero. Y Rufino corre y Baldomero corre y Eleuterio (porque el hombre motorizado es Eleuterio), con su muñeca rota y su esguince y diez mil otras heridas que no han sido mencionadas, se echa a correr. Entre el trigo y la cebada y lo que sea que cultiva o cultivaba la gente en esos campos castellanos, tres hombres corren al alba. Eleuterio ve a los guardias y ve sus rodillas y ve las nubes y ve las espigas y ve el sol que empieza a salir y ve a Chelito y ve a Begoña, y como si hubiese venido un espíritu o una piedra voladora, cae redondo en la meseta.

Baldomero Benítez Bosón es recibido entre vítores en el cuartel. Rufino Rodríguez Ruiz le sigue. Enhorabuena, chaval, menudo debut. Qué gran final y qué gran comienzo para estos dos valientes miembros de la Guardia

Civil española. Han cazado al peligrosísimo y salvaje y sinvergüenza del Lute. Ya verá cuando se lo cuente a mi madre, ya verá. Vete a casa, Rufino, vete a dormir, te lo has ganado. Rufino obedece y se va a casa, pero, en cuanto descanse un poco y se recupere, va a ir al teléfono público del bar a llamar a su madre, que no veáis lo contenta que se va a poner.

A Begoña le vibra el teléfono y le da un susto de bigote, como diría su abuela, aunque es un poco raro que a una le dé un susto de bigote la vibración de un teléfono móvil, aun así, se le cae el cuaderno a un charco que hay justo debajo del banco y en el que Begoña no ha reparado porque a ella los charcos le dan igual. Es su padre. Qué, es todo lo que dice Begoña cuando coge el teléfono. Bego, mujer, dice su padre. Es que estaba estudiando y me. ¿Cómo estás? Begoña se quiere morir del aburrimiento y no ha intercambiado ni diez palabras. ¿Qué pasa, papá? Quería saber qué tal. Qué tal las clases. Las abuelas. Entonces Begoña se acuerda y dice: ¿tú por qué nunca me has contado que el abuelo Emilio estuvo en la cárcel? Su padre no dice nada inmediatamente. Papá, que ¿por qué no me lo habías contado? O mamá. ¿Qué pasa? No sé. ¿Cómo que no sé? A Begoña a veces le gustaría zarandear a su padre muy fuerte como a una almohada que se apelmaza y no consigues darle la forma que quieres y siempre es incómoda. No sé, repite él. Pues las abuelas han dicho que estuvo en Carabanchel y en Jaén por una cosa que es asociación ilícita y que era del partido, pero no me han dicho qué partido, quiero decir, han dicho *pecé*, y yo les he dicho que yo sabía lo que era, pero no lo sabía, y tengo dieciocho años y no entiendo por qué no me habéis dicho nada. ¿Qué más cosas no me habéis contado? ¿Tú también has estado en la cárcel? ¿Os creéis que soy imbécil? ¿Os creéis que porque se ha muerto mi madre no puedo entender las cosas? ¿Que todavía tengo diez años? Pues perdona que te diga, pero hay gente con diez años que. Begoña, no es así, no es tan grave, dice su padre. A mí, ir a la cárcel un poco grave sí que me parece. Eran otros tiempos. Papá, no hables como en las series, que no te pega. El partido era el Partido Comunista, el PCE, dice su padre. Begoña se calla un momento. Mucha gente iba a la cárcel unos meses, a muchos los pillaban, pero los solían soltar. No sé. Tu madre tampoco me contaba mucho. Eran cosas de tu abuela. Begoña sigue sin decir nada, porque su padre nunca menciona a su madre y ahora ha dicho específicamente «tu madre» en lugar de «mamá», y Begoña no sabe cómo sentirse al respecto. Es como si el enano se hubiese quedado quieto por primera vez en todo el día, como si el enano pesase diez mil kilos e hiciese que Begoña se petrificase en el banco del parque del Oeste. Su padre sigue: yo lo de Jaén no sé si fue antes o después de Carabanchel. Estuvo seis meses me parece. Tu madre tiene el uniforme de la cárcel en casa. ¿En tu casa?, pregunta Begoña. En nuestra casa, sí, Bego. Begoña se queda callada hasta que dice: ¿me lo puedes traer? ¿El qué?, pregunta su padre. El uniforme. Sí, no sé dónde está. Te lo busco.

Y los dos se callan. Al lado de Begoña el cuaderno mojado, las palabras y las onomatopeyas se deshacen, Begoña puede leer «Babieca, guardia, incierto pero libre, sol, arre», todas las palabras se van escurriendo por la página y a Begoña le parece que se meten en el charco. Las palabras se escurren y nadan en el charco marrón como un café con leche; las palabras, le parece a Begoña, se deslizan fuera del charco marrón y caminan por la gravilla del parque. Las palabras ahora caminan por el caminito del parque del Oeste, una detrás de otra. Las observa mientras su padre no dice nada y ella no dice nada, y solo se escuchan respirar el uno al otro por el teléfono. Las palabras se van alejando, bajan la cuesta, algunas empiezan a elevarse, a flotar, y las otras las siguen, las palabras levitan hacia la nube del brillo complicado. Begoña alza la mirada para ver a las palabras encaramarse a las ramas de los pinos piñoneros y de las acacias del Japón y de los cedros, que son los árboles, según la web del Ayuntamiento de Madrid, más abundantes en el parque del Oeste. Begoña se acuerda de un cuento de María Elena Walsh que le ponía su madre en un disco. El cuento era del país de las letras. Begoña no se acuerda exactamente qué pasaba en el cuento, pero se empieza a acordar mucho de las cantantes María Elena Walsh y de Teresita Fernández, que eran de Argentina y de Cuba, y tenían discos y discos cantando canciones para criaturas, y su madre se los traía de algún viaje a esos países sudamericanos en los que Begoña no ha estado. Se acuerda de las canciones y de los berrinches que se cogía de niña cuando no conseguía lo que quería. Su madre los grabó casi todos con una cámara de fotos digital que era lo que se llevaba cuando Begoña nació. En uno sale una Begoña muy pequeña, de dos o tres años, que no quiere comer, que tiene una cara de sueño innegable, y que llora lanzándole el puré o el yogur a su madre que está detrás de la cámara. Begoña llora, y de fondo se oye a Teresita Fernández cantar: «Vinagrito es un gatico que parece de algodón». Su madre dice: Begoña, escucha, Begoña, Vinagrito. Y Begoña bebé o casi bebé se calla, se ve en el vídeo que se queda quieta como una galleta, como la princesa Suki Muki de otro cuento de María Elena Walsh; Vinagrito es un hechizo, unas palabras mágicas que siguen cantando: «Es un gato limpiecito, relamido y juguetón», y Begoña bebé o casi niña escucha atenta, con las lágrimas todavía en las mejillas, y sonríe un poco, y se oye a su madre sonreír también. A Begoña le gusta mucho ese vídeo y todos los vídeos de los berrinches que su madre tituló «perra, perra 1, perra gorda». Bego, dice su padre, que sigue al otro lado de la línea, ¿qué pasa? Nada. También era mi mujer. Tu madre. A mí también se me ha muerto alguien. Begoña aguanta la respiración un segundo, el enano la copia. Mira muy atenta hacia arriba, al cielo, porque ha decidido que no piensa llorar.

Al llegar a casa, por una vez, Rita está sola viendo una película en el portátil y comiendo fideos instantáneos. Lleva un pijama de franela que Begoña no había visto antes. Begoña intenta escabullirse al dormitorio, pero Rita la interpela: ¿quieres ver la película conmigo? Rita no lleva nada de maquillaje, el pelo recogido en un moño. ¿No sales hoy? No tengo dinero, dice Rita. Ah. Begoña mira al suelo y piensa en las ganas que tiene de meterse en la cama y ponerse el antifaz y los tapones y no escuchar ni ver ni sentir. Le gustaría meterse en un tanque de agua y estar totalmente sumergida y que ninguno de sus sentidos sea estimulado. La pena es que no hay tapones de gomaespuma para el cerebro. La acabo de empezar, la película, es de mis favoritas, la puedo poner desde el principio, invita Rita mientras le hace un hueco en el sofá. También te puedo hacer fideos superricos y superinstantáneos; cocinar no sé, pero estos me quedan de locos. A Begoña le da un poco de risa imaginarse a Rita cocinando, porque realmente no le pega nada. ¿Es de la actriz esa? ¿Qué actriz? La película, de la americana, dice Begoña. Ah, no, qué va, es española, de uno que se llama Pepe Isbert que quiere un cochecito, es un poco de risa, ¿sabes que estuvo censurada? ¿Cuándo? Durante la dictadura. Begoña mira la imagen en blanco y negro congelada en la pantalla y piensa en lo cerca que estarían sus piernas de las de Rita debajo de la manta eléctrica. ¿Me da tiempo a ponerme el pijama? Claro, churra, mientras hago los fideos, qué ilusión, no veas. Begoña no esperaba que Rita se pusiese tan tan tan contenta, y camina rápido al dormitorio para quitarse la ropa húmeda y ese sabor tan horrible que le ha dejado el club de teatro y la conversación con su padre. Se sienta al lado de su compañera de piso en el sofá con un cuenco de fideos de menos de un euro en las manos. Le he echado soja y de todo, dice Rita, y yo creo que esta peli te va a gustar, a ti que te gustan las cosas viejas. ¿Me gustan las cosas viejas?, pregunta Begoña. Bueno, ríe Rita, un poco, ¿no? Lo que lees es de viejos, o sea, escrito en la Antigüedad o cuando Maricastaña. A Begoña le hace gracia lo de Maricastaña, porque sería algo que dirían sus abuelas, como «Matusalén», «el año del hambre» o de «cuando reinaba Carolo», y se ríe un poco. Sí, lo de Maricastaña me suele gustar. Eres rara, eh, dice Rita, o sea, rara porque no hablas, no he tenido una amiga así de rara, o sea, que no hable, me gusta, te voy a llevar al Rastro un día, que está lleno de cosas de viejos y de antiguos, y te va a gustar tela, pero tela, y antes de que Begoña pueda decir nada, Rita le da a reproducir y la película empieza. Begoña sopla sobre el caldo químico y caliente de los fideos, y piensa que Rita la ha llamado amiga. Que igual no se hace la obra de teatro ni Eleuterio ni nada, pero que la ha llamado amiga. Yo nunca he tenido una amiga actriz, se atreve a decir. Calla, que esta es la presentación de personaje y es estupenda, mira, y Begoña se calla y mira el cementerio de la Almudena en la pantalla del ordenador de su, ahora sí, amiga.

La camisa de la cárcel de Jaén tiene unos botones muy pequeños. Es de color arena y se arruga mucho. A Begoña le va perfecta y le hace pensar que o el abuelo Emilio era muy pequeño, o ella es muy grande. La camisa es ligera y los dobladillos no están bien rematados, se salen hilitos de las mangas y del cuello. Begoña se pone la camisa encima de un cuello vuelto negro (porque ahora que vive en el centro y estudia filología y escribe teatro solo viste de negro) y se monta en el autobús.

Mira, abuela, ¿te suena esta camisa?, dice cuando salen del restaurante chino. A Begoña le hace muchísima ilusión enseñarle la camisa a su abuela. Su padre se la ha traído rapidísimo, porque a veces su padre se agobia, como la tarde anterior después de hablar por teléfono. Ha sacrificado su mañana de bicicleta por la sierra de Guadarrama para bajar al centro y entregar la camisa a su hija para compensar. Se han tomado un café y se ha subido otra vez corriendo, porque había fútbol o alguna excusa de las que suelen poner el uno o la otra cuando no quieren estar más tiempo compartiendo el mismo espacio. Ni idea, dice la abuela, apenas posando la mirada sobre la camisa. Déjame que me agarre, que me he dejado el bastón, es lo único que responde. Sí, mujer, abuela, insiste Begoña, mírala. Pasean por el paseo de la Florida, pero la abuela apenas puede caminar cincuenta metros seguidos, se tiene que sentar enseguida. Dice: no tiro de la rodilla. La abuela resopla, últimamente resopla mucho. La tía Marisol las sigue detrás. Vuelve a resoplar. Begoña mira a la otra abuela, y vuelve a la carga. Ahora que tiene una nueva amiga que es actriz, siente que puede hacer muchas cosas. Es actriz y además es divertida y le gustan las pelis antiguas y le hizo fideos instantáneos. Begoña piensa si solo le gusta que sea su amiga actriz porque le parece guapa, pero también piensa que ahora se va a centrar en preguntarle cosas a su abuela, que ya cuestionará si está tratando a Rita como un objeto o qué está haciendo. Céntrate, Begoña, haz el favor, dice el enano dentro de su barriga. Abuela, esta camisa era del abuelo de cuando estuvo en Jaén. La abuela se enfada y le dice: NO. Lo dice rotunda. Begoña mira a la tía Marisol. ¿Cómo que no? De cuando estuvo en la cárcel, insiste Begoña, y el enano da una patada al suelo, ¡faltaría más! ¡Lo sabremos nosotras, que nos lo ha dicho nuestro padre, que lo decía nuestra madre que está muerta y a los muertos hay que hacerles mucho caso, porque son casi mágicos, sobre todo las madres, y si la madre ha dicho que era, pues era, y era y punto! Todo eso tiene ganas de decir Begoña y de dar una patada al suelo como hace el enano, pero no puede porque la abuela se pone brava y se harta y resopla y dice: NO, RICA, NO, ESA NO ES, ESO NO ES, ESO NO ERA DE TU ABUELO, NO SÉ DE DÓNDE HAS SACADO ESA IDEA, ESO NO ERA, NO ERA, NO ERA. Begoña solo venía a pasar un sábado tranquilo con sus abuelas a Príncipe Pío, porque ahora es costumbre comer los fines de semana con las abuelas, y en lugar de una comida opípara y apacible se ha encontrado con esta bronca. Solo ha preguntado por la camisa, no quería bronca, quería respuestas, quería que le contasen las historias como son y sobre todo que la escuchen. Begoña siente que las abuelas, que la abuela, no la escucha mucho. La abuela sigue: les dieron calzoncillos y una toalla, y nada más, no les dieron nada en la cárcel de Jaén. Y yo lo tenía guardado en la casa de Altea y tu madre hizo una limpieza de esas que hacía sin preguntar y me lo tiró. Begoña se sienta a su lado. Pues mamá decía que tú le habías dicho que era de la cárcel y además venía con pantalones iguales, explica. ¿Tu madre?, pregunta la abuela. Mamá, sí. ¿Esto lo tenía tu madre?, pregunta la abuela otra vez. Ahora, piensa Begoña, ahora que he invocado la palabra de la muerta me va a escuchar, tengo que hablar con ella a través de mamá, si no, no hay manera. Sí, me lo dijo papá. Me lo ha traído de El Espinar. ¿Tu padre se ha llevado la ropa de mi marido a ese pueblo? La abuela no da crédito, y Begoña decide volver al tema que les concierne, que no es lo que haga o deje de hacer su padre, que tan poco le gusta a su abuela, sino la dichosa camisa. Abuela. ¿Qué? La camisa. Que sí es. No es, dice la abuela, te he dicho que no es. Pero, mamá, y Begoña no puede seguir porque la tía Marisol, que también es un poco la abuela de Begoña, interrumpe. Igual la niña tiene razón, y se enciende un pitillo. Tú, con tal de rectificarme, me pisas el cuello, dice la abuela de verdad, y no fumes aquí a mi lado, que me da asma. Tú no has tenido asma en la vida, dice la tía Marisol soltando el humo. La abuela tose teatralmente. La tía Marisol sigue: la cosa será preguntarle al padre de esta niña por qué lo dice, de dónde habrá sacado él que esa ropa era del abuelo Emilio en la cárcel, o por qué lo decía tu hija, que también era un poquito Antoñita la Fantástica. Se callan las dos, y nadie le dice a Begoña si la camisa es de la cárcel de Jaén o de dónde demonios es. Begoña nunca había pensado que su madre era un poco Antoñita la Fantástica, su madre siempre le había parecido una persona muy cabal, científica, no porque se dedicase a la ciencia, sino porque tener un padre químico la había hecho recta. Quizá por eso le gustase tanto Alemania y el alemán, porque es una lengua ordenada en la que cada complemento tiene su lugar en la oración y no se pueden saltar. A Begoña le gustaría que la vida fuese como el alemán, con sus cajitas que cada una llenamos de significado. Sus abuelas son más del sujeto omitido, de la voz pasiva en la que no se sabe quién ha hecho la acción, de no hablar en general.

La abuela se sienta en un banco porque no puede caminar más, y la otra abuela que es la tía Marisol y Begoña se quedan de pie frente a ella. La abuela original se tira diez minutos buscando entre las fotos de su iPhone una imagen del abuelo Emilio en la cárcel de Jaén con la madre de Begoña, que tendría cinco años. Mira, no llevaba esa ropa, señala la abuela. Begoña lo que ve es una niña antigua y como de dibujos animados y un hombre joven y guapísimo que parece un actor. La foto no parece de verdad. Nunca había visto una foto de su abuelo tan joven, ni de su abuelo con su madre, ni una foto en la que le parezca que igual un poco sí se parece a su madre, aunque nadie lo dice, porque Begoña tiene la misma cara de pan que su padre. La abuela dice: una vez al año nada más dejaban a los presos ver a sus hijos. Abuela, se dice internos, corrige Begoña. Tu abuelo estaba preso, no interno. La tía Marisol dice: la cárcel de Jaén es ahora el museo de arte ibérico, que está medio vacío y se ve en media hora. Los íberos son una gente que no se sabe bien quién era porque llegaron los romanos y los pisotearon.

La abuela no puede caminar, pero no se quiere ir a casa. Begoña sí quiere irse, así que las abandona en el centro comercial de Príncipe Pío. Le da un poco de pena y se siente un poco mal, pero ellas, en realidad, se quedan como unas Pepas. La tía Marisol le dice: vete. A la abuela lo que le gusta es estar en la calle.

Begoña sube la cuesta de San Vicente y la camisa le da de repente muchísimo calor. Se la quita y la hace un gurruño para meterla en el bolsillo del abrigo. Sube la cuesta en manga corta, aunque ya van por la mitad de noviembre. Se enfada, sí, debe de ser enfado lo que siente, rabia, porque hace calor cuando no toca, porque su abuela no le cuenta las cosas, o su padre se las cuenta mal, o quizá, por remota que sea la posibilidad, quizá está enfadada porque puede que su madre se haya equivocado. Y eso la vuelve loca. No puede meterse por los jardines de Sabatini porque están todavía en obras, y eso también la enfada. Cómo se va a equivocar su madre, no puede ser, su madre era perfecta, sí, perfecta, Begoña sabe que no existen personas perfectas en la tierra, ni siquiera Rita es perfecta, pero su madre... ¡Su madre hablaba alemán, su madre todo lo hacía bien, lo único que tiene que hacer Begoña en la vida es parecerse a su madre, aunque sea un poco! La gente camina despacísimo cerca de la plaza de Oriente, y Begoña callejea por Marina Española y por Arrieta, que aunque tenga un sentido de la orientación regular, esas calles ya se las sabe.

Tía, ¿cómo no me lo habías dicho? A Begoña no le ha dado tiempo a sacar la llave de la puerta y Rita ya está en la estrechísima entrada del piso dificultando la entrada de cualquier ser humano en general y de Begoña en particular. Tiene cero unidades de ganas de hablar con nadie, ahora tiene más calor que antes, y la comida le ha sentado regular, quiere meterse en la cama, en el tanque insensible. Que estás en el grupo de la Complu. ¿Qué grupo?, pregunta Begoña, haciendo contorsionismos para quitarse el abrigo y el bolso y la bufanda que lleva atados a diferentes partes de su cuerpo. Tía, el de teatro, qué guay. Begoña se asfixia un poco porque a Rita le gusta poner la calefacción muy alta porque de momento la calefacción la pagan sus padres, en concreto el padre de Begoña, así que el piso parece una sauna finlandesa. Ahora que lo piensa, Rita nunca habla de sus padres. Ni de Sevilla, ni de su vida antes de Madrid. Que, pensándolo bien, es toda su vida hasta hace dos o tres meses que empezó el curso. Begoña se da cuenta de que da igual que una sea castellana y la otra de Andalucía, allí no habla ni Dios de nada, y Begoña empieza a estar hasta las narices. Rita, déjame pasar, por favor, pide. Rita se aparta y la sigue hasta el salón, lo cual es muy fácil porque son más o menos cuatro pasos. O sea, que te he inspirado, sigue Rita. ¿Qué? Tía, claro, *Chicago-Chiclana*. Se te ha pegado, es que es muy fuerte, pasa mucho, es llegar a la capital y como que nos hacemos, no sé, bohemias. Begoña no entiende nada, muchas veces no entiende nada de lo que dice Rita, y por eso le pregunta, ¿Hoy no sales? Luego, a la Siroco, pero escucha, qué fuerte, ¿qué estáis haciendo? Begoña ya ha tirado toda la ropa al suelo y está descalza en el sofá, en tirantes, y le dan ganas de quedarse en bragas, pero se aguanta. Rita a veces le pone la cabeza como un bombo. No entiende cómo puede provocar en ella ganas de tocarla con las manos y al mismo tiempo salir corriendo, de encerrarse en el baño y esconderse durante horas, como hacía los primeros meses después de que se muriese su madre. Su padre lo pasaba fatal, sobre todo al principio, porque no la encontraba. Luego porque pensaba que «se iba a hacer algo malo». Me da miedo que te vayas a hacer «algo», decía su padre, que te hagas daño «sin querer». A Begoña le daban ganas de hacerse daño queriendo, pero prometió a su padre que no lo haría si solamente le dejaba quedarse un rato en el baño a oscuras. A su padre no le hizo mucha gracia, pero se aguantó porque cuando se muere la madre de una, una hace lo que puede. Y si lo que puede es quedarse a oscuras sentada en la taza del váter, pues déjala, hombre, le dijo la tía Marisol, que por entonces un poco hablaban. Ya saldrá, si al final todo se pasa. Rita insiste, ¿de qué es la obra? Begoña no la mira y responde que no. Que no qué. Da igual, dice Begoña yéndose a su habitación a ver si se puede asomar a la ventana desde la que se ve el Teatro Real y respirar un poco, pero Rita la sigue y dice: tía. Rita dice mucho «tía», y, si se ha tomado unos botellines, dice «amor». Y si se ha tomado cubatas, ya dice «niña» o «mi niña», y un día la llamó «churra», y ahí ya Begoña se perdió. Pues que creo que no es para mí. O sea, que ya no voy a ir, dice desde el quicio de la puerta de su cuarto. Qué dices, Rita entra en el dormitorio de Begoña y se sienta en la cama, y a Begoña le dan muchas ganas de gritar. Por qué entra tan pancha, por qué le da la tabarra con el teatro, que lo haga ella, que para eso es actriz y alta y guapa y no le da vergüenza nada y le parece divertido y una experiencia transformadora (eso le dijo un día, uno en el que le decía «niña»; le decía: venir a Madrid para mí ha sido una experiencia transformadora, porque ya no soy la misma, Begoña; en Madrid he podido ser yo de verdad, como si la otra, la Rita de antes ni siquiera hubiese sido Rita, como si fuese una criatura desconocida, ajena, muy, muy lejana, es como si aquí hubiese decidido, bueno, es que aquí he decidido quién quiero ser y no he tenido que pedir permiso ni dar explicaciones a nadie. Por supuesto, después de semejante perorata, Rita se tambaleó por el pasillo y cerró tras de sí la puerta de su dormitorio para no volver a aparecer hasta el día siguiente a la hora de comer. Pero, para Begoña, de momento la Complutense ni es transformadora ni es nada). Si es una cosa superguay hacer teatro, insiste Rita. Ya, bueno, para mí, no, dice Begoña mientras deja las botas en una esquina. Me ha dicho Chema que lo estás escribiendo tú. Begoña se queda un poco de plástico y pregunta: ¿tú conoces a Chema? Claro, tía, de las Juventudes. Rita ya está echada en la cama de Begoña, y con ropa de la calle, y Begoña piensa que ahora va a tener que cambiar las sábanas y que va a tener que ir a la lavandería automática que siempre huele a perro mojado y sentarse a esperar a que se sequen en la secadora, y que ella lo que quiere es salir a su ventana. ¿De qué Juventudes?, pregunta Begoña. Ay, tía, de las comunistas, claro. Pero yo ya no estoy, eh, puntualiza Rita, yo es que ahora me considero más anarquista, ¿sabes? Además, siempre eran en viernes las asambleas y me venía fatal. De repente, a Begoña le interesa un poco lo que dice su amiga. ¿Estuviste mucho en las Juventudes? Uf, mucho, más en Sevilla, como con quince, dieciséis, por llevar la contraria, pero ya ves, ahora lo punki es ser de VOX, qué fuerte, me caían bien, leían mucho, bebíamos tinto de verano, luego aquí me pusieron en contacto con estos, con el Chema y otros, así para que no estuviese sola, pero ya te digo que no fue para mí. Yo es que soy artista, ¿sabes? Pero el Chema es *to* buena gente. Es guapo. No sé, es todo lo que dice Begoña. Es guapo, insiste Rita. Begoña no dice nada. Odia que le pregunten si le parece guapa la gente, y sobre todo si le parecen guapos los chicos. Porque no le parecen ni guapos ni no guapos, le parecen todos normales y, si tuviera que decir la verdad y nada más que la verdad, un poco parecidos todos. Vamos a ver, puede distinguir si tienen bigote o si son jugadores de baloncesto, pero normalmente no se fija. No se fija en sus caras ni en sus manos ni en su ropa ni en nada de nada. A Begoña los chicos le dan igual. ¿No te parece guapo?, insiste Rita. Me duele la cabeza, es todo lo que dice Begoña. Tengo Espidifen. A Begoña le gustaría abrir la ventana y tirarse, pero, como es un primero, seguro que no se mataría y como mucho se quedaría coja o en silla de ruedas, o como el de *Mi pie izquierdo*, y tendría que pasarse la vida sin poder moverse, pero escuchando a gente como Rita hablar sin poder hacer nada, que es más o menos lo que hace en su vida ahora. Tía, no lo dejes, es guay. Ya. Yo te ayudo. ¿A qué? Con la obra. No la voy a hacer. Con los actores. Se me da muy bien el proceso creativo. Mira el musical. Además, que los conozco. Tía, va a estar guay. Y de repente, aunque Rita lleve quince minutos dándole la tabarra, aunque Begoña haya considerado tirarse por la ventana y quemar sus sábanas llenas de gérmenes de la calle, del metro, de los sitios a los que vaya Rita, de repente, su compañera de piso hace esa cosa tan graciosa que ya le ha visto hacer otras veces, con los ojos miel y el pelo de princesa de cuento de libro violeta, una sonrisa, un guiño, algo con la mano y el mechón del flequillo, o todo a la vez, pero sin parecer que le está dando un ataque, que es seguramente lo que parecería si Begoña intentase replicarlo, una combinación, una combinación, que es como cuando en las máquinas tragaperras salen tres manzanas o tres cerezas o tres naranjas a la vez y la máquina hace muchísimos ruidos de fiesta y escupe monedas y monedas y monedas. Begoña se siente como una máquina tragaperras llena de luces y de monedas y de sonidos y de naranjas, porque Rita la ha mirado de esa manera y la ha desmontado totalmente, y se siente calentita por dentro y solo puede decir: me lo pienso (aunque ya se lo ha pensado y va a decir que sí) (lo de arreglar la bronca con los del teatro ya es otro tema).

Cuando se queda sola por fin, se mete en internet. La cárcel de Jaén estuvo activa entre 1931 y 1994. Tenía capacidad para ciento cincuenta internos, pero en 1941 llegó a albergar a unos cuatro mil. Un artículo de *elDiario.es* de 2017 informa:

> En los dormitorios para 15 personas convivían entre 80 o 90, en las celdas individuales una decena, que dormían sentados contra la pared. En cada patio (había cuatro), se alojaban entre 700 u 800 reclusos, que se guarecían bajo tenderetes o tiendas improvisadas con mantas. Cuando llovía podían entrar en los pasillos, entonces era imposible andar por el edificio sin pisar a alguien. Los que estaban en las escaleras se ataban a las barandillas para no caer cuando se dormían.

En adelante el número de reclusos disminuye, pero esta prisión siempre tuvo fama por albergar a presos políticos que se reunían en comunas. Begoña piensa si el abuelo Emilio se reunía en comunas o qué hacía el abuelo Emilio en la cárcel de Jaén en 1966, que es cuando

Eleuterio también estaba en la cárcel, después de lo del tren. Tal vez para entonces no había tanta gente presa, tantos hombres. Begoña no lo sabe, no lo puede saber porque nadie parece querer hablar de ello. Empieza a removerse en su silla pequeña en su escritorio pequeño y busca artículos y capítulos de libros y se zambulle (que es una palabra que le gusta mucho), porque, si internet es un mar en el que la gente surfea, ella prefiere bucear en lo más hondo, que es donde parece que están las historias que todas conocen pero que nadie cuenta. En el archivo de RTVE que a Begoña le parece practiquísimo y fascinante y recuerda a su madre llamarlo «tesoro público», encuentra una serie sobre la Transición. Después de ver un par de capítulos, sobre todo impactada con la gente tan antigua y tan delgada, se encuentra con otra serie, también sobre la Transición, esta más actual, y en ella escucha atentamente algo sobre «el pacto del olvido». Le parece incomprensible que un grupo de gente se pueda poner de acuerdo para olvidar. A Begoña no le parece que olvidar sea un acto voluntario, no puedes elegir desprenderte de cosas, ideas, experiencias que están grabadas en tu cerebro. Seguro que hay estudios de neurociencia que explican que eso no se puede hacer. Elegir obviar. Elegir ignorar. Elegir destruir. Siempre habría que estar recordando que ese recuerdo no puede aflorar, resurgir, casi haber existido en primer lugar. Eso es un trabajo arduo y continuo, y Begoña se pregunta si es eso lo que pretende, a lo que aspira o lo que desea su abuela, o las abuelas de España en general. Empieza a pensar en todos esos miles de presos que estaban no solo en Jaén, sino en otros penales de otras provincias, y piensa si sus historias estarán sepultadas por ahí, como la de su abuelo, o si, por lo menos, las conocerán en su pueblo o en su familia. Begoña piensa que sí, que Eleuterios hay algunos, Lutes solo uno cuya historia es conocida por todas partes, o lo era. Pero ¿y los demás? ¿Qué se hace, qué se ha hecho con los demás? ¿Les molestará también a las abuelas de las otras chicas de la Complutense hablar de sus maridos, de sus hermanos, de sus cuñadas? ¿Qué hay en ese silencio? Y, sobre todo, ¿por qué siente tan intensamente que hasta que no lo conozca no podrá avanzar? Como Begoña no es idiota, sabe que durante muchos años la gente tuvo miedo, y como ella sabe mucho sobre el miedo, comprende que es difícil desprenderse de él. Hay personas que heredan unos ojos azules, o unas piernas veloces, o un sentido del humor impecable. Y otras, como Begoña, heredan un miedo profundo e inexplicable. Eso es viejísimo, Begoña, le ha dicho alguna vez la abuela. Eso ya da igual, estamos en otro momento, tú no lo has vivido, gracias a Dios, no tienes que preocuparte. También ha oído a gente decirle: tú has nacido en democracia, tú has nacido con el euro, eres europea, Begoña, eres moderna, qué más dará lo que pasó hace tanto a una gente que ni conoces o que está muerta o las dos. No puede dolerte lo que no sabes que no conoces. No puede aterrarte algo tan desconocido. Pero Begoña siente, porque Begoña no es idiota, siente en las sienes y lo siente el enano, que todos esos presos y todos esos penales, o quizá solo uno, ese uno que es el abuelo Emilio y que de alguna manera es Eleuterio, que la vida de esos hombres, oculta, injusta, recóndita, está dentro de ella y de sus huesos y de su pelo, y aunque ella no lo pueda identificar, no lo pueda decir con palabras, en algún momento sabrá hacerlo, sabrá decir gritar declarar que necesita respuestas y necesita que le cuenten lo que ha pasado.

De momento, sabe que a Eleuterio lo mandaron al penal de El Puerto de Santa María. Begoña conoce ese penal por una canción de Concha Piquer que es de una zarzuela, porque la madre de Begoña, aparte de cantar Zarah Leander, también le cantaba la Niña de los Peines y Concha Piquer y Nino Bravo. Pero la canción de Concha Piquer que se sabe Begoña dice: «Mejor quisiera estar muerto que preso para toda la vida en ese penal del Puerto, Puerto de Santa María». Así que debía de ser tela ese penal, piensa Begoña mientras lo busca en internet. Lee en la página web de la Junta de Andalucía que había «5.479 reclusos, (...) cuando habitualmente había internados unos 400». Allí también se reduce el número de internos en los cincuenta, y se forman grupos concienciados de presos políticos que desarrollan los primeros motines de los años sesenta. A Begoña le asalta una duda y es si Eleuterio es un preso común o político. Ella cree que común, pero no está del todo segura. Hay algo que no le cuadra. Se pone a pensar en lo más fascinante que pudo ocurrir en el penal del Puerto, que fue la fuga de Eleuterio (Eleuterio para la familia y los amigos, el Lute para España entera) la Nochevieja de 1970. Y se pone a escribir.

Eleuterio no había nacido para estar preso, así que elige bien a sus compañeros de fuga para tener las mejores probabilidades. Eusebio era un anarquista muy mañoso que enseguida hizo buenas migas con Eleuterio. Eugenio era un comunista que estaba cachas y rápidamente se unió al equipo. Eleuterio, Eusebio y Eugenio se dividen las tareas. Eleuterio con su experiencia quincallera se encarga de construir una especie de hoz, una especie de polea a base de alambre y un ancla de tres garfios. Eusebio (el anarquista) se ocupa de armar una cuerda de esparto. Eugenio (el comunista) se agencia un pico y una pala y poco a poco va cavando un túnel que sale de su celda hacia uno de los patios. Llega la gran noche. Los presos están congregados en el comedor, expectantes, con sus doce uvas en la mano. Todos, menos Eleuterio, Eusebio y Eugenio. Como tres ratoncitos astutos y discretos, Eleuterio, Eusebio y Eugenio se escabullen entre los pasillos burlando a los guardias que, como todos los presos, están pendientes de la radio. Empieza a bajar el carillón. Eleuterio, Eusebio y Eugenio se arrastran por el túnel, trepan al tejado por la pared del patio. Empiezan los cuartos. Eleuterio, Eusebio y Eugenio recorren el tejado. SHHH, se chistan los unos a los otros. Empiezan las campanadas. TON. Eleuterio, Eusebio y Eugenio tiran la cuerda del anarquista intentando que el ancla de tres garfios se enganche en el último muro de la prisión. TON, TON. Qué mala suerte, qué espantosamente desafortunado, el ancla de tres garfios no se engancha donde se tiene que enganchar. TON, TON. La tiran otra vez. TON, TON. Qué mala suerte, qué espantosamente desafortunado, fracaso de nuevo. TON, TON. Eugenio se escurre y una teja cae al suelo, CATACRACK, alertando a un guardia que los ve y da la voz de alarma. ¡ALARMA, ALARMA! TON. Eleuterio mira al cielo, piensa en Chelito, piensa en el niño que llora y llora y tiene hambre y hambre y piensa en Salamanca, que es su casa, y piensa en los bajos de la Puerta del Sol, y mira a sus compañeros y mira al muro y al campo y a la libertad, y lanza el ancla de tres garfios con todas sus fuerzas, y ESTA VEZ SÍ SE ENGANCHA. TON. Vienen ya los guardias. ¡ALARMA, ALARMA! Y TON. Eleuterio ya no piensa en nada, agarra la hoz polea de fabricación artesanal casera quincallera y SE TIRA POR LA CUERDA, deslizándose como si fuera una tirolina, hacia el campo gaditano. Los guardias se vuelven locos, la cuerda se cae, se comba y no aguanta bien el peso, los guardias comienzan a disparar, Eleuterio consigue llegar al exterior, ¡ALARMA, ALARMA!, pero Eleuterio, como Begoña ya sabe, es veloz y se adentra en el bosque y corre y corre y corre.

Begoña mira lo que acaba de escribir. Parpadea el cursor sobre el documento. El enano se remueve y hay algo en la manera de contar lo que acaba de describir que no termina de funcionar. Un pinchazo dentro de su barriga. La certeza, por otro lado, de que tiene que seguir contándolo. Alguien tiene que seguir haciéndolo. No puede seguir tan callada.

¿La abuela no viene?, es lo primero que pregunta cuando ve a la tía Marisol entrar sola en el Rodilla. Qué frío hace ya, dice la tía Marisol, no se puede estar en la calle. ¿Y la abuela? Ahora viene, ¿has pedido? Yo me voy a tomar una caña. Begoña se ha quedado un poco preocupada porque la última vez que vio a sus abuelas fue cuando lo de la camisa de Jaén, y la abuela se puso como se puso y luego Begoña se fue y hoy está solo la tía Marisol, y la abuela y la tía Marisol vienen en un *pack* indivisible como las cervezas de los supermercados. Cuando llega la caña, la tía Marisol dice: la abuela no va a venir porque no la he llamado. ¿Y eso? ¿Está enfadada conmigo? Están sentadas en una mesa pequeña cerca de la ventana en el Rodilla de Princesa, que es como todos los Rodilla de Madrid y de España, aunque Begoña no sabe si en otras ciudades tienen Rodilla. A Begoña le gustaría que todas las ciudades de España tuviesen Rodilla, porque en El Espinar no había Rodilla y echaba de menos los sándwiches de queso con tomate y los de ensaladilla rusa y los de pollo al curri y casi toda la carta de sándwiches fríos triangulares. Las sillas son de madera y la comida viene en bandejas con mantelitos de papel y servilletas de papel. Begoña bebe café con leche. Las paredes son grises, casi blancas, y la luz también, aunque intenta adoptar un tono más cálido para todas las personas que meriendan bajo ella, que no son tantas, y son todas mujeres, Begoña se da cuenta. Las flores son de mentira y por la ventana se ven las luces de Navidad que acaban de poner.

Cómo va a estar enfadada contigo si eres su única nieta y eres un primor, dice la tía Marisol, tú por tu abuela no te preocupes, que está muy tranquila en casa viendo *Amar*, que además lo van a quitar ya. Yo quería hablar contigo porque con tu abuela no se puede hablar. La tía Marisol bebe y se retira el bigote de espuma con habilidad. Tu abuelo era muy rojo, ya lo sabes, pero vamos, que muchos, bueno, algunos, éramos muy rojos, pero no se lo decíamos a nadie, claro. Cuando tu abuela se casó, yo no sé si lo sabía o no. El abuelo Emilio era más joven que tu abuela, ¿tú lo sabías? Pues un par de años o tres, era el hijo del jefe de tu abuela, en lo de los discos; ¿a ti te ha contado lo de los discos? Begoña mira a su tía y piensa que menos mal que tiene una tía Marisol que decide hablar y contarle cosas. Da igual, eso que te lo cuente ella, sigue hablando sin mirar mucho a Begoña. Pues se casaron, tu abuela llevaba un abriguito blanco tres cuartos muy bonito, se lo hice yo, a mí siempre se me ha dado muy bien coser, era como una casaca, ¿sabes? ¿La has visto? Begoña no ha visto esa casaca en la vida, pero se imagina a su abuela casándose de blanco como se casan las mujeres. Se imagina a su abuelo, que todos dicen que era tan guapo y tan trabajador, casándose de negro como se casan los hombres. No se imagina a ella casándose de ningún color. El padre de Emilio se murió muy joven, pobre, pero tenía lo de los discos que daba dinero, y tu abuela se casó y ya no trabajó más en la vida. Bueno, sí, en su casa, que tu abuelo era estupendo, pero más estricto con la limpieza, no veas, así se quedó tu abuela de tiquismiquis, que tiene que tenerlo todo cómo si fuese un quirófano, y así salió tu madre. A mí me gusta mucho limpiar, dice Begoña, bueno, que las cosas estén limpias. Claro, nos ha fastidiado, y a mí, se ríe la tía. Sígueme contando, pide Begoña. El abuelo Emilio tenía veintitrés años cuando nació tu madre, imagínate. La tía Marisol vuelve a beber. Y yo ya no sé dónde se hizo rojo o si ya venía rojo. Nuestro padre era republicano, no te creas, pero era pobre y tenía miedo, que era lo que le pasaba a la gente. ¿Toda la gente tenía miedo?, pregunta Begoña. Supongo que sí, responde la tía, pero algunos más, claro, los que se alinearon enseguidita con el régimen lo hicieron porque estaban aterrados, qué vas a hacer; si no, cogían, te daban un paseo, y ya no volvías, pero, bueno, que eso fue justo después de la guerra y nosotras éramos muy pequeñas; luego era diferente. ¿Diferente, cómo?, pregunta Begoña al borde de su silla en el Rodilla de Princesa. Diferente, venían a tu casa, o no encontrabas trabajo, o te hacían el vacío en el pueblo. ¿Quién venía? Pues la Guardia Civil o la Político-Social, no interrumpas. Así que nada, no nos significábamos, porque luego pasaba lo de tu abuelo y menudo disgusto. ¿Qué quieres decir con significarse? Decir lo que piensas, pero ¿te cuento o no? Sí, sí, por favor. La tía Marisol muerde un poco del sándwich de ensaladilla, que es su favorito, y sigue. Y la bronca que le echó la yaya a tu abuela, qué barbaridad, cuando se lo llevaron, una bronca y un rapapolvo tremendo, que si éramos nosotras, nuestra familia la roja que habíamos llevado a su hijo a la cárcel. La yaya quién es, pregunta Begoña. Da igual. La madre de Emilio. Da igual. La cosa es que a tu abuela, pues, la política luego le dio miedo. Porque, con veinticinco años y una niña, pensaba que se quedaba viuda. Que luego se quedó viuda igual, pero por lo menos tenía cincuenta y tantos. Tía, no digas, intenta decir Begoña, pero la tía Marisol la interrumpe: yo me voy a pedir otra, ¿tú quieres algo? Pídete un *sángüis*. Total. Lo que yo te quería contar es que, a ver, que a tu abuela no le gusta hablar de esas cosas. Pero del abuelo Emilio sí, siempre dice lo trabajador que era, y lo guapo, y lo generoso. Como mamá. La tía Marisol se ríe y derrama un poco de la cerveza. Ay, suspira. ¿Qué pasa?, pregunta Begoña. Eso lo dice la abuela siempre. Que muy guapos y muy trabajadores y muy generosos y un montón de cosas buenísimas. Qué va a decir, Begoña, qué otra cosa va a decir de los muertos, dice la tía Marisol. Pero ¿no eran buenos y trabajadores y? Sí, claro, a veces, pero también la llevaban por el camino de la amargura, vamos a ver. Sobre todo tu madre. Qué va, a mamá la adoraba, que la llevaba a la compra. Begoña no entiende. Tu abuela y tu madre nunca se han llevado bien, Begoña, bonita. Sobre todo después de que se muriese Emilio, fíjate. Fíjate ¿qué? Voy a fumar, ¿vienes? La tía Marisol se levanta y se pone el abrigo. Luego ya te comes el *sángüis*.

En la calle el frío espabila a Begoña. Ya es de noche. La gente se piensa que en Madrid no hace frío en invierno, pero es porque nunca han estado en Madrid en invierno. La tía Marisol se enciende el cigarrillo y ofrece a Begoña. Ella lo acepta porque piensa que, quizá, se lo ofrece porque la ve como una igual, que el cigarrillo es un puente fino y alargado que, si no acepta, puede que se desmorone y su tía abuela Marisol deje de hablar, así que lo coge muy rápido y muy segura. Tu madre y el abuelo Emilio, muy bien, se llevaban muy bien, igual porque nunca hablaban de nada importante, no sé, empieza la tía Marisol, pero con tu abuela nunca se entendió. Tu madre, digo. No tenían comunicación. A tu madre le gustaban unas cosas que la abuela no comprendía. Eso era, comprenderse, comprenderse nunca. El cigarrillo arde en la mano de Begoña mientras escucha a su tía. Piensa que su madre y ella sí se comprendían, se comprendían mucho, les gustaban las mismas películas y los mismos libros. El que era más raro era su padre, que solo estaba en la bici y en los libros de divulgación científica de temas como el cerebro y la psiquiatría. A su padre, los cuentos no le gustan mucho, por eso no entiende del todo lo que es una filología, y por eso no entiende a Begoña. O eso piensa ella. La tía sigue: y sufrían las dos, bueno, no sé, porque nunca me contaban nada, porque esas dos no contaban nada, pero yo lo veía y me lo imaginaba. A la abuela le gustaba mucho el abuelo Emilio y a tu madre también. Yo creo que un poco, cuando se murió, que se murió de un infarto fulminante, de golpe vaya, como todos, tu abuela empezó a cogerle, no sé, manía a tu madre. ¿A mamá?, pregunta Begoña. Cómo le pudo haber cogido manía a su madre si su madre todo lo hacía bien, qué tendrá que ver su madre con que se muriera el abuelo de golpe. La tía Marisol menea la cabeza. Pues porque al verla, yo creo, *la* recordaba a él, sí, era un recordatorio constante de que él ya no estaba, y eso es muy complicado. Marisol se detiene un momento. *La* recordaba que no fueron al médico, que no le avisó, que no la apoyó cuando le dijeron que tenía que trabajar menos, no sé, pero por ahí van los tiros. Tu abuelo trabajaba mucho, muchísimo, no hacía falta que trabajase tanto y que se tirase tantas horas en el laboratorio, pero se quedaba allí hasta tardísimo casi siempre. Y claro, a tu abuela, pues mucha gracia no *la* hacía. Tú mejor que nadie sabes lo que es crecer sin madre, solo con un progenitor en casa, dice Marisol. Bueno, sí, dice Begoña, pero mi caso es diferente, o sea, yo estaba sola con mi padre porque mi madre se había muerto, no porque trabajase. Claro que es diferente, pero como nosotras veníamos de tan poco, no sé, tu abuelo quería tener mucho. Que es normal, por otro lado, Begoña, dice la tía Marisol, mirando un poco al suelo; a tu abuelo lo que le pasaba era que se había convertido de la noche a la mañana en cabeza de familia, y tenía que proveer para su hermano pequeño, su madre viuda, y eso ya se queda, se te queda pegado. Begoña quiere tocar a su tía Marisol, que ahora decide mirar al frente y dar una calada larga, el olor del tabaco se mezcla con el de las castañas que hace una señora en la esquina de al lado. Fíjate, su padre se murió joven, él se murió joven, tu madre igual. Era un hombre muy ambicioso, quería que a tu madre no *la* faltara de nada, que se fuese al extranjero a estudiar, que tuviese los mejores libros, profesores particulares. La niña de sus ojos, vaya, como tu padre contigo. ¿Mi padre? Begoña se sorprende. Sí, tu padre, que, aunque sea un poco desastre para algunas cosas, te adora, eso lo hemos visto siempre, es un poco *paraíto*, pero no pasa nada, te quiere, y punto. Begoña observa el autobús 133 que se detiene delante de ellas y escupe a gente de todos los tamaños y colores que se vuelven a poner los chaquetones cuando el frío de la calle les abofetea la cara. Y eso te cuento, rica, son cosas de las familias. Le debió de dar pelusilla a tu abuela, sí, pelusa de tu madre, que estaba tan mimadita. Yo no sé, porque no he tenido nunca ni hijos ni marido ni mujer ni nada. Begoña se gira como un resorte al oír eso de la mujer, pero la tía Marisol lo pasa por alto. Tu abuela no es que me lo haya querido contar, pero se *la* veía en la cara.

En la cara y en las manos, pero bueno. Pobre tu madre. Begoña fuma el cigarrillo fino y largo que pensaba que le iba a dar una tos horrible porque es el primer cigarrillo que se fuma en su vida, y en las películas siempre tosen y lo pasan fatal, pero el humo entra facilísimo por su garganta y sus pulmones, como si siempre hubiese estado ahí. Las luces de Navidad son rojas y azules y rosas, y cuando las mira desde la distancia se mezclan unas con otras y no se distinguen los dibujos. Begoña tiene la nariz helada. La tía Marisol apura su cigarrillo y dice: y ahora también piensa que fue culpa suya. ¿Qué culpa?, pregunta Begoña. Pues creo que se piensa que los ha matado ella, así te lo digo, por haberles hecho trabajar tanto, que no tiene sentido, pero bueno, tanto tanto que algo se les rompió por dentro, no daban más de sí. Sí, reventaron los dos del agotamiento, pero bueno, son mis conjeturas, yo qué sé. Ahora que están muertos los dos, pues a ver, la culpa y el remordimiento y todo eso pues se los tiene que tragar. Y tira la colilla al suelo. ¿Vamos dentro?

Acompaña a la tía Marisol al intercambiador de Moncloa. La tía Marisol se encuentra con una amiga y se despide de Begoña. Lo que tenemos que hacer es venirnos a vivir al centro como tú, le dice, a mí este barrio me gusta. Camina y piensa en la abuela y el abuelo Emilio y en el padre del abuelo Emilio. Se imagina a la abuela visitando a su jefe en el hospital porque es muy buena empleada. Lleva tres fundas o tres carátulas, tres opciones diferentes para el nuevo álbum de Gloria Lasso, por ejemplo. Se ha puesto guapa. Lleva un vestido azul claro, sencillo pero almidonado con esmero. Se ha peinado muy bien porque entonces se peinaban muy bien y no como ahora que no se peina nadie. Encuentra la habitación y llama a la puerta. Toc, toc, ¿se puede? Pasa, hija, pasa. Pasa la abuela con veintipocos años. No hay nadie más que el padre del abuelo Emilio tendido en una cama estrecha, el respaldo levemente alzado para que pueda ver quién entra y quién sale. Un crucifijo preside la habitación clavado en la pared, y la monja enfermera que ha acompañado a la abuela joven, con su vestido azul claro, sencillo pero almidonado con esmero, se va sin hacer ruido. Le enseña las carátulas. Se dispone a salir cuando aparece el abuelo, que tenía veintimenos años. Sus miradas se cruzan por un momento, los ojos pardos y profundos de él atraviesan los ojos verdes y vivos de la abuela, los ojos verdes con pintitas oscuras que son como dos rodajas de kiwi. Los ojos pardos y los ojos kiwi están unidos durante unos segundos que parecen horas, se dilatan las cuatro pupilas, y el corazón de veintipocos años y el corazón de veintimenos se aceleran y ambos sienten que se van a salir por sus respectivas bocas. La abuela no sabe qué decir (porque no deja de estar en la cama el padre del abuelo Emilio, muriéndose, y enamorarse delante de un casi muerto no es de buena educación) y el abuelo sostiene la puerta para que ella pase. Gracias, dice con un hilito de voz. Justo cuando está saliendo, el cancán almidonado que sostenía su vestido azul, sencillo pero pulcro, se desliza por sus piernas hasta el suelo. La abuela de veintipocos años se pone roja roja roja, y se apresura a agarrarlo. Es como estar desnuda. La abuela de veintipocos años está desnuda delante del abuelo de veintimenos y delante del padre moribundo del abuelo Emilio. El casi muerto empieza a reírse, y el abuelo se ríe también, y la abuela sigue roja, pero respira quizá más tranquila, agarra el cancán, se lo pone debajo del hombro y sale de la habitación del hospital con decisión y gracia que es como a Begoña le gusta imaginarse a la abuela haciendo las cosas con veintipocos años.

Begoña se da cuenta de que ha seguido caminando por Isaac Peral y está delante del Clínico. Y de repente no le gusta estar allí. Se enfada con sus pies y con sus piernas y su cerebro idiota por no pensar y llevarla al Clínico, al puñetero Clínico de Moncloa, y se quiere ir, y se da la vuelta para irse a su casa o irse a cualquier sitio cuando ve a su madre al otro lado de la calle, bajo el semáforo, al otro lado del cruce. El semáforo se pone en verde y cree que su madre va a cruzar y a reunirse con ella, pero su madre ni cruza ni se reúne con ella, su madre echa a caminar en sentido contrario. Begoña corre y va detrás, porque hace mucho que su madre no se le aparece, y aparecerse justo al lado del Clínico le parece macabro, y piensa decírselo, piensa decirle que ya le vale, que lleva semanas sin venir, y viene justo ahora, y que por qué nunca le ha contado nada de la abuela ni del abuelo ni de nada, que si se piensa que es tonta, o una cándida, o que no lo va a poder entender, que por qué piensa o pensaba que iba a entender más canciones en alemán o historias de alemanas antes que la historia de su propio abuelo. Y qué es esto de aparecerse, que la deje ya tranquila, o que le explique para qué viene, ¿por qué vienes, mamá, qué te pasa, qué te has dejado aquí que no te puedes ir? Todo esto piensa decirle Begoña a su madre en cuanto la agarre, pero su madre va rapidísimo y se escabulle constantemente por las esquinas y los coches y las aceras. Cuando Begoña parece que la va a alcanzar, cuando Begoña se detiene a coger aliento, cuando Begoña lleva corriendo tanto rato que suda como un pollo, como dice su abuela, y sudar debajo de las luces de Navidad se le hace rarísimo; cuando pasa todo esto, se da cuenta de que su madre (qué tía, cómo ha sido su madre siempre, de verdad, siempre se tiene que salir con la suya), su madre la ha llevado a la facultad justo a la hora que empieza el club de teatro.

Busca a su madre, pero su madre ya no está, y cuando se gira para seguir buscándola, se da de bruces con el del bigote, que se dirige apresurado hacia el interior del edificio. ¿Vienes?, le pregunta él. Begoña no es capaz de decir nada. Seguro que ya se han olvidado de lo del otro día, sigue él. Pero si vienes, vamos ya, que Alma se pone muy pesada si llegamos tarde. No sé, es todo lo que puede decir Begoña. Yo es que no puedo llegar tarde más días, dice el del bigote haciendo un ademán hacia el edificio. ¿Sueles llegar tarde?, pregunta Begoña. A veces. Es que vivo con mi abuela y hay días que se puede mover menos y la tengo que ayudar. No tira de la rodilla. Mi abuela tampoco tira de la rodilla, dice Begoña. Pues eso. ¿Vienes o no?, insiste el del bigote. Entran en el aula. Alma la doctoranda la mira con sorpresa y luego con curiosidad y luego con algo que a Begoña le parece dulzura y le hace apartar la mirada. Begoña está harta de tener que apartar la mirada o la mano o lo que sea cuando estas mujeres que a ella le parecen brillantes e incomprensibles se acercan un poco. Hay veces, que son casi todas, en las que a Begoña le gustaría sostener la mirada y agarrar la mano y quedarse allí siempre. Lo que le asusta es lo que viene después de la mirada y la mano, porque la única vez que sintió que podía quedarse allí, que podía, de hecho, avanzar a un horizonte incierto, Javiera dejó de hablarle y toda la clase empezó a mirarla rarísimo, y Begoña se alegró mucho de haber conseguido la plaza en Madrid y el piso feo y no tener que volver a El Espinar nunca en su vida a ser posible.

La que se parece a Peter Pan le da un codazo al que se llama Chema cuando ve a Begoña. Begoña no lleva ni mochila ni nada, todo en los bolsillos del abrigo, todo es el libro electrónico y la cartera y el móvil. Los del club de teatro la miran y Begoña mira al suelo. Alma la doctoranda parece que va a hablar, pero Begoña lo hace antes. Yo. Hola. Bueno. Yo. Lo del otro día. No estuvo bien, lo del otro día no estuvo bien. Estuvo regular. Bueno, fatal. Muy mal. Y quería. Yo. Pediros disculpas. Por el pollo. Begoña mira el suelo y cree que todo va a ser horrible y que la van a mandar a freír espárragos, pero lo que sucede es que empieza a oír risas. Y piensa: como en El Espinar. Y piensa: me quiero morir. Y levanta la mirada y ve a todo el mundo riéndose, pero se da cuenta de que no es una risa como la de El Espinar, es una risa más blanda y más tonta, y Alma la doctoranda se ríe y se ríe como un cascabel. El pollo, dice el del bigote, que también se ríe, el pollo. La que se parece a Peter Pan y el que se llama Chema también repiten la palabra «pollo», que es lo que más risa les hace del mundo, el chiste más divertido, la cima del humor. Y Begoña, poco a poco, sin darse cuenta, también se ríe, porque un poco divertida sí que es la palabra pollo, y aunque tarde algunos años más en entender por qué a esas universitarias les hacía tanta gracia, en ese momento la risa de cascabel es suficiente. Alma la doctoranda pone orden. A ver, dice, disculpa aceptada, ¿o no? Las compañeras asienten. Siempre hay momentos de crisis en el proceso creativo, no os creáis, sigue Alma la doctoranda, de hecho, no hay nada como una buena crisis para detenerse y mirar, y mirarnos, vaya, y pensar qué es lo que queremos hacer: hay que tomar una decisión, chicas. Begoña levanta la mano y habla por segunda vez: creo, bueno, vosotras, ¿todas tenéis abuelas? O abuelos. ¿Vivos?, pregunta el que se llama Chema. Viva mi abuela y los dos abuelos, dice la que se parece a Peter Pan. Vivas todas, dice otra. Algunas. Ninguna, pero sus vecinas me cuentan cosas. Es que, sigue Begoña, no sé, igual es un poco cursi, pero creo que, a ver, creo que sería cómo más interesante si, en lugar de solo Eleuterio, que es muy guay Eleuterio, ya lo sabemos, pero si en lugar de solamente hablar de Eleuterio hablamos como de otra gente. Porque, no sé, yo he hablado con mi abuela y, bueno, que puede ser otra gente, quiero decir, puede ser la portera, o la bibliotecaria, o la quiosquera, no sé. Quiero decir más gente, porque esa gente también tiene historias. Pero no sé. Pero ¿hablamos de Eleuterio o no?, pregunta el que se llama Chema. A mí, Eleuterio me flipa, dice la que se parece a Peter Pan. Sí, sí, dice Begoña, pero hay que hacerlo bien, revisando la posicionalidad, dice mirando a la que se parece a Peter Pan, quien sonríe un poco, contenta de haberle enseñado una palabra nueva. Eleuterio como que es el primero, ¿no?, sigue Begoña, quiero decir, que hablemos de la gente a partir de Eleuterio. Que es Eleuterio y su vida extraordinaria la que nos hace fijarnos en las vidas de las otras, que quizá no sean tan extraordinarias en el sentido de que no parecen un libro de aventuras, pero que son, no sé, ¿cruciales? Bueno, muy importantes, sí, eso, muy importantes para saber quiénes somos. Menudo rollo. No sé si me explico. Perdón. Alma la doctoranda interviene: te explicas perfectamente. Y sonríe a Begoña y a Begoña le hacen una cosa muy rara las rodillas mientras se queda mirando a Alma la doctoranda, que ya se ha puesto a hablar con el resto del grupo y a organizar todo, porque Alma la doctoranda, aparte de reírse como un cascabel y desconcertar a Begoña, es una mujer asertiva y eficaz que sabe cómo ordenar a todas esas universitarias con muchísimas opiniones. Begoña se sienta y mira por la ventana que da a la calle. Allí está su madre, que sonríe, la saluda, levanta los pulgares. Begoña resopla y mueve la boca diciéndole: ya te vale. Su madre se encoge de hombros y le saca la lengua. Begoña piensa: la voy a matar. Luego se da cuenta de la tontería que acaba de pensar, y se vuelve con el grupo.

La abuela y la tía Marisol nacieron en la calle Ave María en Lavapiés, y a Begoña últimamente le encanta decirlo porque eso es ser madrileña de verdad. La abuela dice: en Ávila nos llamaban las madrileñas y nos mandaba mi madre a la compra y el carnicero decía: «Ya vienen las madrileñas, qué van a querer». Como había racionamiento, tú estabas haciendo la cola y de repente venían los guardias, y zas, cortaban la cola. Lo siento, señora. Yo siempre me ponía al lado de la mujer del médico, y por ahí no cortaban, y a mí siempre me dejaban pasar. Begoña piensa que quizá por eso a sus abuelas les guste ahora tanto salir a comer por ahí a sitios especiales o sitios menos especiales como el Vips, y por eso a su abuela le gustan tanto las croquetas y la cerveza y a la tía Marisol los buñuelos. Como Begoña no ha crecido teniendo que hacer cola con la angustia de que en cualquier momento entre la Guardia Civil en el súper y le mande a su casa sin poder hacer la compra de la semana, intenta imaginarse a las abuelas en la nieve abulense y a los guardias civiles, que da igual qué historia se esté contando, siempre están en medio. La tía Marisol dice: empezamos a trabajar con catorce años. Begoña piensa que cuando ella tenía catorce años acababa de bajarle la regla. Estaba con su padre en El Espinar, dormía en esa cama litera, había pasado una semana justa desde su cumpleaños. Fue al baño por la mañana y, efectivamente, le había bajado la regla. Menos mal que Javiera le había explicado todo, porque, antes de conocerla, Begoña no sabía que aquello era algo que les pasaba a todas las mujeres una vez al mes durante el resto de su vida. Su madre le habría cantado muchas canciones, pero no le había contado nada de lo que era menstruar. Se acercó al dormitorio de su padre que, a pesar de lo temprano que era, ya estaba vacío, así que se puso los zapatos y se asomó al garaje, donde efectivamente encontró a su padre con el maillot y los zapatos esos, que le hacían caminar tan raro porque tenían ese enganche para agarrarse muy fuerte a los pedales de la bicicleta y convertirse en un solo ser. Begoña piensa que eso es lo que le gustaría ser a su padre: un hombre bicicleta, un híbrido, un *cyborg*. O directamente ser bicicleta. Qué pronto te has despertado, le dijo su padre. Ya, es que, empezó a decir Begoña. ¿Estás mala? No, no, es que me ha bajado la regla y no tengo nada. Su padre la miró muy confundido y muy incómodo cuando dijo la palabra regla. ¿No tienes nada? Compresas, no tengo, dijo Begoña sin mirarle. Me tienes que llevar a comprar. ¿Ahora?, preguntó su padre, que tenía el casco ya puesto. Bueno, sí, mejor ahora, siguió Begoña. ¿No tienes nada?, preguntó de nuevo su padre. No tengo nada porque nunca me había pasado antes, dijo ya un poco molesta. Y maldito el momento en el que lo dijo, porque su padre se quitó el casco inmediatamente y caminó hacia ella con los zapatos raros y la abrazó y empezó a decir flojito: mi niña, mi niña, una mujer, ay mi Bego, y ella se quería morir. ¿Me llevas al súper o no? Sí, claro, claro, voy a por las llaves del coche. Total, que Begoña a los catorce años no estaba precisamente trabajando. ¿Qué hacían las niñas mujeres de la posguerra cuando les bajaba la regla? ¿Se lo contaban a sus padres? ¿Tenían igualmente que ir a Galerías Preciados a trabajar como iban sus abuelas y seguro que las abuelas de mucha gente en España a vender perfumes y pañuelos y gemelos mientras les dolían los riñones o el útero? La abuela dice: la carpeta del disco de Gloria Lasso la hice yo. La tía Marisol dice: explícale qué significa hacer la carpeta. La abuela aprieta la boca y dice: ir a la imprenta, coger la carpeta, ver que estaba todo bien, coger el disco, meterlo. La tía Marisol mira a Begoña y levanta las cejas con un gesto mínimo que solo ella puede ver. La abuela dice siempre: yo he ido muy poco al colegio. ¿Te gustaba?, pregunta Begoña. Sí, supongo, sigue la abuela, nos preguntó la maestra: ¿quién quiere ser teresiana? Y todas las niñas de pie, menos yo. Y la maestra me pregunta: ¿y tú no quieres? Y yo le dije que no, que yo quería casarme y ponerme tacones y tener hijos para pegarles un azote si se portaban mal. Las dos abuelas se ríen, y Begoña piensa que antes que madre prefiere ser teresiana. A mí de las teresianas solo me gustan las yemas de Santa Teresa, que están de rechupete, dice la tía Marisol, eso y el marrón *glasé*. ¡Uy, el marrón *glasé*, con lo que a mí me gusta!, se suma la abuela. Mi tía Lucita, que era muy rica, pero muy rica, en Navidad me daba uno, sí señora, uno nos daba. Pues tan rica no sería si solo podía daros uno, dice la tía Marisol, mirando a Begoña con intención. Pues eran muy ricos, porque eran los únicos en la calle Ave María que tenían váter, insiste la abuela. Ya ves tú, hija, tener váter, si a ti eso te parece ser riquísimo, ser rico es ser como la burguesía catalana, o los que tienen título nobiliario, no váter. Anda, anda, calla, que siempre me estás corrigiendo, te crees que soy tonta, se enfada la abuela. Begoña interviene: ¿os hubiera gustado ir más al colegio? Pues claro, dice la tía Marisol, a mí lo que me ha faltado es cultura, que es lo que más me gusta, pero como tenía dos trabajos, el de la Seguridad Social y luego el de la oficina de Salgado por las tardes, pues no se pudo. Tú sí puedes, así que aprovecha. La abuela se mete: pero me gusta mucho leer e ir al teatro y al cine porque nos llevaba mi tía Isabel, eso sí, y nuestra madre leía novelitas, aunque era casi analfabeta la pobre (Begoña no entiende cómo se puede ser casi analfabeta y estar leyendo todo el día), pero la tía Isabel hizo mucho por nosotras para que no fuéramos unas incultas totales. La tía Isabel es un personaje mitológico en la familia de Begoña, que trabajaba en la Telefónica y a la que le mataron el marido en la guerra y parece que nunca se volvió a casar.

Algo así es lo que Begoña le lee a Rita mientras van al último ensayo antes de las vacaciones de Navidad. Van en metro, y Rita escucha atenta. Los demás también van a traer historias así, explica Begoña, y luego Eleuterio pues lo une todo. Tú las escuchas cuando las lean, y vemos. Rita dice que vale. Luego, en el ensayo, ni se leen las historias ni nada. Bueno, sí que leen, pero enseguida están todas de pie, las historias cobran vida, las abuelas se convierten en personajes, y Rita las organiza en el espacio, y aunque al principio a las del club de teatro de la Complutense no les ha parecido muy bien que viniera una extraña, como era de las Juventudes, han dicho que bueno, y ahora están muy contentas de haber dicho que bueno, porque, aunque Rita sea un poco desordenada y hable un poco alto, tiene unas ideas que encajan perfectamente con las del grupo. Es como si de repente todas hablasen el mismo idioma, que es un idioma nuevo que no es el castellano, un idioma creador y joven. El del bigote cuenta que sus abuelos eran cada uno de una punta de la península y que se conocieron por correspondencia, que era como el Tinder, pero en el siglo XX. Madrid les pareció que les quedaba a mitad de camino y se vinieron y abrieron un quiosco. El del bigote se acuerda mucho del quiosco porque había colecciones por fascículos de coches y de libros de historia y de películas de los hermanos Marx, y él creyó durante mucho tiempo que Marx el de los libros era hermano de Groucho y de Harpo. El que se llama Chema les cuenta que sus abuelos son de un pueblo de Huesca y que a él siempre le ha dado miedo la casa del pueblo porque es oscura, y su abuelo decía que había un fantasma que se llamaba Paco. Todas están de acuerdo en que un fantasma que se llame Paco no puede dar miedo, pero el que se llama Chema insiste en que, si hubiesen escuchado a su abuelo contar las historias de Paco, a ellos también les daría miedo. Luego se enteró de que Paco era un hermano de su abuela que desapareció después de la guerra y del que no hablan mucho porque a la abuela le pone de mal humor, pero que con eso del fantasma su abuelo intentaba quizá desviar la atención o entretenerlos o mantener a ese hermano presente que nunca pudieron enterrar. La que se parece a Peter Pan habla de la mercería de su abuela en Langreo, que es su pueblo, y que todavía está abierta. Cuenta que su abuela solo habla en asturiano y que le gustaría que en la obra se hablase un poco en asturiano o en alguna de las otras lenguas, porque hay una de esas desubicadas que estudian medicina, que también se ha metido al club de teatro, que es de un pueblo del Empordà que dice que si se puede hablar un poco en catalán, porque a una hermana de su abuelo la raparon por hablar catalán en la pescadería. Rita y Begoña dicen que sí, que se habla lo que quieran, que si eso de la pescadería es verdad, aunque luego piensan que da igual que sea totalmente verdad, porque al final están contando un cuento, o están contando el cuento que recuerdan sus abuelas, sea así como sucedió o no. De vez en cuando, recuerdan a Eleuterio y al Lute, y diseccionan a sus personajes y las personas de las que provienen. Es un puzle antiguo, ignoto y a la vez nuevo y conocido, porque, poco a poco, se van dando cuenta de que hay denominadores comunes: el hambre, el miedo, los secretos, que son cuentos como el que ellas están contando. También hay amor y también hay humor. Rita les habla de la importancia de la compasión y de la comedia. Tampoco podemos hacer aquí el dramón del siglo, porque tenemos que decidir de qué manera recordamos, quiero decir, la rabia está muy bien porque nos mueve, pero creo que hay algo más, ¿no? Las demás asienten. Yo cuando escucho a mi abuela hablar de la mercería y de las letras que tuvo que pagar, y de las vecinas que iban, dice la que se parece a Peter Pan, no sé, como que siento que veo otro Langreo, ¿sabéis? Y veo a otra abuela. Tía, me pasa lo mismo con el fantasma Paco, dice el que se llama Chema. Como que mis abuelos son otros cuando hablan de él y entonces mi padre también, y pienso cuánto conozco o no conozco a esta gente. Y a mí también me pasa, dice Begoña de repente, como que conozco otras abuelas, bueno, mi abuela y su hermana que vienen en un *pack*, y también conozco otro Madrid. ¿Y tú, Toñi? digo, Rita, pregunta el que se llama Chema, ¿no vas a contar nada de Sevilla? La mirada de Rita se ensombrece un momento y va a contestar cuando Alma la doctoranda, que lleva toda la hora sin decir ni mu, avisa de que los tiene que echar porque van a cerrar la facultad.

Todas están emocionadas y chispeantes y nadie se quiere ir a casa. ¿Tomamos algo? Y luego vamos a los bajos. No, a los bajos no, no tenemos quince años. Vamos luego a la Wurli, que hacen un homenaje a Eduardo Benavente guapísimo, ya que estamos en modo nostalgia. Se sientan en una terraza porque todo el mundo fuma. Begoña se sienta justo debajo de una de las estufas de gas y Rita se sienta a su lado. Qué guay, ¿no?, dice Rita. Tenéis un grupo chulo. Begoña asiente. Rita le pone la mano en la rodilla y dice: me da a mí que tú has tenido mucho que ver. Begoña se pone un poco nerviosa, y dice: lo han hecho todo Chema y estos, yo la semana pasada casi me voy, yo acabé aquí de chiripa. Pues menos mal que no te has ido, interrumpe el que se llama Chema desde la otra punta de la mesa, y además tiene mérito que hayas arrastrado a esta aquí (esta es Rita) un viernes final de cuatri, que los viernes a ella le viene fatal todo. Rita le tira la pegatina del tercio que se ha despegado y la ha hecho una bola. Es que esto no tiene nada que ver. Ya, ya, por el partido no, pero por el teatro. Por el teatro ¡todo! Y brindan, y a Begoña le parece cursi, pero la mano de Rita sigue en su rodilla y decide brindar con su agua con gas.

La Wurli o Wurlitzer, que es el nombre completo de la sala, está en la calle de las Tres Cruces, al lado de Gran Vía con Montera. Después de varios tercios, todo el club de teatro de la Complutense está bastante animado y no les importa el frío ni tener que caminar. A Begoña le gusta subir la Gran Vía de noche porque no hay gente y parece de mentira. La Wurli es oscura y roja y larga y estrecha, y hay un montón de gente. Los techos son bajos, y le da la sensación de estar dentro de la garganta de alguien. Varias bandas se han reunido para rendir homenaje a Parálisis Permanente, y aunque muchos del club de teatro no saben qué es Parálisis Permanente, entran en tropel. Este chico se murió muy joven, grita Rita en el oído de Begoña, como en el ochenta y tres. Uno de sus primeros conciertos fue en la fiesta del PCE en la Casa de Campo, ¿lo sabías? No. ¿Dónde estaba Eleuterio en 1983? Acababa de salir de la cárcel, me parece, dice Begoña. Te lo sabes todo, dice Rita. Begoña la mira y sonríe, y Rita se acerca un poco más, Begoña puede sentir su aliento en la oreja cuando le habla. Vamos a acercarnos más al escenario, y coge la mano de Begoña y se la lleva. Atraviesan a la marabunta que baila regular todos con cervezas en la mano, y cuando llegan, la banda empieza a dar guitarrazos y una chica joven canta bien fuerte uno de los temas más conocidos de Parálisis Permanente. Begoña y Rita empiezan a dar botes. Nunca ha dado botes en un concierto al lado de alguien con quien se siente tan a gusto. La chica canta sobre libros que solo entiende ella, cintas de casete que ha grabado, Begoña piensa que esa canción le gusta, que la letra entra en ella como si estuviese hecha para ella. ¿Eduardo Benavente estaría pensando en las adolescentes del futuro? ¿Las adolescentes del siglo XXI que también se sienten autosuficientes e independientes y muchas veces solas? Los otros cuerpos también saltan y se empujan los unos con los otros. Begoña canta muy fuerte y Rita canta muy fuerte, y piensa que no, que ella ya no se siente tanto como la canción porque Rita está a su lado, y porque ha encontrado a toda esta gente en la facultad para contar no solo su historia, sino la de todas. Alguien derrama cerveza sobre ellas, pero no importa. La música sigue, la cantante desgañitada, las chicas sudorosas, sonrientes. Independiente, autosuficiente, al fin, al fin, al fin.

Begoña y Rita están sentadas en un portal enfrente de la Wurli. Sale el sonido de la música cada vez que alguien abre la puerta. Begoña recupera el aliento y Rita fuma. No dicen nada. Por primera vez, Rita no dice nada, y Begoña se da cuenta, y no es incómodo, es perfecto, es agradable, es reconfortante; después de que las letras de Eduardo Benavente hayan sido las palabras que, a la vez, han pronunciado, juntas, no hay nada que decir. Ojalá, piensa, ojalá sea siempre así. Siempre conectadas con las palabras mágicas, sean de Eduardo o de Eleuterio o de cualquier persona o poeta que haya sido capaz de expresar lo que ella siente de una manera mucho más precisa y locuaz. Y la música. Rita ofrece el cigarrillo a Begoña, que lo coge y le da una calada larga. Rita no se sorprende, y eso a Begoña también le gusta. Todo le gusta. Le gustaría vivir siempre en ese portal, sentadas en ese escalón, una noche de diciembre, a cinco grados. Piensa que, si se muriese en ese momento, no le importaría. Como dice Morrissey. Cuando le devuelve el cigarro, sus dedos se tocan, y Rita levanta la mirada, que se encuentra con la suya, y todo ese mogollón de ruidos y latigazos y torbellinos y mareos y vértigos, todas esas cosas que siente cada vez que mira mucho rato a Rita se desvanecen y se convierten en un mar en calma cuando Rita la besa. La boca de Rita es suave y está caliente. Podría quedarse pegada a esa boca toda su vida. Abre un poco los ojos para confirmar que la persona a la que pertenece la boca es Rita, y sigue ahí. Confirmado. Y aun así, por un momento quiere separarse, el enano se agita y le advierte; de repente, ese miedo, esa angustia, es un microsegundo, suficiente para que Rita lo note y Begoña se aleje, ¿estás bien? Respira un segundo, siente unas ganas horribles de llorar, no sabe si de angustia, de anticipación, lágrimas preventivas antes del desastre que está segura va a desencadenarse ante ella y no tendrá solución alguna. Pero no pasa nada. Lo que pasa es que Rita sonríe y le coloca un mechón detrás de la oreja. La mano helada de Rita acaricia entonces su mejilla. Se estremece como un gato, agarra esa mano helada y la besa, Rita se ríe, Begoña la besa de nuevo, porque esa risa le ha dado muchas ganas de besarla otra vez, y parece que a Rita también. Begoña no se lo puede creer.

La primera y hasta entonces última vez que Begoña había besado a alguien fue en su pueblo, El Espinar. Era Semana Santa y todo el mundo salía a hacer botellón al parque de don Cipriano después de la procesión. Hacer botellón era de las pocas cosas que podían hacer los adolescentes en El Espinar, porque allí no hay cine ni Rodilla ni ganas. Javiera siempre decía que la cerveza era una guarrada y una cosa de chicos y de bolleras, y que ellas tenían que beber vodka limón, que era mucho más rico y lo bebía su prima en el pueblo, y además salía más barato el pedo. Begoña decía que vale. No decía que le había gustado la cerveza la primera vez que la había probado, porque Javiera la escupió al instante y ella hizo lo mismo. Esa noche en la que bebieron vodka limón, Javiera dijo que tenía muchas ganas de liarse con Alberto. Tengo muchas ganas de liarme con Alberto.

Alberto había repetido, jugaba al waterpolo y quería ser bombero. Begoña no quería liarse con nadie, pero Alberto tenía un amigo que se llamaba Jorge y que había venido a pasar la Semana Santa porque era de Córdoba, que era donde se habían conocido haciendo unas colonias de waterpolo o de catequesis, Begoña no se acuerda muy bien. Jorge era bajito. Javiera se fue con Alberto y con el vodka limón, y ella y Jorge se quedaron solos. ¿Hace mucho que juegas al waterpolo? Odio el waterpolo, dijo Jorge. Odio el vodka limón, dijo Begoña. ¿Y por qué bebes? ¿Y por qué juegas? Yo ya no juego. Pues yo ya no bebo, y tiró la copa por el suelo del parque de don Cipriano. Jorge no dijo nada. Begoña pensó que Javiera tardaba un montón. Javiera tarda un montón. Se la estará chupando. Qué dices. No sé. Pensó un momento. ¿Tú quieres que te la chupe? ¿Tú quieres? No. Pues entonces no. Miró a Jorge que se encendía un cigarrillo. El cigarrillo se consumía y no pasaba nada. Al rato vino Javiera y se fueron a casa.

Cuando llegaron al portal de Javiera, Javiera se puso a llorar. Qué pasa, qué pasa, estás bien, decía Begoña. Le asustaba mucho cuando Javiera lloraba, porque era como si se rompiese, como si las piernas y los modales y todas las cosas perfectas y cuadriculadas que era Javiera se desmoronasen delante de Begoña, y no sabía qué hacer con ellas. Le daba una pena horrible y solo quería abrazarla muy fuerte para que todas las partes de Javiera se mantuviesen juntas. Qué te ha hecho, preguntó Begoña. Javiera hipaba. Javiera, Javiera. Javiera dejó de llorar un momento para decir: tiene novia. Begoña se quedó mirando a su amiga. Me ha llevado ahí donde los columpios y ya después de eso le ha llamado la novia. Después de qué. Después de liarnos, Begoña, joé. Ya, ya, perdona. Es de Villalba. ¿Quién? La novia. Begoña miraba a Javiera y solo se le ocurrió abrazarla, rodearla con los brazos y sostener sus hipidos. Pasó su mano por el pelo suave de Javiera, luego por sus mejillas húmedas por donde corrían caminitos de rímel oscuro y destellos de purpurina de la sombra de ojos, que le den, empezó a decir Begoña, es un idiota, es un capullo, no te merece, todas las frases que había leído en la *Bravo* empezaron a salir de su boca, tú vales mucho más, todo lo haces bien, Javiera, eres listísima, y guapísima, y nadas superbién, y te llevas bien con todo el mundo, Javiera, en serio, hazme caso, a mí me gustaría ser como tú. Javiera cada vez lloraba menos. Tienes unos ojos preciosos, Javi, en serio, incluso ahora que pareces un poco un mapache son bonitos. Javiera sonrió un poco. Si Alberto no lo sabe ver, pues es su problema. Él se lo pierde. Y, además, si le hace eso a la novia, se lo hace a todas, Javi. ¿De verdad te parece que tengo unos ojos preciosos? Preguntó Javiera, que había dejado de llorar bastante. Sí. Jo, tía, ojalá los chicos fuesen así. Así ¿cómo? Como tú. Ahora Javiera se había girado hacia su amiga y miraba a Begoña a los ojos. Ojalá viesen todas esas cosas y dijesen todas esas cosas. Begoña no decía nada y miraba a Javiera. Lo que tendríamos que hacer es no volver a verlos ni a pensar en ellos nunca más, seguía Javiera, ¿verdad? Estar solo nosotras juntas para siempre, que nos entendemos y nos cuidamos y nos queremos, ¿verdad? Begoña no decía nada, solo asentía y empezaba a notar el corazón rápido y fuerte. Bego, de verdad, prométeme que vamos a estar juntas siempre. Y fue entonces cuando Begoña sintió que era el momento; en ese momento Begoña sintió que era verdad, y que iban a estar juntas siempre, y decidió que, para confirmar, para sellar, para prometer a Javiera que sí, que nunca nunca nunca se iban a separar, Begoña besó a Javiera. Qué haces. Begoña no sabía qué decir. Qué asco, tía. Qué puto asco. Y Javiera se levantó y la dejó allí sentada como si le hubiese caído una tromba de agua helada encima. Después de esa noche, Begoña decidió que no iba a beber más ni a besar más.

¿Nos vamos a casa?, dice Rita. Begoña mira a Rita que la coge de la mano y la levanta del escalón del portal. Bajan Gran Vía sin despedirse del resto del club de teatro. La mano de Rita calentita junto a la mano de Begoña en el bolsillo del abrigo. Bajan la Gran Vía volando y riendo y parando a besarse cada poco porque Begoña ha descubierto que besarse es una cosa divertidísima y emocionante, y que le hace sentir fenomenal. Ahora entiende muchas cosas de los libros que antes no entendía del todo, porque para ella besarse era agua helada, zapatos mojados, perder algo importante que te habían dado para que cuidases y que perderlo tendría consecuencias terribles, castigo, decepción, error. Sobre todo, decepción. Sobre todo, molestar al otro. A la otra. A Begoña le daba mucha angustia decepcionar a los demás. Por eso prefería ser ratón y no llamar la atención, ni decir nada a nadie, ni tener amigas ni tener nada, porque así no había expectativas y nadie se disgustaba nunca. Pero Rita, aunque hablase un poco alto, hacía que todo fuese fácil y divertido, y Begoña no sintió miedo ni angustia ni frío cuando se metieron en su cuarto y se metieron en su cama.

Begoña se despierta y ve a Rita a su lado y le da un beso en la cabeza y piensa que debe de ser la chica con más suerte de la Comunidad de Madrid. Fuera llueve y se desliza de puntillas a la cocina. En la radio, los niños de San Idelfonso cantan las bolas y piensa que ya ha llegado la Navidad. Se hace el primer café de las vacaciones y empieza a escribir. Eleuterio se enamoró por primera vez de una pastora. Eleuterio debía de tener doce o trece años, quizá menos, y su padre conoció a una gente cerca de Las Hurdes, en Extremadura, que tenían un rebaño de cabras. La gente era una familia que tenía un niño de la edad de Eleuterio. Hicieron un trato con el padre de Eleuterio: ellos acogerían a Eleuterio a cambio de que este sacase a las cabras, así no lo tendría que hacer su propio niño y podría ir al colegio. Eleuterio se convirtió en pastor y el otro niño en estudiante. Eleuterio no sabía leer ni escribir, pero sabía sacar a las cabras al monte y llevarlas a las mejores hierbas y matojos. Eleuterio dice que fue muy feliz paseando a las cabras. Un día, llevaba él a su rebaño, cuando cerca del río, al pie de la montaña, se encuentra con otro rebaño, un rebaño de ovejas. El rebaño de ovejas era guiado por una niña de su edad que se llamaba Lucía. Eleuterio se enamoró profundamente de Lucía. Pero había un problema, y es que las cabras tenían que trepar y correr por el monte mientras que las ovejas necesitan planicie y no dar esos trotes. Eleuterio miraba desde lo alto del monte a Lucía y a sus ovejas, que estaban quietas y tranquilas cerca del río. Eleuterio quería estar todo lo cerca posible de Lucía y cada paso que daba monte arriba detrás de las cabras era una pequeña punzada de dolor. Lucía y Eleuterio llegaron a un acuerdo, por las mañanas al monte, por las tardes al prado. A Begoña le dan alergia las cabras y las ovejas. A Eleuterio le dijeron: cuando seas mayor, te daremos un terreno y podrás hacer un huerto y tener tus cabras y vivir de tu tierra y ser independiente y autosuficiente. Y Eleuterio pensaba: me casaré con Lucía y viviremos en estos montes y seremos muy felices. Un día Eleuterio ordeñaba a las cabras cuando entró su hermano mayor en el establo y le dijo: nos vamos. Dijo: papá está en la cárcel. Dijo: hay que irse, ya me han preparado tu jornal. Y Eleuterio dijo adiós a las cabras y las ovejas y al huerto y al monte y a Lucía.

Qué pena, ¿no?, dice Rita, que ha aparecido justo detrás de Begoña. Qué susto me has dado. ¿Queda café? Rita empieza a preparar otra cafetera antes de que pueda contestar. ¿Y Eleuterio se volvió a enamorar?, pregunta Rita. Sí, de Chelito, que era una chica gitana, pero más adelante. Se conocieron en una de estas que Eleuterio tenía que moverse con todos sus hermanos y se casaron por el rito caló. Rita rellena la taza de Begoña, y Begoña piensa que está confirmado, es la chica con más suerte de la Comunidad de Madrid. ¿Y Chelito es la de las gallinas? Begoña explica: sí, el primer crimen por el que condenan a Eleuterio a dos años de cárcel fue por robar gallinas. Es que Eleuterio conocía unos corrales, y junto con un vecino, saltaron la tapia buscando comida para el día siguiente. Eleuterio se escurrió entre las gallinas y agarró seis. Tres pensaba comerlas, y tres que las vendiera Chelito. Cuando Chelito está vendiendo las gallinas en el mercado, con el niño en la cadera (Eleuterio y Chelito tenían un niño), viene la Guardia Civil. Otro de los personajes recurrentes de esta historia es la Guardia Civil, explica. En el documental, es que he visto mucho el documental, ¿sabes? Bueno, en el documental, Eleuterio mira una foto de unos guardias civiles en los años cuarenta o cincuenta, y dice: fíjate, hasta la Guardia Civil, los pobres, tienen unas caras... Luego continúa: estos picoletos que vemos aquí, este es un hombre marginal, entristecido, se nota que ha pasado más hambre que un maestro de escuela. Se mete a Guardia Civil y ya tiene su paguita. Termina: hoy la Guardia Civil es otra cosa. Siempre la Guardia Civil, ¿eh?, dice Rita, están hasta en la sopa. Anoche en el ensayo también salió mucho la Guardia Civil, y la Político-Social, y los grises. Begoña piensa, porque Begoña piensa mucho, que quizá todas estas historias son solo una, o la misma, algo que une a toda esta gente de partes tan diferentes de la península. A la tía Isabel, al fantasma Paco, a Eleuterio, a Chelito, al abuelo Emilio, al guardia civil con cara de hambre. ¿Y tus abuelas?, pregunta a Rita, pero Begoña no puede escuchar la respuesta porque una niña canta muy fuerte en la radio y otra le contesta. Ha salido el Gordo. La locutora está muy animada y dice cosas como: qué madrugador este año, van a confirmarlo, mira qué contentas las niñas, se llaman María del Pilar y Gladys, nueve añitos, qué alegría; Raúl, ¿dónde ha caído? Rita dice: a mí me tocó el Gordo el día que te mudaste aquí. Qué dices, Rita, qué cosas dices, qué tonta eres. Vamos a ver los puestos de la plaza Mayor antes de que se llene de gente. Pero me tengo que ir a El Espinar con mi padre. Pues te vas luego. Pero está lloviendo. Pues cogemos un paraguas. Pero tengo que. Desayunamos por ahí, va. Begoña mira a Rita, mira el reloj, mira por la ventana, y dice: va. Y entonces piensa que quizá sea pronto, pero está bastante segura de que sí, en efecto, esa mañana del 22 de diciembre, es la chica con más suerte de la Comunidad de Madrid, y que quizá la suerte, además de que te toquen casi cuatrocientos mil euros antes de Navidad, es eso. Encontrar a alguien que te escuche y que quiera escuchar las historias que le cuentas. No sabe qué es más improbable, que te toque la lotería o que te toque lo que sea que es eso que acaba de empezar.

Begoña se baja del autobús y el pueblo está exactamente igual. Esperaba encontrar algo diferente, alguna señal del paso del tiempo, pero luego se da cuenta de que solo han pasado tres meses y de que está obstaculizando el paso a otra gente que también ha decidido subir a El Espinar en diciembre, así que se aparta y piensa en otra cosa. Busca con la mirada a su padre, pero no lo ve. Ya es de noche, y en El Espinar de noche en diciembre hace mucho frío. Begoña se sienta en un banco y espera, busca la luz de una farola y saca el libro. Cada poco levanta la mirada para ver si ese coche que suena es el de su padre, pero nada. En una de estas, al mirar hacia delante, distingue a un grupo de adolescentes, unas chicas que deben de tener su edad. Es Javiera. Javiera lleva un plumas blanco y fuma, el grupo camina y se ríe. Javiera no la ve. La luz de las farolas se refleja en el plumas blanco, iluminando la cara de Javiera. Begoña distingue las pestañas cargadas de rímel, el brillo de labios que se desvanecerá en cuanto beba de un vaso de tubo, los pendientes dorados que robaron juntas del H&M el día que bajaron a Madrid a ver *Hamlet* con toda la clase. Otra de las chicas reproduce una música repetitiva e indistinguible desde un teléfono móvil. Se ríen muchísimo. Javiera gira la cabeza y parece que va a mirar a Begoña cuando aparece su padre. ¿Llevas mucho esperando? No. El padre ve a Begoña mirando a las chicas. ¿Vas con ellas? No. ¿Nos vamos a casa? Sí. Su padre no dice nada más, agarra la mochila de Begoña y camina hacia el coche. Si quieres vete con ellas. Parece que duda, quizá piense: ¿podría realmente irme con ellas? ¿Querría? ¿Soy ahora otra? ¿Soy ahora más grande, más sabia, han bastado tres meses en la capital del reino para convertirme en una mujer primero, y después en una mujer que está por encima de las niñerías adolescentes y pueblerinas y homófobas que todas esas chicas representan y perpetúan? Más allá de eso, siente que está sorprendentemente tranquila. Que no tiene nada que decirles a esas chicas, ni bueno, ni malo, ni regular. Que va a dejar que sigan con su vida como ella sigue con la suya, que de momento ha mejorado bastante. Me quiero ir a casa. Vale. Su padre se adelanta un poco. Begoña se queda mirando un segundo más al grupo que empieza a alejarse por una de las calles que sabe que van al parque de don Cipriano. Mañana, si quieres, mientras salgo con la bici, puedes quedar con ellas. Que no. Bueno. Es entonces cuando Javiera la ve. Sus ojos se encuentran y la boca de Javiera que estaba abriéndose para decir algo o para cantar, se cierra. Nadie dice nada. Begoña simplemente sonríe de manera casi imperceptible y se sube al coche.

Aunque solo cenen ellos dos, a su padre le gusta ponerse muy guapo y le gusta que Begoña también haga un esfuerzo. Begoña se mira al espejo y mira la ropa en el armario. Nunca se ha encontrado particularmente guapa. Tampoco particularmente fea. Ni gorda, ni flaca, ni alta, ni baja. Nunca se ha encontrado nada. Solo se ha visto cuando otros la han visto. Coge la blusa verde porque su madre decía que era festiva, como las primeras gafas que le hicieron. Dos pares, uno verde y uno rojo. Los colores de la Navidad, dijo su madre, y a Begoña le pareció la mujer más brillante que conocía. Entra en la cocina donde su padre prepara la plancha para las gambas y escucha la radio. Qué guapa. Coge un trozo de jamón y se sienta. ¿Cenamos aquí? Mejor en el salón, ¿no? A mí me gusta aquí. Su padre abre una botella de cava que sabe que no se van a acabar y sirve dos copas. Yo no quiero, dice Begoña. Solo para brindar. Begoña y su padre brindan. Por tu primer trimestre universitario. Ay, papá. Tu madre hubiese estado muy orgullosa de ti. Begoña no dice nada y se bebe el cava. ¿Estás lista? Esto se hace en un momento, y echa las gambas sobre la plancha caliente. Papá, dice Begoña sobre el chisporroteo de los animalitos. Dime. ¿Cómo eran las Navidades con mamá? Su padre la mira sin entender. Cómo que cómo eran, Bego, si tú también estabas allí. No, digo antes, antes de que naciese yo, cuando erais novios, ¿ya ibais a Pozuelo? Uy, no, qué dices, su padre se ríe, es raro ver a su padre reírse, pero también bonito. Tu madre lo de Pozuelo no lo aguantaba, desde que se murió el abuelo Emilio. ¿Ah, no? Begoña coge otro trozo de jamón. Para nada, era una tortura para ella, nos íbamos con mi padre, pero claro, cuando se murió... Tráeme un plato que esto ya está. Begoña agarra un plato del armario y sigue: pero, yo recuerdo mucho ir a Pozuelo. Porque cuando naciste, pues se ablandó, no sé, tu abuela se puso muy contenta, la verdad, y parecía casi que se les había pasado el disgusto, pero vamos, que tampoco es que hablasen mucho, como son castellanas. Pero tu padre era de León, recuerda Begoña. Sí, pero eso es totalmente diferente, yo soy muy distinto. Begoña piensa que quizá su padre sí sea distinto, pero que eso no le hace necesariamente más cariñoso ni más hablador. Sin embargo, para sus estándares, están hablando muchísimo, y a Begoña le está gustando. A mí me gustaba ir a la cabalgata con mamá, dice Begoña. Su padre la mira y sonríe un poco. Y a mí también, ahora cómete las gambas que se quedan heladas enseguida. Y así, padre e hija se concentran en chupar las cabezas de los crustáceos como miles de padres y de hijas en la noche de Nochebuena.

Pero que, si no quieres, lo entiendo, repite Begoña. Qué pesada eres, que sí que quiero, que las cabalgatas me flipan, y si son de pueblo más. Rita le da un beso para asegurarla. Comemos el roscón y nos vamos, de verdad. Qué sí. Begoña y Rita han decidido volverse antes a Madrid para estar unos días juntas de vacaciones antes de que empiecen las clases. A Begoña le parece que mudarse a Madrid ha sido la mejor decisión de su vida y, como ha conseguido comerse las doce uvas sin atragantarse ni tener una papilla en la boca hacia la campanada número once, está segura de que el año le va a ir muy bien. A Begoña le encantan las supersticiones. A su madre le encantaban las supersticiones. Y a su padre. Les gustaba enumerar juntos todas las que se sabían, era casi una competición. Y las seguían a rajatabla. Las uvas, la sal, el gato, el espejo, las escaleras, esas eran las clásicas. Luego, el bolso ni en el suelo ni en la mesa que se va el dinero; no barrer los pies que, si no, no te casas; no sentarte en la esquina de la mesa que, si no, tampoco te casas. Y también de buena suerte, la moneda, las pestañas, si te pones una prenda al revés es que te van a hacer un regalo. Estas Navidades, hasta su padre le ha parecido tolerable, a ratos incluso simpático. Estaba muy contenta cuando ha cogido el autobús porque sabía que Rita la estaba esperando en el intercambiador de Moncloa.

La cabalgata empieza a las seis de la tarde cuando ya es de noche. Los negocios de Pozuelo tienen carrozas: la Leonesa, la tienda de piscinas, Míster Churro King, la mercería Valbuena que se une con Zapacos y con el taller de enmarcado. El equipo de voleibol y la iglesia gigante también tienen carroza. Begoña y Rita tienen que recoger el roscón en la panadería de Paco antes de que empiece la cabalgata, y el chocolate en la churrería. El autobús sale tardísimo de Moncloa. Llegan a las seis menos cinco a Pozuelo y tienen que correr a lo de Paco que está liquidando los últimos roscones. La abuela llama a Begoña. Dónde estáis. Y cuántas sois, cuántas amigas vienen, porque el roscón es de los pequeños y ya sabes cómo es la tía que. Somos dos, abuela, solo Rita y yo. Ya vamos. Con el roscón encima, Begoña lleva a Rita por el atajo y buscan la cabalgata. Pero no hay nadie. Begoña mira la hora. Las seis y cuarto. Debería estar pasando ya la primera carroza. Pero no hay niñas ni padres ni abuelas. Rita se enciende un cigarro. Qué frío hace en Pozuelo, ¿no? Begoña decide volver a lo de Paco a preguntar. Es que han cambiado el itinerario, ahora pasa por donde el polideportivo y la pulpería y todo eso, que la han cerrado, lleva cerrada mucho tiempo, tú es que vienes poco, ¿no? Después de lo de tu madre. A tu abuela me la saludas, chata, qué guapa estás siempre, da gusto verte, desde pequeña, perdona, es que, en estas fechas, me pongo de un sensible que. Begoña y Rita dejan a Paco sonándose los mocos en su panadería alumbrada por fluorescentes blancos y van al trote hacia el polideportivo. ¿Tú sabes ir?, pregunta Rita. Más o menos. Begoña y Rita pasan por calles arboladas, aceras estrechas, por un parque. No hay nadie ni se oye nada. Tiene que ser por aquí. Las siete menos veinte. Dónde estáis, pregunta la tía Marisol, tu abuela está que trina, hemos discutido por el roscón que *le* quería pagar ella, pero al final hemos ido a medias, venid ya. Begoña se da por vencida y saca el móvil. Odia sacar el móvil para ubicarse, porque odia no saber y que los otros vean que no sabe. Lo siento, le dice a Rita. No te rayes, vamos a merendar, ya ves, a mí la cabalgata me la pela, yo quiero estar contigo, dice Rita.

Son casi las siete cuando llegan a casa de la abuela. ¿Y el chocolate? El chocolate. Pensaba que lo recogíais vosotras, miente Begoña. Tengo yo la rodilla como para bajar a por chocolate, anda, anda. Hago un *nescuí* y la que quiera café con leche. Una pena. Os aguantáis. Abuela, esta es Rita, mi. Begoña mira a Rita y Rita dice: compañera de piso y ahora amiga. Eso está muy bien, sentaos. El roscón es de nata y ha llegado un poco magullado. La abuela tiene la televisión puesta en la que retransmiten la cabalgata del centro de Madrid. Mira, con animales y todo, y saltimbanquis, parece el circo. ¿Quién lo corta? Lo corto yo, dice Begoña. Coge el cuchillo de sierra y, mientras su abuela empieza a interrogar a Rita sobre su casa y su familia y sus estudios, siente el teléfono vibrar en el bolsillo del pantalón. Al principio un par de veces, debe de ser algún mensaje; Begoña pregunta: ¿con fruta escarchada? Yo con naranja, dice la tía Marisol, y Begoña hinca el cuchillo entre almendras y azúcar y un gajo de naranja. Empieza a cortar y el teléfono vibra y vibra cada vez más. Sirve el trozo a su tía, sirve un trozo a su abuela (con fruta de la verde que Begoña no puede ver ni en pintura) y otro para Rita. ¡Qué suerte, la sorpresa! Le dice la tía Marisol a Rita. Eso es buena suerte. Cuando va a cortar el suyo, Begoña se encuentra con algo duro que no la deja continuar. Vaya, será el haba, qué pena, Begoña, bonita, no pasa nada. Llaman por teléfono a Begoña que no puede ignorarlo más y lo coge. Perdón, ahora vengo. Se mete en la cocina y ve que es Alma la doctoranda. Begoña, hola, perdona que te llame así, bueno, ya lo habrás visto, ¿no? Qué lío. ¿Ver el qué? Eleuterio se ha puesto en contacto con la universidad, bueno, una abogada, él no ha dicho nada. Pero vamos. No podemos escribir sobre él. Vamos a tener que cambiarlo todo un poco. Pero no te preocupes, ya verás qué bien queda. Begoña no entiende nada de nada, la voz de Alma suena limpia como siempre, pero de fondo se oye un barullo de gente que Begoña no es capaz de distinguir. Pero ¿Eleuterio sabe que estamos haciendo una obra?, pregunta finalmente. Se ha debido de enterar, sí. Pero, y Alma la interrumpe antes de que pueda preguntarle nada más. Te dejo, que estoy merendando y se me quema el chocolate, el lunes en el ensayo lo hablamos. Ay, ¡feliz año, Begoña! Begoña se queda paralizada en la cocina de la abuela. Mira los mensajes del grupo de teatro: «ehhhh perdona???? q fuerteeeeee, pero quien se lo ha dicho??», «¿tuuu vamos a ser famosos lol», «me parece una falta d respeto sinceramente», «eleuterio sabe quien somos wowowowo», «la vd esq deberíamos haberle dicho algo nose», «pero el tipo no estaba muerto????» «chema no te enteras de nada». Vuelve al salón donde la tía Marisol se ha puesto otro trozo de roscón. Rita se gira, mira, me ha tocado una ardilla vestida de sevillana, ¿no es gracioso? Begoña ve todo moverse muy despacio. El enano, que llevaba bastante tiempo sin dar la lata, se despereza en su interior, dispuesto a comenzar su solo de batería de la manera más salvaje posible, porque, por supuesto, lleva semanas dormitando, hibernando, y no hay nada como malas noticias para levantarse y montar un circo mayor que el que se pasea por el paseo de la Castellana y que retransmiten por televisión. Begoña, qué te pasa, que te has quedado traspuesta, dice la tía Marisol. *La* ha sentado mal algo, dice la abuela. Rita observa a su amiga o su amante fijamente, y entiende que algo no está bien. Begoña repasa todas las cosas que ha escrito, que ha leído, que ha hablado con sus compañeras, con Alma la doctoranda. Se da cuenta de que Eleuterio es alguien de verdad, que también estará merendando roscón con su familia y viendo la cabalgata que le toque, seguramente la de Sevilla en CanalSur, que para eso vive en Sevilla, y a Begoña no se le ha ocurrido decirle que está haciendo una obra de teatro sobre él. Y entonces, Begoña lo suelta: no vamos a hacer la obra. ¿Qué obra?, pregunta la abuela. La de Eleuterio. ¿Quién? La del Lute, abuela, joé, la que llevo todo el año escribiendo con las compañeras del club de teatro, si os lo he dicho, si hemos discutido por esto y por el abuelo y. No me acuerdo, es todo lo que dice la abuela. Rita pregunta, pero ¿por qué? ¿Qué ha pasado? Begoña se sienta al lado de Rita y le da el teléfono. No entiende cómo ha podido enterarse Eleuterio. Nadie ha puesto nada en redes, que ella sepa, y no ve a Eleuterio metiéndose en Instagram. Faltan meses para que se estrene la obra, todavía no hay programa, madre mía, si el texto aún está con alfileres, cambian cosas en cada ensayo, añaden personajes, Rita se acaba de incorporar y todas tienen ideas nuevas cada día. La obra no hace más que crecer, y todas con ella, cada vez es más profunda, más sobre los abuelos, las abuelas, la historia, sus barrios, sus familias, cada vez menos sobre Eleuterio, como ha señalado Alma la doctoranda varias veces, recordándoles que no pierdan ese hilo conductor. Rita devuelve el teléfono a Begoña. ¿Se puede saber qué pasa? No habéis probado el roscón, dice la tía Marisol. Es que estábamos haciendo una obra. Ya, sigue la tía, y ¿qué ha pasado? Pues que es sobre Eleuterio y Eleuterio se ha enterado de que vamos a hacer una obra sobre él y ha mandado un correo o ha llamado a la facultad, o sea, no él, una abogada creo, no sé, pero el caso es que no quieren que hagamos la obra sobre él, explica Begoña. Pero que la obra ya ni siquiera es solo sobre él, ¿saben?, añade Rita, es sobre nuestras familias y la Transición, bueno, es sobre ustedes. Las abuelas se miran un momento. ¿Cómo que sobre nosotras? Sí, sobre ustedes, sobre el abuelo Emilio. La abuela mira muy seria a Begoña. ¿Tú estás escribiendo sobre nosotras? ¿Sobre mi marido? Begoña se remueve en la silla que de repente es muy incómoda. Bueno. A ver. Sí. Sobre lo que me contaste de la cárcel y. La abuela empieza a ponerse roja como la verja de su casa. ¿Tú has ido por ahí contando lo de mi marido a la gente? ¿Tú, que ni lo has conocido ni sabes nada? Pero, abuela, yo sé lo que me cuentas. La abuela ya está de pie. Yo te lo cuento porque si no te lo contó tu madre muy mal hizo, que muy moderna era para unas cosas y luego para otras... Pero no para que se lo cuentes a una panda de *hippies* y guarros y punkis y lo que sean en esa facultad tuya, que como sean todos como esta niña, qué poca vergüenza, Begoña, ¿para eso has venido a Madrid? Nunca ha visto a su abuela ni a una persona mayor ponerse de ese color y gritar tanto, porque su abuela ya está gritando, a punto de dar golpes en la mesa. La tía Marisol interviene e intenta calmar a su hermana sin éxito, porque la abuela sigue diciendo un montón de cosas horribles, horribles sobre Begoña, sobre Rita, sobre el padre de Begoña, y lo que más sorprende a Begoña, sobre su madre, que si inconsciente, que si egoísta, que si mucho trabajo y poca crianza, poco estar donde había que estar. La tía Marisol dice: será mejor que os vayáis. Begoña agarra sus cosas como puede y junto a Rita salen a trompicones por las tres puertas de la casa de la abuela. En la calle, el frío de enero espabila a las dos. Begoña y su enano están desatados y, aunque a ella también le gustaría gritar tanto como a su abuela, no lo hace. Rita intenta abrazarla, rozarla siquiera, pero Begoña no se deja. Siente la humedad de la escarcha que se va a formar metiéndose entre sus manos y piensa lo mucho que le gustaría que se le metiese por todo el cuerpo y le llegase al cerebro y la hiciese desaparecer. Y se enfada, sí, cree que se enfada, porque lo estaba haciendo bien, muy bien casi, hablando mucho, con Rita, con la tía Marisol, hasta con su padre, estaba sintiendo, estaba creyendo avanzar hacia ese horizonte que era incierto pero era suyo y de todas, y estaba creyendo empezar a comprender. Y ahora todo se ha ido, fin, nada, cero, portazo, portazo, portazo y adiós muy buenas.

En el cercanías nadie dice nada. Cuando llegan al portal, Begoña dice que se va a dar un paseo. Rita dice: a ver si te vas a cruzar a los Reyes por la calle. Begoña no sonríe, Rita lo entiende, y sube sola a casa. Camina hasta la plaza de Isabel II, rodea el Teatro Real y camina hacia la plaza de España dejando los jardines de Sabatini atrás. Sigue hacia el templo de Debod, que está iluminado por unas luces naranjas y fantasmagóricas. Nunca ha entendido muy bien lo del templo de Debod. Considera meterse hacia el parque del Oeste, caminar por el paseo de Rosales como hizo en septiembre, pero las vistas de Madrid, del palacio, la Almudena y San Francisco el Grande, y de la Casa de Campo oscura y vasta la atrapan. Se sienta en un banco y mira la oscuridad. Está sola bajo los plátanos de sombra y los pinos piñoneros y los olmos de Siberia, que, según la web del Ayuntamiento de Madrid, son los más abundantes en los jardines del templo de Debod. En el colegio de Begoña decían que de los Reyes Magos, dos venían de Saba y uno de Etiopía. Eso decían los maestros y las maestras cuando se disfrazaban de Reyes Magos, de Herodes, y de ángeles para hacer cada año el *Auto de los Reyes Magos*. No era algo necesariamente religioso, era una obra como medieval que a Begoña le aburría bastante, solo le gustaban los cánticos, y sobre todo la Pastorela, pero esa era solo para primaria. En la Pastorela las maestras y maestros se disfrazaban de pastorcillos y pastorcillas, y Begoña y Javiera se morían de risa juntas. Es el primer año en el que Begoña no ve los autos de Navidad del colegio, y echa de menos aburrirse en el salón de actos y reírse con Javiera. Rita le ha pedido perdón varias veces por irse de la lengua, perdón, de verdad, pensaba que lo sabían. Begoña le ha dicho que da igual, que no se preocupe, que se iban a enterar, que se lo tendría que haber dicho ella, que no pensaba que se iban a enfadar tanto. Una ráfaga de viento recuerda a Begoña que es enero y que es de noche. Las luces del templo se apagan y el jardín está más oscuro. De repente, las luces de la Almudena, y del Palacio Real, y de San Francisco el Grande se apagan también. La oscuridad empieza a envolver a Begoña, las farolas alumbran tímidas, alguna parpadea. Un destello en el cielo, y, de pronto, su madre sentada a su lado. Hostia, mamá, se le escapa a Begoña, qué susto, siempre igual. Hola, dice su madre. ¿Hola? ¿Cómo que hola? Aparece y se desaparece, la hace perseguirla por la calle, no le dice nada, le pega unos sustos del demonio, ¿y de golpe que si hola? Hola no, mamá. Hola no. Bueno. Enciende la luz, mamá. Yo no enciendo nada. Begoña se desespera. ¿Qué te pasa, cebollita? Cebollita, patatita de mi corazón, eso decía su madre cuando Begoña se enfadaba de pequeña. Cebollita no, mamá. No veas la que has liado con la abuela. ¿Yo?, pregunta la madre. Sí, tú, mamá, que te has ido, pero no te has ido porque aquí sigues y me persigues, y vuelves, pero no me cuentas nada, porque yo pensaba que cuando te visitan los fantasmas es para darte una información misteriosa importante clave, sí, mamá, como el padre de Hamlet, que vuelve y le dice que lo ha matado su tío y que tenga cuidado. A mí no me ha matado nadie, dice la madre. ¡Ya lo sé!, grita Begoña. Mamá, joé, por qué no me contaste lo del abuelo, o lo mal que te llevas con la abuela, o te llevabas, porque ya no sé si existes o no, y así es todo muy difícil, porque yo quiero que existas, pero así no, porque aunque te vea, te echo de menos, porque ni estás ni dejas de estar, y yo no puedo, porque quiero que estés todo el rato. Begoña empieza a gritar y no para. Necesito que me expliques qué haces aquí, para qué vienes, porque, si no, yo no puedo avanzar, mamá, que casi estaba avanzando, casi lo estaba consiguiendo, con papá, he hablado con papá y me ha gustado, y he visto a Javiera y me ha dado igual, la he perdonado, mamá, estoy creciendo, estoy haciendo cosas que creo que hacen los mayores, y me gustaría tantísimo que tú las vieras, y como no sé si puedes verlas o no, ni sé cuándo vas a venir, ni por qué, pues es muy difícil, mamá. Porque quiero que estés, que estés conmigo, que me acompañes, que me digas lo que tengo que hacer, claro que lo quiero, te echo de menos, te echo mucho mucho de menos, y a la vez, mamá, no te entiendo, mamá, qué quieres, dímelo, dímelo, por favor. El nudo aprisionador que tanto trabaja el enano, ese que otras veces ha conseguido aplacar con éxito, retorcer, comprimir, esta vez se deshace, sale e inunda el jardín del templo de Debod y el paseo de Rosales y llega hasta el Palacio Real y la Almudena y San Francisco, y el agua y los gritos y la noche que Begoña llevaba dentro arrastran a su madre que se desliza hacia el horizonte.

Segunda parte

Os ponéis de acuerdo y le contestáis al correo, dice Alma la doctoranda. Todas están sentadas alrededor del ordenador de Begoña, porque han decidido que sea Begoña la que escriba. Rita está a su lado y su mano reposa caliente en la pierna de Begoña. Begoña escribe: «Apreciado Eleuterio, esperamos que se encuentre bien». Pero ¿cómo sabemos que lo va a leer él?, pregunta el del bigote. No lo sabemos, dice Alma, vosotros contestáis a los abogados, y ya veremos, Begoña, sigue, haz el favor. Begoña mira a la cara de luna y sigue. «Somos el club de teatro de la Universidad Complutense de Madrid. Somos un grupo de ocho estudiantes de entre dieciocho y veintiún años que nos dedicamos al teatro de manera *amateur*. Le explicamos en qué consiste el texto. Es una obra coral que habla de la memoria, de lo que nuestra generación ha oído sobre usted y el mito en torno a su experiencia mucho antes de que nosotras naciéramos. También de las impresiones de nuestras abuelas y de nuestras madres sobre su vida. Habla de varias generaciones y cómo se transmite la información. Intentamos que sea una labor de memoria histórica. Es usted una figura muy inspiradora, y por eso hemos querido rendirle un homenaje. Está escrito desde el respeto y la admiración, y para nosotras sería un honor y una alegría que pudiera venir a vernos en alguna de las representaciones. Cualquier duda o pregunta, no dude en ponerse en contacto con nosotras, estamos a su disposición. Un afectuoso saludo, el club de teatro de la Universidad Complutense de Madrid». Cuando todas están de acuerdo, Begoña le da a enviar. También es que cómo se te ocurre, dice la que se parece a Peter Pan, hacerlo sin avisarle. Oye, guapa, dice el que se llama Chema, esto lo hemos hecho todas. Alma interviene antes de que estos dos, que la llevan por el camino de la amargura, se pongan a discutir otra vez. Vamos a dejar que Eleuterio o sus abogados contesten, y ya veremos cómo seguir. De momento, podéis seguir trabajando las historias que ya tenéis, las vuestras, entiendo que tenéis el consentimiento de todas, ¿no? Begoña se desliza en la silla intentando desaparecer. Vamos a dejarlo por hoy, dice Alma al ver las caras de desaliento. En cuanto tengamos una respuesta nos volvemos a reunir. Begoña y Rita esperan al autobús 133 juntas. Rita le da la mano y Begoña le deja. Es tan suave y tan caliente que cuando se suben y se sientan en la última fila, Begoña se queda dormida.

Ese fin de semana hace frío y hace sol, el clima favorito de Begoña. Ni Eleuterio ni sus abogados han dicho nada, así que cuando Rita le propone dar una vuelta por el Rastro, dice que sí, aunque al enano le parece una mala idea. Caminan de la mano y eso le parece una acto tan íntimo y tan valiente que le da un poco de impresión, pero Rita se conoce tan bien esas calles y camina pisando tan fuerte y con tanta seguridad que se deja llevar. Atraviesan la plaza de Tirso de Molina donde no cabe ni un alfiler porque está todo en obras, y enseguida se meten por las callejuelas que van bajando hacia la Puerta de Toledo, que es donde están todas las antigüedades. Hay de todo, y Begoña se maravilla con la cantidad de objetos que existen en el mundo. Cadenas, colgantes, relojes, pastilleros, bombillas, fotos, periódicos, cartas, cofres, llaves, peines, cepillos, pulseras, tazas, cuchillos, cuadros, espejos, chaquetones, zapatos, perritos de porcelana, palomas de porcelana, niñas de porcelana, muchísimas cosas de porcelana. En esa plaza huele mucho a sardinas y se escucha una música de banda, una banda humilde, apenas cuatro o cinco instrumentos, pero suficientes para que Rita se ponga a bailar y Begoña se muera de vergüenza. Un poco le gusta mirarla, bueno, muchísimo en realidad, y cuando menos se lo espera, baila con ella. Por un ratito, quizá cinco minutos, quizá siete si Begoña es generosa, consigue olvidarse de la obra y de sus abuelas y de todos los problemas que tiene delante. Se sientan en las escaleras de Cascorro y miran a la gente aglomerarse en Ribera de Curtidores. Rita recibe el sol en su cara, tranquila. ¿Sabes? empieza a decir, en Sevilla también hay algo como el Rastro, pero en lugar de los domingos es los jueves, se llama el Jueves. ¿Es en el centro?, pregunta Begoña. Sí, cerca de la Alameda, en la calle Feria, ¿tú has estado en Sevilla? Begoña dice que no. Pues bien bonito que es, tiene un río de verdad. ¿Lo echas de menos?, pregunta a su amiga. Nada de nada, dice Rita, mira, lo de que sea el Jueves los jueves es poco práctico, sobre todo para mí, que estaba en el cole, claro, pero un día, yo tenía una amiga que, da igual, que fumaba muchos porros, yo no fumo porros, pero ella sí, y un día me dijo que quería ir al Jueves a por una chupa o un chaquetón, no me acuerdo, así que entramos en el instituto, pero luego nos salimos, como en el primer recreo. Tú nunca te saltas clase, ¿no? Begoña dice que no, y Rita sigue contando. Pues no veas, ese día estaba, pues como esto, hasta arriba de gente, no se podía ni caminar, y en estas yo pierdo a mi colega, se va, yo qué sé, la cosa es que no la vuelvo a ver, y ya casi terminando la calle, me encuentro con un espejo, Begoña, no veas cómo era ese espejo, grandísimo, oscuro y a la vez transparente, una cosa que yo no he visto nunca. No sé, como el de la madrastra de Blancanieves, algo así, debía de ser de otra época, eso claro, pero casi casi yo creo que de otro mundo. Daba miedo mirarse en él, Begoña, pero me miré. Y me vi, churra, no sé, me vi que no era yo aquella, que tenía que ser otra, y que para ser otra no podía quedarme en esa calle en esa ciudad con esas plazas esos árboles esa gente. Mi padre era taxista, ¿sabías? No, nunca me has contado nada, dice Begoña. Pues mi padre era taxista y hablaba como Felipe González, más gracioso, bueno, decía que le faltaba algo a esa ciudad y que era, no sé, que yo tenía que ver más, que, si me quedaba allí, iba a acabar como él, en el taxi. Pero tu padre... Es la primera vez que Begoña oye hablar de este hombre. Mi padre me enseñó a conducir y por eso me he sacado el carnet tan rápido, con mis ahorros, eh, no te creas. Uno de los músicos pasa la gorra, y Rita dice que no. El chico insiste, intenta ligar y le pide el número, Begoña mira al suelo. Rita se mantiene firme, y le vuelve a decir que no, dándole la mano a Begoña. El chico milagrosamente lo respeta, sonríe y se va. Rita acaricia la mano de Begoña, y sigue tomando el sol. ¿Y el espejo? Uy, pues no veas, que estoy yo allí teniendo mi momento místico existencial, y fijándome en el reflejo, veo a mi abuela detrás con una cara de mala hostia. Rita se ríe y Begoña un poco también. Me dijo que como me volviese a pillar haciendo pellas me iba a enterar de lo que vale un peine, y yo me lo creí, y la verdad no volví a saltarme una clase. ¿Y tu padre? Mi padre ¿qué? Que si sigue con el taxi. Los músicos vuelven a tocar las mismas canciones de salsa que llevan tocando toda la mañana. Rita se levanta y dice que tiene hambre, que la va a llevar a un sitio guapísimo a comer. Begoña no insiste con lo del padre y caminan en silencio hasta que Rita dice: antes de que yo terminase segundo de bachillerato se fue, una noche no volvió, sabes, así que no sé si sigue con el taxi, y tampoco me importa. Begoña mira a su amiga que observa el semáforo esperando a que cambie de color en Puerta de Toledo. Detrás de ellas está la biblioteca Pedro Salinas, que es de las favoritas de Begoña porque tiene una sala de estudio en la parte superior llena de luz natural, además de una selección de novedades buenísima, casi tan buena como la de la Iván de Vargas, que es la biblioteca más cercana a su casa. Piensa si Rita tiene bibliotecas favoritas en Sevilla o si a Rita le interesaría tanto como a ella descubrir los mejores catálogos de las bibliotecas públicas municipales de la Comunidad de Madrid. Se pone a pensar en estas cosas cuando le cuentan algo tan difícil y tan grande como que el padre de su amiga amante compañera de piso la abandonó el año pasado. Intenta recuperar suave la mano de Rita como única respuesta cuando el semáforo se pone en verde. Cruzan, y Rita señala la calle por la que deben bajar. Entonces recuerda algo que dijo el que se llama Chema el otro día. A Rita la llamó Toñi, y Begoña quiere saber quién es Toñi cuando ya han llegado al sitio, muy pequeño, mucho ruido, una luz muy fea, cervezas en vaso de tubo, pero huele fenomenal. Las chicas se quedan de pie rodeadas de hombres que miran el telediario y piden salchichas con patatas, algo que su madre nunca le dejaría comer, pero como su madre no está, se come las salchichas con todas las salsas que le ponen. Vuelven a casa con las manos en los bolsillos porque ninguna tiene guantes y con que se les congele la nariz es suficiente. El enano intenta hacerse oír varias veces durante el día, recordándole que no sabe quién es Toñi, pero lo asfixia con patatas y salchichas y mucho café con leche cuando llegan a casa y terminan las dos en la cama de Begoña. Ninguna ha pensado en mirar el grupo del club de teatro de la Universidad Complutense de Madrid.

El lunes, en el aula donde se reúnen las chicas del club, hace demasiado calor. Begoña quiere abrir las ventanas, pero nadie más parece molesto por la temperatura tropical. Alma les ha dado las noticias. No se puede hablar de Eleuterio sin su consentimiento, y los abogados han dicho que no. Por qué ponen club entre comillas. Eso no es lo importante. Y por qué son tan redichos. Es un correo muy normal, Chema, son abogados. Muy normal no, que nos quedamos sin obra. Pero Eleuterio ¿qué dice? Él no dice nada, que no te enteras, dice Rita, son los abogados, es la ley, la SGAE. Qué dices de la SGAE, Toñi, de verdad, dice el que se llama Chema. No me llames Toñi. Si Begoña no estuviese tan agobiada con el tema de la obra, hubiese prestado más atención a esa discusión, pero no tiene cabeza para nada más. ¿Y ese calor? ¿Nadie piensa hacer nada? Vamos a ver, dice Alma la doctoranda. Todo el mundo está de pie en el aula, los abrigos dejados de cualquier manera sobre las mesas, las mochilas por el suelo. Begoña es la única que está sentada, con la cabeza entre las manos. Rita intenta apaciguar al que se llama Chema y a la que se parece a Peter Pan, que esta vez tiene pinta de que van a llegar a las manos. Basta ya, dice Alma la doctoranda, porque nadie la ha oído antes. Vamos a hablar las cosas. El que se llama Chema se sienta resignado, la que se parece a Peter Pan también. La obra no puede seguir, dice Alma, nos han dicho que no, y hay que respetarlo, además de que la Complutense no está para pleitos. Quejas, disgusto. De momento, sigue Alma la doctoranda, tenéis que entender lo que significa contar la historia de alguien sin tenerlo en cuenta, porque aquí nadie ha tenido a Eleuterio en cuenta, ¿me equivoco? Silencio. ¿Os gustaría que hablasen por vosotras, sin consultar? Gertrude Stein cuenta la autobiografía de su mujer, dice una de estudios ingleses. Mira que eres pedante, responde otro. Chicas, en serio, es muy loable contar algo tan reciente y a la vez tan olvidado, pero hay que hacerlo bien. Tenemos que hablar con este hombre y llegar a un acuerdo, ver cómo lo podemos hacer, dice la desubicada de medicina. Primero habrá que contestarles al correo, ¿no? ¿Otro correo? Los abogados han sido bastante rotundos. Pues le llamamos. Cómo le vamos a llamar, qué miedo, dice el del bigote. Miedo ¿por qué? Begoña sigue con la cabeza entre las manos y no quiere saber nada del correo ni de los del club ni de nada. Eleuterio ¿dónde vive? ¿En Madrid? En Sevilla, me parece, dice la que se parece a Peter Pan. Toñi, tú eres de Sevilla, dice el que se llama Chema. Te he dicho que no me llames Toñi. Pero ¿eres o no? Mi madre solo. Pues ya está. Ya está ¿qué? Pues que igual lo que hay que hacer es ir a hablar con este hombre y explicarle las cosas, dice el que se llama Chema. ¿Ah, sí? ¿Y quién va a ir? Pues tú, Toñi. Como me vuelvas a llamar Toñi. Begoña se levanta y se acerca a la ventana, ya no puede más. Afuera está todo oscuro, es ese momento del año en el que parece que la oscuridad se va a quedar para siempre, que siempre va a hacer frío y que nunca más se van a ver las estrellas, porque el cielo siempre va a estar cubierto por unas nubes densas como puré de patatas. Todos empiezan a hablar a la vez. Que yo no voy a Sevilla, que ya he ido, que por eso me he ido, que no quiero, ve tú. Venga, Toñi. Rita se levanta y le da un empujón al que se llama Chema, que se cae un poco sobre las mesas. Que no me llames Toñi, hostia. Todos se quedan un poco de piedra, porque nunca nadie ha pegado o empujado o hecho nada así a nadie en el club de teatro, que es un sitio inclusivo y seguro y valiente a la vez, o eso dice el manifiesto. Si tanto te gusta Sevilla, vas tú. Silencio en el club de teatro. Por fin habla Alma la doctoranda. Rita, eso es inadmisible, te voy a tener que pedir que te vayas. Pero es verdad, dice la que se parece a Peter Pan, que si nos pone cara igual es más fácil, ve que somos jóvenes, que no nos vamos a hacer ricas, igual le preocupa eso, que la obra se convierta en una gran producción de Netflix o algo así. Begoña, ¿tú qué opinas? Begoña mira a sus compañeras que esperan una respuesta. Se fija por primera vez en los ojos de las demás. Algunos son azules, otros oscuros, muy pocos verdes. Algunos están llenos de kohl negro y otros de rímel de colores. Algunos tienen debajo unas ojeras enormes y oscuras y otros están rojos, algunos secos por la mezcla de calefacción y lentillas, y otros son difíciles de distinguir detrás de gafas sucísimas. Pero todos la miran a ella, que de repente parece ser capitana de un barco supuestamente horizontal, de un barco que nunca tuvo capitán y que debía ser de todas. Los ojos que menos puede mirar son los ojos miel de Rita, que parece que son los que más esperan su respuesta. Yo qué sé, si el señor no quiere... ¿Qué señor?, pregunta el del bigote. Eleuterio, imbécil. Yo me voy a casa, haced lo que queráis, dice Begoña, recoge sus cosas y sale por la puerta. Rita corre detrás de ella. Espera, espera, ¿te vas? Begoña sigue caminando, no mira a Rita y empieza a bajar las escaleras. No me lo puedo creer, entonces, ¿ya está? ¿A la primera de cambio te rajas? Yo no me rajo de nada, yo me voy. Pues lo mismo. Rita corre un poco más, alcanza a Begoña y la agarra del brazo. ¿Se acabó? Las abuelas no quieren, Rita, Eleuterio no quiere, pues ya está. Pero. Ya está. Es que, si hablases con ellas, con Eleuterio, si leyesen la obra, ya verás como cambiarían de idea. Podrían aportar cosas y todo. Begoña se zafa de la mano de Rita y sigue caminando. Yo no voy a hablar con nadie, no entiendo por qué tengo que ser yo la que solucione las cosas, que lo haga Chema o. Cómo lo va a hacer Chema, dice Rita, que ha vuelto a alcanzar a su amiga o su novia o su compañera o todas a la vez; Begoña, lo tienes que hacer tú. Yo paso de ir a Sevilla, dice Begoña. Voy contigo, dice. ¿Qué? Begoña la mira perpleja. Pero ¿no has dicho hace un momento? Vamos juntas, rollo *Thelma y Louise*. No sé qué es *Thelma y Louise*. Da igual, una peli, venga, Begoña, vamos juntas.

Es que no entiendo por qué no podéis ir en tren, repite su padre. Begoña se arrellana en la butaca del salón. Pues para tener más libertad; la abuela dice que el coche da mucha libertad. La abuela lleva quince años sin conducir. Su padre ha vuelto a verla al piso y a Begoña ya se le ha olvidado lo bien que se lo había pasado esas Navidades. De verdad, papá, van a ser solo unos días. Dice Rita que así es mejor, porque Eleuterio no vive en el centro, y así es más fácil ir a verle. Te vamos a cuidar superbién el coche, papá, si yo todo lo hago bien. El padre de Begoña bebe un poco más de su café. En tren podéis ir leyendo. Papá, por favor, es importante, nunca te he pedido nada, ni siquiera cuando me mudé aquí, o para encontrar habitación, ni nada, por favor. El padre de Begoña se remueve un poco incómodo en su silla. El padre de Begoña, en general, no habla mucho, pero desde que se murió la madre de Begoña aún menos. Sobre todo las palabras que consigue hacer salir de su boca suenan impostadas, Begoña sabe que vienen directas de libros de autoayuda sobre el duelo y los hijos adolescentes y la ansiedad. Begoña odia los libros de autoayuda, le ponen muy nerviosa, como las aplicaciones de meditación o el horóscopo. Su padre cree que a base de miguelitos y frases manidas y remanidas va a poder establecer la comunicación con su hija, y a Begoña le da un poco de ternura. Ella confía en que, después de las Navidades tan buenas que han pasado, le termine diciendo que sí. Porfa, porfa, papaíto, dice Begoña, que es como le llamaba antes de que se muriese su madre. Pero vais y volvéis, ¿me oyes? Que tienes clases, y eso es lo importante, Begoña, hija, no el teatrito este que. Begoña resopla un poco, hombre, papá, si eras tú el que me animabas y, bueno, que da igual, que gracias, que eres el mejor, que te vamos a cuidar el coche divinamente, si yo soy buenísima, papá, gracias. Y Begoña se encuentra con los brazos alrededor del cuello de su padre, plantándole un beso en la mejilla, un gesto inesperado para ambos, porque los besos y los abrazos de semejante efusividad solo aparecen en cumpleaños y Navidades, y las Navidades acaban de pasar y Begoña no cumple los años hasta septiembre, y su padre hasta junio.

Rita conduce tranquila. Begoña mira por la ventanilla y va contando los toros que aparecen y desaparecen a su paso. Rita no va ni muy rápido ni muy lento, han pegado la L detrás y escuchan la radio. A Begoña le parece mentira que vaya al volante una persona de su edad. Si suena alguna canción conocida, Rita la canta. Rita le parece diez veces más guapa al volante. Han quedado con Eleuterio al día siguiente, cerca de su casa, para tomar un café y contarle explicarle convencerle de que la obra es buena y honesta, y que al final no va tanto de él como parece. Cruzan Extremadura, que está toda verde, ven cerdos negros y hermosos pasearse debajo de las encinas. Rita pregunta, ¿tú has estado en Mérida? Begoña dice que no. Rita pone el intermitente y salen de la autopista. Begoña protesta, van a llegar tardísimo, mañana han quedado con Eleuterio, y su madre ¿no se va a preocupar? O su abuela, o quien quiera que viva en esa casa en Sevilla; de repente Begoña se da cuenta de que Rita nunca ha hablado de esa casa ni de Sevilla ni de nada. Lo del espejo y lo del taxi y punto. Begoña sí había reconocido las eses que desaparecen cuando salen de la boca de Rita desde el primer día, alguna ele casi convertida en erre, pero Rita se esfuerza tanto en disimularlas que parece una presentadora de televisión en apuros que nunca le ha dicho nada. Mérida te va a encantar, a mi padre le encantaba, su familia era de Las Hurdes, pero decía que como Mérida nada, porque es romana, y a él los romanos le encantaban. ¿Tú abuela, la del Jueves, era la madre de tu padre?, pregunta Begoña. No, de mi madre, ven, vemos el teatro. Rita aparca el coche y caminan por la ciudad romana. Algunas partes son muy feas, y Begoña no quiere decir nada para no disgustar a su amiga o su amante o lo que sea que sean a estas alturas. Pero cuando llegan al teatro todo cambia. Rita paga la entrada, aunque Begoña proteste. Entran en el jardín. No hace frío, una niebla fina cubre todo; Begoña se acuerda de las ilustraciones de los cuentos que le leía su madre de unos niños que vivían bajo las raíces de los árboles. Los niños no eran romanos, sino duendes, y quizá hubiese más posibilidades de que viviesen en el bosque de encinas con los cerdos, pero Begoña está convencida de que en un sitio tan antiguo tiene que haber muchas criaturas y seres y fantasmas de gente muerta. Piensa en sus clases de literatura fantástica, y aunque casi toda la bibliografía sean autores centroeuropeos, piensa que en Extremadura también tiene que haber magia. Caminan en silencio y llegan al anfiteatro. Rita va tocando las piedras, y Begoña se imagina a los hombres peleando por sus vidas frente a la mirada atenta del público. Los íberos son una gente que no sabemos quienes fueron porque llegaron los romanos y los pisotearon, dice Begoña, y Rita se ríe. Se meten por los túneles del teatro que están oscuros y húmedos. En algún lugar caen unas gotas. Begoña gira a la derecha y sale a las gradas. Frente a ella, el escenario. No hay nadie un martes de enero en el teatro romano de Mérida. Solo ellas. Piensa en Eleuterio y dice: espero que le guste la obra, espero que le caigamos bien. Rita dice: seguro que sí.

Cuando salen de la S30 y entran en el barrio de la Macarena son casi las doce de la noche. Hace más frío del que Begoña esperaba, la humedad sale del río y se mete dentro de su ropa y de su cuerpo. Rita aparca en una calle un poco oscura y dice: vamos a dormir aquí. Begoña no da crédito. ¿Aquí? ¿En el coche? Sí, aquí, dice Rita, y empieza a reclinar el asiento. Qué dices, Rita, estás loca, nos vamos a helar, ni de broma. Begoña se niega rotundamente. Llama a tu familia, vamos a tu casa. Ya verás qué bien, amor, de verdad, una aventura, ahora entras en calor, y las manos de Rita agarran la pierna de Begoña. Que no, que no, que es peligroso, que me lo dijo un día mi padre, Rita, en serio, además, es ilegal. Yo lo he hecho un montón de veces. Vamos a tu casa. Que no. Begoña no se lo puede creer, Rita sigue reclinando el asiento y preparando todo para la noche. Me hago pis, dice Begoña. Rita indica la calle. Es que tengo la regla, miente Begoña. Pues a mí no me ha bajado aún, qué raro, dice Rita. Pues a mí sí, y quiero cambiarme en un baño normal como Dios manda, va, Rita, vamos a tu casa. Y nos lavamos los dientes. Estoy helada. Rita no da su brazo a torcer, y en estas Begoña agarra el teléfono de Rita y marca el contacto que pone mamá. Rita se pone hecha una fiera, le arranca el teléfono de la mano y cuelga. Venga, vamos, qué pesada eres.

La casa de Rita está a oscuras. Han dejado el coche donde lo aparcaron y han venido andando. Begoña espera que Rita abra con su llave, pero Rita no hace nada al llegar a la puerta. Es un bloque de pisos. Espera hasta que su amiga se decide a llamar al telefonillo que hace un ruido espantoso. Nada. Rita llama otra vez. Nada. Rita dice: vámonos, y se da la vuelta cuando una voz sale del aparato y dice: ¿sí? Rita no dice nada. La voz pregunta: ¿quién es? Rita no dice nada. La voz se enfada y dice: cachondeo a estas horas no, entonces Begoña interviene, somos nosotras, Rita y su amiga Begoña, que ya hemos llegado. Silencio. La voz pregunta: ¿quién es Rita? Begoña piensa que se han debido de confundir de piso cuando Rita dice: soy yo, soy Antonia, ábreme, que vas a despertar a todo el mundo. La puerta del portal se abre y las chicas entran. Begoña no dice nada mientras recorren el pasillo. Antonia Antonia Antonia Antonia Antonia le golpea el nombre en la cabeza. Antonia Antonia Antonia Antonia Antonia tiene algo parecido a la ele y la eme de Alma la doctoranda, pero más violento, la ene toma impulso para estamparse con la te; si Alma son las olas tranquilas de la orilla, Antonia tiene la violencia del mar chocando contra las rocas. O de una campana en lo alto de una iglesia que no para de dar vueltas y despertar al vecindario. Les abre la puerta una mujer joven, no debe de ser mucho mayor que ellas. Lleva un pijama de franela como el que tiene Rita en Madrid debajo de la bata azul. Lleva unas gafas muy gruesas y el pelo encrespado se agolpa en lo alto de la cabeza formando un moño denso. Rita no entra inmediatamente. Nadie dice nada inmediatamente. Begoña rompe el silencio diciendo: perdón por las horas, había un accidente saliendo de Badajoz. No sabía que venías, dice la mujer del moño. Rita entra por fin, pero no contesta. ¿Se lo habías dicho a la abuela? No, responde Rita. Pues estamos fatal de espacio, no sé si cabéis, ¿y cuánto os quedáis? Y esta ¿quién es? Mi amiga Begoña. Cuando Rita dice «amiga», la del moño hace un gesto que Begoña no entiende muy bien. Pues como le dé a mamá por volver esta noche, verás. Vamos a acostarnos que estamos muy cansadas, es todo lo que dice Rita empezando a quitar cojines del sofá. La habitación en la que están es un salón pequeño, con un sofá pequeño, una tele pequeña, una mesa camilla pequeña con cuatro sillas pequeñas. Os vais a tener que apañar ahí las dos, tu *amiga* y tú, dice la del moño. Que sí, Reyes, joder, que mañana a primera hora nos vamos y no nos tienes que ver más, dice Rita con muy mala leche. Begoña, inmóvil, al lado de la mesa camilla pequeña. No te pongas farruca, Antonia, no te pongas farruca, encima de que vienes sin avisar, apareces aquí, que son casi las doce de la noche, que a ver qué dicen las vecinas, no estás tú *pa* ponerte farruca. Como venga mamá y te vea aquí con esta, vas a flipar. Entonces, la del moño que parece que se llama Reyes se gira a Begoña y dice, que yo no tengo nada contra ti, eh, guapa, que a mí vosotras me parecéis muy bien, yo también tengo amigas así, es nuestra madre, que ya te habrá contado, porque le habrás contado, ¿verdad, Antonia? Que no me llames Antonia. Yo me voy a la cama, y que os den; desde que te has ido a Madrid, estás insoportable, y la del moño que parece que se llama Reyes coge la puerta que parece que da a un pasillo y se va.

Rita y Begoña están tumbadas en el sofá pequeño del salón pequeño con la luz apagada. Suena el tictac de un reloj pequeño encima de una estantería pequeña. Begoña no se atreve a decir nada, porque se siente un poco pequeña ella también. Hasta que por fin: entonces, ¿cómo te llamas? Rita suspira un poco y responde: Antonia, pero cuando llegué a Madrid me cambié el nombre. Era una paletada. A mí me gusta. A mí no. No es paleto, dice Begoña, Sevilla no es, no sé, un pueblo perdido precisamente. A mí no me gusta, mejor Rita como la Hayworth. Dice mi abuela que el padre de la Hayworth vivía en Lavapiés, dice Begoña, y que no se llamaba Rita, sino Margarita. Rita no dice nada, se quedan calladas un poco. Además, Antonia rima un poco con Begoña. Begoña escucha a Rita sonreír. Un poco más de silencio. Nunca me habías contado nada de Sevilla. O sea, lo del espejo. Es bueno lo del espejo, ¿verdad?, dice Rita, deberías escribirlo. Pero no me has contado nada de tu madre o que tenías una hermana. No hay mucho que contar. Bueno, que tienes una hermana, por ejemplo. Ya, dice Rita, y se calla un momento antes de continuar. A mí no me gusta que me miren por mis orígenes, ¿entiendes? No quiero que me tengan pena o asco o compasión. Begoña no dice nada. Mi madre bebe y a veces se le va la pinza, no hay más, nunca está en casa, da igual, a mi hermana le da miedo, pero siempre es lo mismo, no va a venir, y nosotras mañana nos vamos, y se acabó. Pero Rita. Qué pasa. Que yo no te tengo ni pena ni asco ni compasión. Después de un momento, Rita dice: ya. Begoña respira un poco hondo: es que, bueno, tú a mí me gustas mucho, Rita, o Antonia, me da igual, me gustan las dos. Rita estira la mano y acaricia a Begoña. Tú a mí también, aunque seas rara. Tú sí que eres rara, responde Begoña. Las chicas se ríen bajito, y Rita besa a Begoña suave. Al cabo del rato solo se escucha el tictac del reloj pequeño y las dos muy acurrucadas se quedan dormidas.

Son las seis de la mañana cuando Begoña se despierta. Un ruido terrible ha hecho que se estremezcan todos los muebles pequeños. Rita está de pie. El ruido sigue y viene de la cocina. Se rompen los platos los vasos caen cacerolas. Begoña se encoge en la cama, hace frío, como si no hubiese calefacción ni radiadores en esa habitación. El frío se le mete por los huesos mientras las cosas se siguen rompiendo en la cocina. Rita no hace nada, solo escucha, atenta, hasta que se acerca a Begoña, y le dice: vámonos. El enano de Begoña está alerta y empieza a calentar para montar algún numerito dentro de su cuerpo. Las chicas empiezan a vestirse y a recoger sus cosas con rapidez. Se oye un alarido seguido de una risa en la cocina. Rita apremia a Begoña. A través de la puerta del salón se ve la luz que alguien ha encendido en el pasillo. Reyes es idiota, dice Rita, luego dice, vámonos. Cuando están a punto de salir, se abre la puerta de la cocina y alguien enciende la luz del salón. Una mujer con el pelo corto y rubio, el maquillaje derretido por la cara y las manos manchadas de sangre se dirige hacia ellas. Para cuando ve a Rita y por un momento no se sabe si ve o si no ve y cuando parece que ha enfocado la mirada, se echa a reír. Hombreeeeeeeee, la actriz nos honra con su presencia, qué suerte, bravo, dice la mujer, que empieza a aplaudir. Suelta un alarido cuando da la primera palmada. Niña, mírame esto, que me estaba preparando una cosita y se me ha resbalado y me he hecho. Rita dice:

nos vamos. A dónde vais a ir a estas horas, las niñas no pueden salir a estas horas, ¿y esta quién es?, dice la mujer reparando en Begoña. Begoña se congela. La mirada de esa mujer la recorre de arriba abajo. Begoña es más consciente aún de sus gafas; de su pelo, que ha crecido y ya no le sienta tan bien el corte; de sus pantalones que siente húmedos —¿por qué todo está tan húmedo de repente?—; de las uñas mordidas, uñas de primaria, le dijo Rita una vez en la cama; de sus labios cortados por el frío de la ciudad, menos mal que le quitaron el aparato antes de los Reyes Magos. Begoña es hiperconsciente de cada característica de su cuerpo, y le gustaría ser una masa *beige* irreconocible y no lo que sea que es ella ahora mismo. Rita dice: nos vamos. Pero la mujer la agarra del brazo, qué, otra de tus amiguitas, eh, amigas de Madrid, del teatrito, qué bonito, qué moderno, qué asco más grande, y escupe al suelo, pero no con la suficiente fuerza y el escupitajo se resbala por su barbilla hasta caer en su pecho. Rita se zafa de la mujer y repite: nos vamos. No vas a dejar así a tu madre, niña, mira, la mujer vuelve a agarrarla, y dice: guarra. Rita se zafa, esta vez con más violencia, haciendo que la mujer se tambalee y caiga al suelo. En esto entra la del moño y la mujer que es la madre de Rita se echa a llorar. Begoña está paralizada, el enano no parece tampoco reaccionar, se siente muy pequeña, como muy joven, muy inexperta; mira a su amiga, que no reacciona del todo; a Begoña le gustaría ser giganta, pero no puede, se va convirtiendo en ratona, qué mal, idiota, ayúdala, no lo ves, es tu amiga, tu chica, tu algo, haz algo, sí, eso empieza a decir el enano. La mujer que es la madre de Rita se retuerce por el suelo lleno de añicos de cristal y loza. Solo es capaz de decir: Antoñita, Antoñita, y alguna cosa más que no se entiende, y sigue llorando, y la del moño la agarra y la levanta, y a la madre de Rita no le hace mucha gracia, pero la necesita para mantenerse en pie y seguir gritando, entra entonces una señora mayor por la misma puerta por la que hace un momento entraba la del moño, y Rita la mira un momento y la señora la mira con pena y aburrimiento a la vez, y Rita coge a Begoña y coge la puerta y se van.

Caminan en silencio por la calle. Todavía es noche cerrada. Begoña piensa en esos países que tanto le gustan en los que se supone que amanece más temprano. Cómo le gustaría que amaneciese ahora, que las calles se llenasen de una luz cálida y brillante y tierna que alumbrase los ojos miel de Rita o de Antonia y que se le fuese esa cara tan apretada, que los rayos lavasen la noche como un agua buena y mágica, como un conjuro de un cuento, por la noche estarás condenada a tal o cual, pero en cuanto salgan los primeros rayos del sol, todo pasará. Y a la noche siguiente, vuelta a empezar. Lo malo de los conjuros, de los hechizos, o en el peor caso de los maleficios, es que tienen una parte buena y una parte menos buena. O una parte mala y una parte menos mala. No es todo bueno. Begoña no sabe a dónde van, Rita camina y camina sin mirarla. Se acerca y le da la mano, pero Rita la suelta casi inmediatamente. Lo siento, es todo lo que dice. Repasa las imágenes de la casa, la cara de la madre, la Reyes que entiende que es la hermana mayor de Rita a la que nunca ha mencionado, la de la abuela. Guarda esas imágenes en su cabeza y no sabe qué necesita Rita ahora mismo y no sabe cómo preguntárselo. Begoña piensa que Rita no tiene padre, y que ella no tiene madre, y que las dos tienen una abuela por lo menos que les gusta, porque en algún momento, cocinando sobre todo, Rita ha hablado de su abuela. Quiere darle la mano otra vez, quiere abrazar muy fuerte a esa chica que hasta hace un momento solo tenía un nombre y una sonrisa perenne que ahora no encuentra por ningún lado. Dos chicas nacidas en democracia, dos chicas europeas y dos chicas calladas y en silencio. El año 2000 no hizo explotar el mundo ni que se parasen los relojes, pero tampoco se llevó los secretos que se acumulan como tarros de garbanzos al fondo de la alacena, mermeladas al vacío hechas hace mucho tiempo, cuando la higuera del jardín dio higos, o ese arbolito de mandarinas pequeño que crece en una maceta en la terraza, compotas añejas, viejitas, hechas por manos que ya no existen y aun así se mantienen inmóviles en las cocinas de las niñas, ocupando espacio.

Siguen caminando y llegan al río. Begoña nunca había visto el Guadalquivir. Es ancho, profundo, oscuro. Hace más frío. Rita se para y fija la mirada en el agua que se mueve constante e impasible. Begoña mira el agua. Piensa que Rita tenía razón y esto es un río en condiciones, no como el Manzanares, que ni es río ni es nada. Piensa en su madre que siempre decía que tener Madrid como capital era una tontería, que se le había encaprichado a Felipe II y que Madrid era una aldea, que no tiene acceso por mar, ni por río, ni por nada. Que no tiene tradición, por mucho barquillo y mucho chotis, que nadie sabe bailar chotis, que nadie es de Madrid, que todo el mundo es de fuera, que eso está bien, pero que hace que no se tenga arraigo ni se tenga nada. Te da igual estar en Madrid porque como has venido te puedes ir. A la madre de Begoña, Madrid le parecía una paletada. A la madre de Begoña le hubiese gustado vivir en Berlín, o en Londres, o en una «capital de verdad», pero siempre vivió en Madrid. A la madre de Begoña le hubiese gustado ser otra persona. Begoña cada vez entiende más a la gente que quiere ser otra persona.

Pasa el tiempo. Rita tirita un poco. Begoña pasa su brazo por encima del hombro de su amiga o su amante, y esta vez Rita no lo aparta. Rita se gira y Begoña la abraza. Rita parece que llora un poco, pero Begoña no sabe distinguir si es llanto o frío o los dos, así que le da un beso en el pelo y dice: vamos a tomar algo caliente. A Rita le parece bien. Caminan en silencio, medio abrazadas, y en una de las esquinas de una de las calles de edificios de pocas plantas, hay una señora con el abrigo por encima de la bata y del pijama. Es la abuela de Rita. Las chicas se detienen, Begoña no sabe qué hacer y no se mueve hasta que tanto Rita como la abuela reanudan la marcha y se acercan poco a poco. Cuando están frente a frente, la abuela acaricia a la nieta en la cara, suave. Podrías haber avisado, con lo que me gusta a mí verte, dice la señora. Ya, es todo lo que contesta Rita. Tu amiga ¿cómo se llama? Begoña, me llamo Begoña. Encantada, Begoña, qué guapa eres. Silencio. Rita mira a su abuela, que al poco cede diciendo: anda, farruca, ven aquí, y la abraza. Y de repente, la palabra «farruca» cobra otro significado. Ya no es el «farruca» de Reyes, amenazante y cansado. Este «farruca» es tierno, envolvente, compasivo. Nieta y abuela se abrazan en la mañana sevillana, ya se oyen algunos pájaros, y Begoña sabe que el sol va a salir.

La televisión está encendida encima de la máquina tragaperras. La dueña del bar pasa una bayeta por la barra de aluminio. Se quema la boca con el café con leche. Su abuela siempre dice: el café hay que pedirlo «con la leche muy caliente» porque, si no, no lo entienden, «un café con leche, muy caliente», no, «un café con leche con la leche muy caliente». Y si Begoña no lo pide así y no se lo traen muy caliente, su abuela dice: ¿ves?, lo has pedido mal. Begoña y Rita se queman con sus cafés en silencio, poco a poco van entrando hombres al bar que piden sus propios cafés y se queman sus propias bocas al beberlos. Han quedado con Eleuterio a las diez, o eso ha dicho la abogada, porque toda la comunicación la lleva la abogada de cuyo nombre nunca se terminan de acordar, es algo telenovelesco y a la vez común. En fin. Les quedan todavía casi tres horas, les da tiempo a tomarse muchos más cafés o repasar lo que le van a preguntar o lo que le van a decir, preparar su defensa o pueden quedarse calladas sin tomar nada ni preparar nada ni decir nada, que es lo que le parece que le apetece hacer a Rita. Begoña, que siempre ha estado tan cómoda en el silencio, ahora no sabe qué hacer con él. El silencio está entre ellas como el olor de un pedo que se ha tirado otra persona, ambas lo huelen, está ahí, es asqueroso, pero nadie se atreve a reconocerlo, a señalarlo, qué vergüenza, qué bochorno. Begoña saca un libro, el que sea, uno de los varios que suele llevar en el bolso, y se pone a leer, ignorando el pedo. Rita reposa las manos sobre la mesa, luego los brazos, y después la cabeza, y se queda dormida.

El sol ya ha empezado a salir cuando Rita se despierta como un resorte y decide que hay que irse. Habrá que irse. Bueno. Habrá que coger el coche. Bueno. Hemos quedado un poco lejos, o sea, en el centro no. Bueno. Caminan hacia el coche y a Begoña le gusta sentir el frío en la cara y los rayos del sol y ver a la gente saliendo de sus casas y a las niñas con las mochilas y le gustaría quizá poder borrar, poder cambiar, poder hacer algo para que la noche no hubiese sido tan oscura, que Rita no estuviera tan enfadada, o disgustada, o quizá no está nada de eso, pero como no habla, Begoña no lo puede saber. Begoña sabe que Rita está a kilómetros de distancia, aunque caminen juntas por las aceras del barrio de la Macarena y sus codos se choquen de vez en cuando. Le angustia pensar que Rita se va a quedar a kilómetros de distancia a partir de ahora, aunque duerma en el cuarto de al lado. Begoña piensa hablar bien con ella cuando vuelvan, después de lo de Eleuterio, después de este viaje, sí, después, después va a estar todo bien. Begoña y Rita caminan. Y caminan. Y caminan. Y el sol a cada ratito un poco más alto, y el coche, el coche no está. Vuelven a pasar por la misma calle. Y por la de al lado. Y a Begoña le empieza a entrar una angustia por la barriga que se le hace nudo, el enano está despierto y está apretando el nudo otra vez, qué aburrimiento, qué miedo. Era aquí, dice Rita, aquí. Vuelven sobre sus pasos, y ahí está, el hueco, la pegatina, es triangular, es amarilla, es horrorosa. Y a Begoña la angustia se le transforma en ira. Rita. ¿Dónde está el coche? ¿Qué ha pasado con el coche? ¿Por qué no está aquí el coche? Anoche estaba aquí. Rita. Rita solo puede decir que lo siente, que no lo entiende, que ella pensaba que se podía aparcar, que no había visto la señal, que era un sitio bueno, joder, si se hubiesen quedado en el coche como ella quería, eh, Bego, si nos hubiésemos quedado en el coche, no hubiese pasado esto porque los municipales nos. No me llames Bego. Churra. Ni churra ni nada, Rita, joder, es el coche de mi padre, joder joder joder joder joder joder. Esta vez el enano consigue agarrarse a la garganta de Begoña, un poco parecido a aquel día en el club de teatro, pero más, y sobre todo más rabiosa. Sí, rabia, con esa erre poderosa y esa be violenta. Ra.Bi.A. O furia, una efe como un huracán que se lleva a toda la capital hispalense y con ella a Rita o a Antonia. Porque Begoña entiende, Begoña es comprensiva con las heridas de las demás, los secretos e incógnitas de cada familia, de cada chica que llega a Madrid como si llegase a Manhattan, pero encima esto, esto no. Begoña tiene paciencia, pero no tanta, de eso se da cuenta, lleva teniendo paciencia muchos años, y se le gasta. Se le ha gastado en ese momento. Rita, repite, ¿dónde está el coche? Rita coge la pegatina, y según ella, el depósito municipal está ahí al lado y les da tiempo. Como se entere mi padre, verás. Begoña piensa en su padre, solo, sin coche, en ese pueblo que es El Espinar, Segovia, en enero, viendo la tele. A Begoña no le gusta nada pensar en su padre. Vamos a por el coche ya.

El depósito no está ahí al lado. Es hora punta. Genial. Dos autobuses van llenos y los tienen que dejar pasar. Genial. Cuando cogen el autobús, no es el que tenían que coger. Genial, genial, genial. Rita dice que no pasa nada, que cogen un taxi, pero Begoña se niega, porque con ese tráfico les va a salir por un ojo de la cara. El enano nunca ha estado tan contento y tan enfadado, Begoña ya no distingue entre nudo y enano, solo sabe que dentro de ella siente algo, una fuerza que se mueve y se retuerce y quiere salir, el enano encerrado que golpea las paredes y grita: quiero salir, quiero salir, que dice palabrotas y que patalea. Consiguen subir al autobús correcto, y Begoña le dice al enano que se calle, que va a estar todo bien, que son cosas que pasan. El enano dentro de Begoña se calla durante el trayecto del autobús. No hablan nada. Ni Begoña ni Rita ni el enano. El depósito municipal de vehículos no es como Begoña lo había imaginado, aunque nunca se había imaginado un depósito de vehículos en su vida, porque tiene dieciocho años, en septiembre diecinueve, y nunca ha tenido que pensar en coches ni en grúas ni en nada de eso. Rita está muy recta y muy digna cuando se dirige a la garita donde una trabajadora del Ayuntamiento lee una novela de Dolores Redondo. Buenos días, dice Rita con una sonrisa que hace que el enano se remueva dentro de Begoña. La de la garita levanta la vista, venimos a por un Opel Corsa, era un Opel Corsa, ¿no, Begoña? Rita sigue hablando porque Begoña no reconocería un Opel ni Corsa ni corso ni nada, a ver, un coche así gris, gris marengo, el enano de Begoña se mueve un poco más pero Begoña le dice que se calme, que Rita lo tiene todo bajo control. Mire, nos han dejado esto, y Rita le da la pegatina fatídica y amarilla a la de la garita. La mujer pide el DNI y Rita dice, mire usted, es que está dentro del coche, sabe, lo dejé anoche, solo saqué las llaves, si me lleva usted al coche, pues yo saco el carnet y. No puede ser. Cómo que no puede ser. El enano se pone alerta. Que yo no puedo dejarte entrar ahí a abrir los coches. Los coches no, solo el Opel que es el nuestro. ¿Es tuyo?, pregunta la de la garita. Bueno, es de su padre. Es de mi padre, dice Begoña. Pues entonces tiene que venir tu padre a sacarlo, guapa. El enano de Begoña ya está dando botes. Cómo que mi padre. Sí, guapa, tu padre, que el coche es suyo; ¿yo cómo sé que vosotras no sois unas quinquis que vienen aquí a? Oiga, que el coche nos lo ha dejado, mire, que tenemos las llaves. ¿Y yo cómo sé que no se las habéis robado a un pobre hombre? Porque dentro del coche está mi DNI y mi todo, dice Rita. Ya, lo siento, son las normas, o viene tu padre o el coche se queda aquí y tendréis que pagar. Pagar ¿el qué? Pues que el coche no se queda aquí gratis, esto y la multa lo tenéis que pagar. ¿Pero qué multa?, y mientras Rita empieza a discutir con la de la garita, el enano de Begoña ya se ha vuelto loco y da tumbos dentro de ella y dice cosas como: te lo dije, eres idiota, la has cagado, eres un desastre, tu padre te va a matar, para qué te fías de esta, que hasta hace doce horas no sabías ni cómo se llamaba, la has cagado pero bien, ya verás qué disgusto, qué decepción todo esto por tu culpa por tu culpa por tu culpa. Begoña agarra a Rita del brazo y le dice que se vayan, que encima van a llegar tarde a lo de Eleuterio. Amor, lo siento, dice Rita, yo no sabía. Cómo que amor, Rita, no me lo puedo creer. Ya, amor. Que ni amor ni nada, que me dijiste que lo tenías todo controlado y que con el coche mejor, y mira que, cuando se entere mi padre, Rita, cuando se entere mi. Es que no sabía. Me da igual, no es nuestro el coche, ha confiado en nosotras, mi padre, había confiado en nosotras, en mí, es que menuda idea la del viaje, Rita, joder. Begoña nunca dice palabrotas, y Rita se ha dado cuenta de que ya ha dicho joder varias veces. Ya, amor, lo siento, lo siento, es que no sé para qué le digo nada, hubiésemos hecho la obra igual. Qué dices. No que. El enano de Begoña, que ya está bastante activo, se pone aún más alerta. ¿Decir qué, Rita? A ver, empieza su amiga, pero Begoña no le permite continuar. Ha tenido suficiente, quiere respuestas y las quiere ahora, porque si ha pasado lo que cree que ha pasado, se va a liar la de San Quintín, como diría su abuela. ¿A quién, Rita? O Antonia, o como te llames, ¿qué más cosas no me has contado, ahora no tienes carnet de conducir o? No, no, no, carnet lo tengo, de verdad, eso era importante para mí, sabes, ahorrar y sacármelo, para por si lo que fuera poder irme, poder irme de casa, me entiendes, más allá del autobús, yo lo necesitaba, entiendes, saber que era libre, eso era importante. ¿Entonces qué?, dice Begoña, que se ha parado en seco porque el enano y ella ya son la misma persona, son una persona que ha dormido poco, que se ha metido en un gran lío por culpa de Rita y que encima ve que hay algo que no encaja. Vamos a llegar tarde. Rita, Antonia. No me llames Antonia. Qué pasa. Pues que yo, yo lo que quería es que él viniera y así diese más bombo a la obra. ¿Que viniera quién? Y, además, me parecía raro hacer la obra de él sin que él lo supiera. El enano está pensando en diferentes maneras de asesinar a Rita. Entonces, nada, que lo encontré en internet, o sea, no fue difícil, mandarle un correo, pero no me contestó, yo pensé que la dirección de correo no funcionaba y no pensé nada más. No pensé que se iba a enfadar. Pensé que le iba a hacer ilusión. Begoña y el enano sienten que les acaba de caer un piano en la cabeza. Ya no escuchan los coches ni las niñas que van al colegio ni los pájaros ni los cláxones ni las motos ni las bicis. Me estás diciendo, vamos a ver, me estás diciendo que. Sí. Perdón, yo solo quería. Yo solo quería ayudar, dice Rita.

Begoña se baja del autobús sola. Ella y el enano han decidido dejar a Rita a su suerte, porque justo en ese momento no son capaces de hablar ni de razonar ni de nada de nada. No son capaces de ver a Rita o a Antonia, o como se llame, y no quieren que Rita o Antonia o como se llame vea a Eleuterio o hable con Eleuterio o tenga nada más que ver con Eleuterio. Eleuterio es cosa suya, ha sido idea suya, ha sido un proyecto suyo en el que de repente esta chica metió las narices y las manos y la cabeza, y ahora piensa si lo que quería Antonia o Rita era dirigir la obra o meterse en la obra no por la obra en sí, sino por otro motivo. Y no entiende nada porque el proyecto es del puñetero club de teatro de la Universidad Complutense formado por unos desgraciados idealistas que estudian carreras abocadas a la docencia, aunque ellas tengan muchas ganas de cambiar el mundo. Entonces no entiende el afán de protagonismo de fama de poder que le ha podido dar a Rita o a Antonia, porque esto no es el CDN ni el teatro de la Abadía ni el Español ni ninguno de esos teatros a los que la llevaba su madre y a los que ya no va porque su madre está muerta y no la lleva a ningún sitio. Llega a la cafetería en la que se han citado con la abogada, son las diez menos cuarto, se pide otro café. Y espera. Piensa (Dios mío, cuánto piensa Begoña, es agotador a veces estar en su cabeza, eso lo piensa la propia Begoña, qué hartura), piensa mucho en Rita. Piensa en el dolor de Javiera, que era terrible pero muy distinto, era otra cosa, era el dolor del rechazo y la decepción, era algo a lo que apenas dedica ya tiempo. Pero Rita, o Antonia, que lo de Antonia lo podía entender, de verdad, las familias son complicadas, ella entiende de familias, o está empezando a entender, sabe que, como decía Tolstói, las familias desgraciadas lo son cada una a su manera, y la manera de Rita es muy diferente a la suya. Este dolor es diferente, es un agujero. Cree que se va a volver loca sintiendo tantas cosas en su cuerpo, en su barriga concretamente. No es suficiente con el enano y el nudo y el solo de batería que se marca cuando tiene ansiedad. Ahora llega el agujero. Sí, así lo describiría en esa cafetería sevillana, un agujero hondo, profundo, que es como el sumidero del baño o como una aspiradora industrial o como un remolino en el mar o como un agujero negro en el espacio, que ella no tiene ni idea del espacio, pero si los agujeros negros son entes devoradores de sentimientos y placeres, ella tiene uno en el centro de su cuerpo. ¿Cómo puede ser que la persona que más placer, más paz, más, por qué no decirlo, amor le ha dado en los últimos meses, quizá en su vida, porque es la primera vez que siente algo así, sea también la que tenga la capacidad de arrebatárselo tan de golpe? Cierra los ojos y agarra su bolso mientras espera que llegue la abogada de Eleuterio.

Se ha imaginado muchas veces cómo sería conocer a Eleuterio. Se ha imaginado que le avisa que va a ir a Sevilla en Semana Santa. O en la Feria. O en Navidad. Se imagina muchas excusas para ir a Sevilla, a pesar de que a ella no la une nada a Sevilla, pero se imagina que decide ir a Sevilla un fin de semana cualquiera, y que avisa a Eleuterio, y Eleuterio dice que bueno. En la imaginación de Begoña, el encuentro sucede más o menos así: Eleuterio le da la dirección de su casa. No se quiere mover. Ella coge varios autobuses y no se pierde. En el autobús va repasando todas las notas que tiene de Eleuterio. Quizá se pone nerviosa. Lee. Se marea. Mira por la ventana. Las afueras de Sevilla son como las afueras de Madrid. O quizá viva en el centro. Cerca de la Alameda. Camina entre los naranjos en flor y se asombra con su aroma. Cómo puede oler una ciudad tan bien tanto rato. Repasa las notas que tiene de Eleuterio. Se pone nerviosa. Lee. Llega al portal. Llama al telefonillo y la puerta se abre. Entra en el portal de Eleuterio. El portal está nuevo y es oscuro y fresco. Sube al segundo por unas escaleras angostas. Ve una puerta entreabierta. Llama. Todas las imágenes todas las palabras todos los sonidos que asocia que representan a Eleuterio se materializan y desaparecen y delante de ella tiene a un hombre. Un hombre bajito. Un hombre con poco pelo. Un hombre con un bigote cano y ojos como dos canicas. Entra en su casa. Entra en la casa de Eleuterio. Todo está un poco oscuro, suena la radio de fondo. Le ofrece algo y dice, no, gracias. Se sientan. Eleuterio se sienta en un sillón orejero y Begoña en un sofá demasiado bajo. Begoña se pone las gafas. Y no sabe qué decir. A Begoña le han preguntado varias veces, si conocieras a Eleuterio, ¿qué le preguntarías? Y no está segura, y se siente mal. Pero cree que lo que le preguntaría, lo que le pregunta sentada en el sofá imaginario demasiado bajo es cómo fue la vida después. ¿Cómo fue vivir después de haber sido el Lute?, ¿dónde está el Lute?, ¿qué hacemos ahora con el Lute?, ¿qué hace ella?, ¿qué hacemos nosotras? Le hace reír. Algo así más o menos es lo que se imagina.

Han pasado dos horas y se ha imaginado muchas más primeras interacciones con Eleuterio. Le ha dado tiempo a imaginarse una relación entera, una relación en la que él ocupa un lugar de mentor y amigo, un poco gamberro y siempre sabio. También ha tenido tiempo de pensar qué hacer con Rita, de pensar en el piso, en la carrera, en su padre, en sus abuelas. En dos horas le ha dado tiempo a todo. Refresca por enésima vez la bandeja de entrada y ahí está: «Lo siento, Eleuterio no se encuentra bien, no va a poder acudir. Atentamente», la abogada de nombre telenovelesco y a la vez común. No. Va. A. Poder. Acudir. No. Va. A. Poder. Acudir. No. Va. A. Poder. Acudir. El enano de Begoña se remueve, pero ella le dice que se calle, que no toca eso ahora, que ahora toca otra cosa que Begoña conoce muy bien, y es azul y profunda y pesada, y mira a las mesas a su alrededor en esa cafetería sevillana que se parece bastante a cualquier cafetería madrileña, y piensa en que le gustaría que Rita estuviese allí o sus abuelas o su madre o incluso su padre, aunque no hable, pero allí ahora no hay nadie, no hay más que otras abuelas de otras chicas que se llamarán Marina o Clara o Carmen, o como se llamen las universitarias sevillanas. Y Rita no está porque no la ha dejado venir, y Eleuterio no está porque no se encuentra bien, o eso dice la abogada, y su padre no está porque está en El Espinar (Segovia), y su madre no está porque está muerta, y Begoña se da cuenta, aunque ya lo sabía, se da cuenta de que lo que le pasa es que le gustaría que su madre estuviese allí. Pero no como fantasma, que es como aparece desde que se murió, a Begoña lo que le gustaría es que su madre estuviese allí, viva, dándole la mano, pidiendo la cuenta, sacando el coche del depósito, diciéndole que todo está bien porque ella se encarga de todo, porque ella la cuida, porque ella la guía, porque ella la quiere. El remolino azul y profundo y pesado amenaza con arrastrarla al fondo de la taza de café con leche medio vacía, y Begoña parece que se va a dejar arrastrar, pero, de repente, no le dan ganas. No le dan ganas de hundirse en el café con leche. De repente, no le dan ganas de descomponerse de desmaterializarse de dejar de existir. Lo que le dan es ganas de gritar. El enano se anima, porque al enano le encanta gritar, pero lo que hace Begoña es coger el teléfono y contestar a la abogada.

Buenos días:

Cuánto siento que don Eleuterio no se encuentre bien. Espero que se recupere pronto.

Tenía muchas ganas de conocerlo. Tengo muchas preguntas para él, sobre su vida, sobre su persona, pero sobre todo sobre sus ideas. No sus ideas si vota Eleuterio a uno o a otra, no; sus recuerdos. Eso, quiero decir, sus recuerdos. Sus recuerdos de aquella época, pero especialmente de lo que vino después. Qué hizo Eleuterio con el Lute cuando ya no estaba. Cómo hizo Eleuterio para desprenderse de él. Si lo consiguió, si le persigue. Cómo hacer para desprendernos de lo que nos han dado y no nos sirve, porque no somos nosotras.

Le mando el borrador de la obra. Sería una alegría y una ilusión que don Eleuterio pudiera leerlo, a ver si puede hacérselo llegar. En abril estrenamos. Don Eleuterio está más que invitado. Sería un gran honor. Y si a usted también le apetece y está en Madrid, también nos gustará verla en el patio de butacas. Pero sobre todo, por favor, hágale saber esto a don Eleuterio. Muchas gracias.

Atentamente,

Begoña

Enviar.

La luz complicada entra por la ventana de Begoña. No termina de llover, solo nubes densas que oscurecen la ciudad y hacen que todo vaya más lento y peor. Está tumbada en la cama. Siente que lleva tumbada en la cama desde que volvió de Sevilla. Siente que el mundo se ha parado desde que volvió de Sevilla. Desde que volvieron. Rita está muy ocupada con el musical y apenas la ve. Rita lleva una vida desordenada con unos horarios que Begoña no entiende, así que esquivarse en la casa es bastante fácil. Ahora les han proporcionado aulas en la escuela de arte dramático, cosa rara, y ya no ensayan *Chicago-Chiclana* en el salón. Escucha a los vecinos de al lado ver la televisión, él es muy viejo y también se llama Emilio como su abuelo, eso le sorprendió cuando llegó al piso. Y ella se llama como su abuela. Le parece una coincidencia profética, o se lo parecía. Ahora mismo no le parece nada. Por la ventana ve la peluquería de enfrente, escucha a los repartidores, a la cartera, a la Policía Nacional yendo a la comisaría de la calle Leganitos, a los músicos que se meten al café Berlín a hacer la prueba de sonido antes del bolo, al portero de su edificio que se llama Juan Carlos, que es un nombre que sirve tanto para portero como para rey. A veces escucha a Rita hacerse café o macarrones con tomate; entonces decide quedarse quieta en su cuarto y esperar a que los tacones se dirijan a la puerta y salgan dando un portazo. En ese momento sale de su madriguera para hacerse su propio café o sus propios macarrones. Y cuando oye los tacones subir por las escaleras, corre de nuevo y se mete en su cuarto, cerrando la puerta y apagando la luz, sin hacer ruido, para que a Rita no se le ocurra hablar con ella. Su padre no ha vuelto a decir nada del coche ni de la grúa ni del depósito ni de nada en general. Hablan por teléfono, pero siempre coincide que él está en la bici y no se oye bien. No hay cobertura en la sierra, Bego, te llamo luego, pero cuando llega el «luego» y su padre llama de nuevo, Begoña no coge el teléfono. Tampoco ha vuelto a ir a El Espinar (Segovia). A las abuelas parece que también se las ha tragado la tierra, aunque sea más bien la cama quizá la que se ha tragado a Begoña. Pero a Begoña le da un poco igual. Todo le da bastante igual ahora mismo. Es como si la nube densa la hubiese absorbido en una apatía gris e inmóvil, como si se hubiese caído dentro de una gelatina opaca, un flan que la tiene quieta y suspendida. Va a clase y lee lo que Alma la doctoranda le dice que tiene que leer. Se levanta y toma café y coge el 133 que la deja en la Facultad de Geografía e Historia, y camina hasta su propia facultad y toma notas y aprende a declinar todos los artículos en alemán en todos los géneros, rellena ejercicios de acusativo, dativo y genitivo. Vuelve a montarse en el 133, quizá compra algo en el supermercado, un yogur, y se sube a casa saludando tímida a Juan Carlos, que también saluda tímido. Ninguno de los dos sonríe, pero eso no es novedad, porque Begoña nunca ha visto a Juan Carlos sonreír. Hace lo que le dicen, y luego se tumba en la cama y mira el techo. Y luego se duerme. Y así, esperando a una primavera que no termina de llegar.

El algoritmo sugiere a Begoña una entrevista de 1985 que le hizo Luis Miguel de Dios a Eleuterio. Dura veintiséis minutos. Duda, pero hace clic. Eleuterio lleva un traje de pana verde de tres piezas, una camisa blanca, una corbata marrón con diminutos topos blancos. Tupido bigote que cubre su labio superior, generosas entradas en el nacimiento del pelo y unas gafas hexagonales grandes medio tintadas que oscurecen sus ojos. Piensa: qué mayor. Luego piensa: tenía cuarenta y tres años. Y después: igual Eleuterio no contesta a mis correos porque se ha muerto y la abogada esa tiene cosas más importantes que hacer que contestar a esos correos. Luis Miguel de Dios va más informal, chaqueta de ante cámel, camisa blanca sin corbata y un jersey fino de un verde pálido. El pelo por los hombros, raya al lado, barba de rojo. Le llama la atención el espacio en el que se realiza la entrevista. Los dos hombres se encuentran enfrentados a un par de metros de distancia, sentados en unas sillas de madera oscura y cuero que parecen muy pesadas y de una época medieval. Las paredes son naranjas y la luz cruda y total. Entre ellos hay una pequeña cómoda o un escritorio de madera oscura que también parece medieval, tiene muchos cajones. No sabe para qué necesitan una cómoda medieval en un estudio de televisión. A sus lados hay unas columnas no muy altas sobre las que hay flores y plantas de mentira. Sobre la cómoda hay una pantalla de croma muy grande, es el objeto más grande de toda la sala. En la pantalla de croma sale una foto en blanco y negro de Eleuterio en primer plano. Lleva las mismas gafas y el mismo bigote y esa cabeza en blanco y negro es descomunal al lado de los dos hombres y las plantas y las sillas. La imagen se va moviendo lentamente, hace un *zoom out* hasta que cambia y Begoña ve al Eleuterio entrevistado desde otro ángulo. Es la imagen que recoge otra cámara desde el otro extremo del plató. El mismo Eleuterio del estudio en plano general y en plano corto a la vez. Begoña ve a estos dos hombres que son el mismo mientras Eleuterio explica que el Lute nació en la DGS en 1965 y Eleuterio Sánchez en Salamanca en 1942. No hacen ninguna referencia a las fotos que aparecen tras ellos.

Cierra el ordenador. Alma la doctoranda dijo que no podían seguir con la obra si las personas implicadas, los protagonistas, no estaban de acuerdo. No tanto por una cosa legal, sino ética. Así que no ve los veintiséis minutos de entrevista, porque para qué. Para qué para qué para qué. La luz complicada hace que le duela la cabeza, quiere bajar la persiana y dormirse preferiblemente hasta que acabe este curso o hasta que acabe la carrera. Morir dormir morir dormir morir dormir. Siempre le ha parecido que suena mejor en español. Las erres las vocales la eme y la de. Morir dormir morir dormir. Se está meciendo con las palabras, ha cerrado los ojos, ha dejado que el nudo se expanda, le da bastante igual, tumbada boca arriba, le gustaría deshacerse, unirse con el colchón, convertirse en una mancha del colchón y borrarse poco a poco. Un golpe la saca de su ensimismamiento. Un golpe seco en la ventana. Se asusta, se levanta, detiene su proceso de descomposición, comprueba que el cristal no está roto, no está roto, qué ha pasado. Se asoma a la calle y la luz complicada le da en la frente y en las pestañas. Mira abajo y ve una bola negra, no distingue bien, se ajusta las gafas, ¿qué es eso, qué es esa bola negra? Begoña siente al enano despertar, se pone los zapatos y baja corriendo a la calle. Los coches los taxis las motos suben la cuesta como si nada. Para ellos no ha pasado nada. Llega a la calle y se agacha. La bola negra es una golondrina, pequeña, oscura, perfecta. Idiota, piensa, un animal tan noble y estamparse contra mi ventana, no entiende, no lo ve, qué le pasa. La golondrina se mueve un poco. No está muerta. No está dormida. La gente sube la cuesta y pasa a su lado sin mirarla, sin decir nada. A la gente, la golondrina muerta o dormida le da igual. La gente está muy ocupada. La gente tiene que ir al metro o al Primark o al mercado de los Mostenses. La gente tiene que hacer la compra y pagar las clases de inglés y la depilación láser y las cervezas y la luz. La gente no mira la golondrina, no mira a Begoña. Y Begoña quiere gritar: ¡¿no lo veis?! ¡¿No veis que CASI SE MUERE?! CASI, CASI, CASI, POR POCO, NO VEÍA DÓNDE IBA, QUIZÁ NO SABÍA DÓNDE ESTABA YENDO, QUIZÁ ESTABA IMPROVISANDO, ¿POR QUÉ HAY UNA GOLONDRINA EN MADRID CON EL FRÍO QUE HACE? ¿POR QUÉ HA LLEGADO YA LA GOLONDRINA SI LA PRIMAVERA NO QUIERE VENIR? Coge la golondrina con sus manos ignorando todas las advertencias sanitarias que ha oído a lo largo de su vida sobre las aves, y se la lleva a la plaza de Oriente. Allí, en un banco entre el palacio y el teatro, la mira. La golondrina se mueve un poco, le gustaría volar. A ella también. Tiene a la golondrina entre sus manos, que es muy pequeña, y las manos de Begoña son como una casita o una funda o una nuez en la que la golondrina se mueve un poco. Le gustaría hablar con la golondrina, le gustaría ser golondrina y volar de un lado a otro y no pensar. Se sorprende un poco cuando sus manos empiezan a mojarse, porque Begoña está llorando. Flojito, despacio, sin parar. Las lágrimas mojan las manos y el pájaro. No hace ningún ruido cuando llora. La golondrina se remueve, pía, le gusta que diga cosas el pajarito, la golondrina pía más y ella llora más, nota las patitas del animal hacerle cosquillas en las manos, y cuando la golondrina vuelve a piar, Begoña lo entiende, abre las manos, y la golondrina vuela.

Mira la verja roja antes de llamar al timbre. La pintura está un poco desconchada y, cuando se decide a abrirla, porque la abuela nunca cierra la verja con llave, hace un ruido agudo y áspero. El timbre resuena por toda la casa. Espera delante de la segunda puerta, también roja, también con rejas. Esta sí está cerrada con llave, y su abuela parece sorprendida cuando sale a abrir. Hola, rica, no sabía que venías, dice plantándole dos besos en la cara. Acabo de hacerme un cafelito. La casa de la abuela es bastante oscura, piensa mientras se quita el abrigo. Su abuela entra en la cocina y Begoña nota que se mueve con dificultad, un poco como un pato mareado, cambiando el peso de manera casi cómica de una pierna a otra, una leve cojera que ralentiza todos sus movimientos. Coge tú la bandeja, bonita, que yo estoy que no tiro. Coge la bandeja y se sientan en el salón. La abuela bebe el café en silencio y Begoña piensa que parece un topito. Su boca se arruga cuando llega a la taza y la bebe despacio, teme derramarla, teme que las manos le fallen o la boca le falle, o la cabeza le falle, o eso piensa Begoña. La abuela tiene la vista clavada en el frente, mira hacia el jardín. La verdad es que lo tengo hecho una selva, dice, pero ya no me dan ganas de ponerme a cortar hojas ni nada, no tiro. Le gusta el café de la abuela, porque la leche es entera, muy cremosa, y muy caliente. Pregunta a su abuela si puede subir un momento a buscar unos libros, son para clase, abuela, y como me dijiste que podía coger los libros de mamá. Claro, rica, sube, sube, pero se te va a enfriar el café. No tardo. Sube las escaleras y llega al que fue el cuarto de su madre. Hay juguetes de Begoña pequeña, una cama individual, la colección Austral con todos sus colores, y entre las páginas amarillas de alguno de esos libritos, aparece una foto. En la foto sale el abuelo Emilio (muy guapo) con la abuela (muy guapa) con la madre de Begoña (muy joven) y con un señor (que Begoña no sabe quién es). Están en el campo. Están en la Casa de Campo. Están contentos. Hay más gente. Hay mucha gente. Les da el sol. Va a llegar la primavera. El abuelo levanta el puño y detrás de ellos hay hoces y martillos y *ces* y *oes* y sándwiches vegetales. Detrás de la foto pone 1977. Vuelve a la terraza.

Abuela, ¿y esta foto? La abuela mira la foto. La abuela no dice nada. ¿Quién es este señor?, sigue Begoña ¿Era amigo del abuelo? Este es Camacho, es todo lo que dice la abuela. La abuela está sentada en el sofá negro de cuero, un cuero que cuartea y que ha tenido que ser cubierto por mantas del todo a cien porque las calvas que tiene hacen muy feo. Las mantas son negras y suaves, de algún material sintético. La abuela se hunde un poco en el sofá negro mientras agarra su taza con cuidado.

Espera que su abuela siga hablando, pero su abuela no dice nada. Solo se hunde y se hunde en ese sofá oscuro, en esa casa oscura, y por un momento Begoña siente que se hunde con ella. Sabe que al lado de casa de su abuela está la iglesia de los Mártires Oblatos. Y Begoña sabe, porque Begoña ha leído mucho, los ratos en los que no pensaba en morir o dormir, cuando la cabeza aún le dejaba hacer otras cosas, en esos momentos ha leído que durante la Guerra Civil allí mataron a veintitrés religiosos, y desde entonces, una vez al año, se reúnen para recordarlo. Resulta que, años después de lo de los veintitrés religiosos asesinados en la Guerra Civil, ocurrió entre esos muros otra cosa muy diferente, pa que tú veas, como dice la abuela. A principio de los setenta, cuando todavía había una dictadura en este país y la madre de Begoña acababa de cumplir cinco años, en la iglesia de los Oblatos se reunían en secreto e ilegalmente los comienzos de Comisiones Obreras. Se acuerda, porque Begoña ha leído, sobre todo después de que la tía Marisol lo dijera, lo que son las Comisiones Obreras y cómo empezaron. El antiguo seminario de los Mártires Oblatos, que ahora alberga una sede del Emaús, en su momento fue lugar de reunión clandestina del movimiento de los derechos de los obreros y las obreras. Se acuerda de que, en 1972, diez hombres fueron detenidos allí y que se llamó Proceso 1001, y los diez hombres fueron condenados a veinte años de cárcel. Uno de ellos era Marcelino Camacho, quien después fue el primer secretario general de Comisiones Obreras, pero quiere que su abuela se lo cuente. Así que la mira de nuevo y le pregunta: ¿quién es Camacho? La abuela solo dice: estaban en la cárcel de Carabanchel, los dos. Se calla un momento, y parece que no va a decir nada más, pero sigue. Él en la galería, no sé, la tres. Y tu abuelo, en la seis. O al revés. No me acuerdo. Yo fui con su hermana. Con la hermana de Camacho. A ver a tu abuelo. No me acuerdo de la galería. Sería en el año, no me acuerdo. Tu madre era pequeña.

En 1972 mi madre tenía siete años, dice Begoña. Pues eso, dice la abuela apurando su café, pero esto fue antes, da igual. Abuela. Dime, rica. ¿Por qué nunca me has contado cosas del abuelo? La abuela agarra la taza con las manos. Ya no queda nada que beber y aun así la mujer se lleva la loza a los labios. Después reposa la taza en el regazo sin hablar. Ya te he contado muchas cosas. Begoña respira porque Begoña hoy ha decidido ser paciente y va a respetar los tiempos de su abuela, pero lo que no va a hacer es rendirse. Begoña no piensa volver a cruzar esa verja sin saber qué pasó, con su abuelo, con su madre, con su abuela. Luego estuvo bien, ¿no? Después de la cárcel, digo, pregunta la nieta. Sí, después sí, supongo. La abuela mira al jardín. ¿Lo echabas de menos? La abuela se gira. Pues claro, muchísimo, sobre todo cuando Jaén. Begoña absorbe lo que dice su abuela y va a preguntar algo más cuando la abuela sigue. Tu madre era pequeña, me daba miedo. ¿El qué te daba miedo? La abuela se calla y por fin deja la taza vacía en la mesa del salón que está abarrotada de cosas: mandos de la tele, pisapapeles, libros, papelitos, lápices sin punta, cajitas de nácar. Que no volviese, Begoña, eso me daba mucho miedo. Begoña aguanta un poco y luego pregunta: ¿y mamá? Mamá ¿qué?, pregunta la abuela algo confundida. Que tampoco hablamos de mamá. Pobrecita tu madre. Begoña deja la taza en la mesa; sí, abuela, pobrecita, pero ella tampoco me dijo nada del abuelo. Es que se murió también muy joven, una desgracia, hija. Aquí la abuela coge carrerilla y empieza con el mismo discurso, la misma letanía de siempre. Ya, abuela, ya sé que es una desgracia, pero. Se te va a quedar frío el café, corta la abuela. Abuela. ¿Qué pasa? Qué pesada estás, ya te he contado cosas, no sé qué más quieres que te cuente, son todo cosas tristísimas y viejísimas, un horror, hija, un horror perder a un marido y a una hija, los dos de golpe, tan jóvenes, y quedarse una sola, ya está, Begoña, no hay más, no hay nada más, para qué remover, nunca ha traído nada bueno, siempre ha sido mejor no decir, no te signifiques, Begoña, eso es lo más importante, y punto, no se habla más de esas cosas. Begoña se levanta de su propio sillón orejero y se sienta al lado de su abuela. Pero son importantes para mí, abuela, porque, si no, es como si flotase, ¿me entiendes, abuela? La abuela mira a Begoña de manera intermitente, hay algo en las palabras de su nieta que le hace imposible mirarla directamente. Como si flotase en el mundo, es que no sé explicarlo de otra manera. Si no sé qué ha pasado con el abuelo y con mi madre y contigo es como si fuese, no sé, un trocito de diente de león que vuela y flota y se lo lleva el viento, y si eres un trocito de diente de león es muy difícil estar en el mundo. ¿Tú me entiendes, abuela? Yo creo que la gente necesita, bueno, la gente me da igual, soy yo la que necesito las historias, tus historias, que digo yo que son un poco nuestras, abuela, de las dos, historias tuyas y mías y de la tía Marisol, porque yo ya no tengo madre, y si no me cuentas las cosas tú, no me las va a contar nadie. A la abuela le cuesta mirar a su nieta, mantener la mirada, mantener el contacto visual con los ojos de su nieta, que se ha dado cuenta de que son verdes como los suyos. La abuela se da cuenta de que, aunque la niña sea igual que su padre, tiene algo en los ojos, sí, la abuela se da cuenta, la abuela se da cuenta, mirando a través de los cristales de las gafas de la nieta, que la niña también tiene ojos como dos kiwis, verdes con pintitas, justo justo como los suyos. La abuela quizá nunca había pensado seriamente que su nieta pudiese heredar algo suyo, pero ha heredado sus ojos. Porque me siento un poco sola, abuela, estoy un poco sola. Las nubes se mueven y un rayito de sol cruza el cielo y atraviesa los cristales de la terraza invernadero de la abuela y luego el cristal de la puerta del salón y llega al sofá en el que están sentadas. Por un momento nadie dice nada. Las palabras de Begoña vuelan por el salón oscuro, las mantas sintéticas, el cuadro de la mujer china con las tetas al aire y el del gigante caballero. Hasta que la abuela se levanta y dice: vete a la terraza, que mira qué tarde se va a quedar, yo voy a poner otro café. Begoña obedece. Se sienta en la terraza y deja que la luz le dé en la cara. Piensa que igual sí que llega la primavera después de todo. La abuela vuelve con la cafetera en la mano y la jarra de la leche muy caliente, la planta en la mesa y dice: ¿qué quieres que te cuente?

Esperando al cercanías, que como siempre tiene demora, intenta leer, pero no se concentra. Las palabras de Hoffman se mezclan unas con otras y después de leer la misma frase tres veces, cierra el libro. Piensa que no lo ha hecho bien. Ha acudido a sus abuelas buscando inspiración única y exclusiva. Se la ha pasado buscando y buscando un momento extraordinario de sus vidas, un recuerdo místico, trascendental, que cambie la suya. Y no lo ha encontrado, no lo encuentra. Porque la abuela no le ha contado nada. O le ha contado lo mismo. Algo nuevo sí le ha contado, sobre el miedo, sobre significarse. Y Begoña comprende que el miedo es lo que más limita la palabra. Y quizá también el pensamiento y el corazón. Sabe muy bien qué puede hacer el miedo, muchas cosas, es muy restrictivo, es ensordecedor, calla todo lo que pasa por dentro de una. Y sí, escucharlo en su abuela le ha hecho sentirse más cercana, ha habido un pequeño puente, una pequeña enredadera trepando entre las dos, y, aun así, no es lo que ella esperaba. Buscaba algo trágico o sorprendente o simplemente inmenso. Se da cuenta de que habla con sus abuelas como quien busca una cita en un texto académico que sostenga su tesis. Y eso es muy difícil. Porque lo que Begoña tiene que hacer no es buscar cosas de fuera que justifiquen lo de dentro, una no puede empezar a escribir un ensayo con una idea formada de antes, preconcebida, una idea que ha nacido solo en su cabeza, una idea que no tiene conexión alguna con el mundo exterior, y buscar a otra gente que piense lo mismo que ella, y así justificarse. Lo que tiene que hacer es primero leer a toda esa gente y después ya aparecerá la tesis. No va a aparecer un trozo de información clave como en las novelas. Porque la vida de la gente no es como en las novelas. La gente tiene una vida normal, con cosas normales, con dolores normales, con sueños normales. Se da cuenta de que está buscando un elemento traumático o luminoso, no sabe, algo realmente esencial que le haga comprender, comprender el mundo, comprenderse a ella. Y se pregunta y se da cuenta si no está haciendo lo que hacían los quincalleros, que era hurgar, escarbar trocitos de quincalla para unirlos entre ellos y crear algo nuevo, si no está buscando un trocito de chatarra, un trocito de historia que sea útil, que sea reutilizable. Un trocito de pasado que le haga entender quién es y por qué está tan triste.

Begoña entra en casa y Rita la está esperando. Huele bien. Huele a limpio. Begoña mira a Rita con dudas mientras se quita el abrigo. Rita no dice nada más que hola y mira el suelo. Begoña no quiere decir nada y se dirige un poco rápido hacia su cuarto, pero Rita la agarra del brazo. Siente un escalofrío porque hace mucho tiempo que Rita no la agarra del brazo o de ninguna parte; es consciente de que, más allá de esos dos besos que le ha dado su abuela, hace mucho tiempo que la piel de otra persona no toca la suya. Rita quiere hablar, y Begoña está aterrada porque siente que ese va a ser un momento incómodo y raro y que viene conflicto y viene comunicación, que aunque es lo que a Begoña le vendría bien, ella no lo sabe, y lo que quiere es meterse otra vez en la cama para que se la trague cuanto antes. He limpiado, es todo lo que dice Rita. Ya, huele muy bien, Begoña no sabe qué más decir, no quiere decir más nada de nada, no quiere mantenerle la mirada a la chica de la que cree que se ha enamorado y a la vez aún no ha perdonado, que no se puede perdonar a la gente porque por una vez en su vida limpien el piso que es de las dos, aunque no lo parezca. Begoña hace de nuevo el ademán de irse a su cuarto, pero Rita la retiene, ni mucho ni muy poco, ejerciendo la fuerza justa y necesaria para que Begoña entienda que, por favor, le dé un minuto, medio, para encontrar las palabras con las que dirigirse a ella. He pensado, sigue Rita, he pensado que, y se traba. A Begoña de repente le da una ternura muy grande, porque Rita, que nunca ha tenido problemas para hablar con nadie, que cuando llega a los ensayos ocupa el espacio que se convierte en suyo para siempre y que consigue que quince treinta cincuenta, los que sean, estudiantes que no llegan a los veinte años la escuchen ensimismadas, esa misma Rita está teniendo problemas para comunicarse con Begoña. Que he pensado, sigue Rita, bueno, que la casa, la casa también es un poco tuya, quiero decir, la mitad, ¿no? O sea, que es nuestra. Begoña asiente. Pues que está como, que lo que tenemos que hacer, que me gustaría que tú le dieses tu toque, ¿te acuerdas que te dije lo del toque? Me acuerdo del toque, dice Begoña. Pues que si quieres, sigue Rita, que no ha sido capaz de mirarla a los ojos en todo este tiempo, si te apetece, quitamos cosas y ponemos las tuyas, si quieres, en el salón. Begoña se queda en silencio. Yo no tengo cosas, es todo lo que dice. Pues cambiamos de sitio las que hay, lo que sea, ¿ahora tienes algo que hacer? Y Rita levanta la mirada por fin, y

Begoña ve tantas ganas en esos ojos de miel de mover los muebles, de mover los cuadros, de mover la mesa y sobre todo de mover las cosas entre ellas, ve de repente unos ojos que quieren decir otra cosa, pero no sabe, y lo capta, porque ella muchas veces quiere decir otra cosa, y no sabe. En ese idioma de la mente que las conecta, entiende lo importantísimo que es para Rita que ella diga que sí y se pongan a mover la estantería, que se anima y dice: vale. Empiezan a quitar papelitos de la estantería, y de las paredes, un rótulo del estanco que es enorme y que Begoña ha odiado siempre. Los cuadros no te gustan, ¿verdad? Dime la verdad, no te han gustado nunca, no pasa nada, dice Rita mientras los quita, si es que es normal, una etapa mía de artista; en el instituto había mucho artista, sabes. ¿En Sevilla? Sí, en Sevilla, todas queríamos pintar o esculpir o hacer todas esas cosas que en nuestra casa no se hacían ni se pensaban, todas queríamos ser diferentes. Begoña se calla un momento y, tras pensar unos instantes, o sin pensar, a veces las mejores cosas salen sin pensar, pregunta a Rita; ¿por qué no me contaste lo de tu madre? Rita deja un momento el plumero en la mesa. Porque, no sé, es lo que te decía, no quería que me mirases con pena ni nada de eso, como si fuese yo una pobrecita. Nunca he pensado que eres una pobrecita, dice Begoña. Ya, yo qué sé, es que en las Juventudes, como que era muy importante decir de dónde venías y tu posicionalidad, como dice Susana. ¿Quién es Susana? La que tú dices que se parece a Peter Pan, Begoña, tanto Lute, tanto Eleuterio, y luego no llamas a la gente por su nombre. Ya, ya, la detiene Begoña, que no quiere que la regañen ahora mismo, tienes razón. Pero es importante, Rita, la posicionalidad. Yo qué sé, supongo, dice la sevillana mientras vuelve a pasar el polvo. Se callan un momento y suena Radio Clásica de fondo, porque, como Rita quiere hacer las paces, ha puesto Radio Clásica. ¿Y tu madre?, pregunta de repente. Begoña se queda tiesa, mi madre ¿qué? Pues que nunca hablas de ella, sigue Rita, y que peor que la mía no puede estar. Bueno, está muerta, suelta Begoña. A Rita se le cae el plumero, hostia, perdón, amor, ¿cómo no me dices nada?, eso es muy fuerte. Begoña se tensa entera y el Cristasol ya no huele tan bien. Por esto, Rita, justo por esto, no me gusta a mí tampoco que me tengan pena, que estoy harta de la pena, no pasa nada, las madres se mueren y punto pelota, me ha tocado a mí como le podría haber tocado a cualquiera, y resulta que me ha tocado a mí, pues ya ves, nadie te explica, nadie te lo explica ni te avisa ni nada. Begoña se sienta en el sofá y mira por la ventana, pero en realidad no está mirando nada. Rita se sienta a su lado, ¿estos lo saben? Alma, Chema. Begoña niega con la cabeza. ¿Solo yo? De Madrid, sí. Rita la abraza, y aunque Begoña siga un poco encogida, le gusta ese abrazo, lo permite, lo disfruta, lo saborea. ¿Y no se lo quieres contar? Pues no, Rita, no. Vale, vale, amor, dice Rita. Silencio. Pero, sabes, no creo que te miren como una pobrecita, te van a entender, como yo. Se quedan un rato ahí, mirando el Teatro Real que se ve desde la ventana del salón. Begoña nunca hubiese pensado que la gente viviera en esos pisos tan céntricos, claro que cada vez menos, y Begoña se siente un poco suertuda por haber encontrado ese piso que venía con esa chica tan paciente y tan guapa y tan generosa y tan divertida y tan complicada y tan sencilla a la vez que es Rita. Begoña se levanta y anima a Rita a seguir ordenando.

Tú eres muy diferente, dice Begoña mientras descubre otro desconchón en la pared detrás de un póster de alguna producción del María Guerrero de mucho antes de que nacieran ellas dos. No te creas, dice Rita, no te acuerdas el otro día en la Wurli, o cuando fuimos a la sangriada aquella de la Facultad de Filosofía, éramos todas iguales, intentamos tanto ser diferentes, pero al final somos todas la misma persona, los flequillos y la raya en el ojo y las ganas de que nos quieran. Madre mía, Rita, es todo lo que puede decir Begoña. Ay, perdona, hija, es que me pongo, y le sale un poco el acento que trata tanto de esconder. A mí me gusta cuando hablas así, dice Begoña sin mirarla. Tú eres una castellana que romantiza todo lo que está de Despeñaperros *pa'bajo*, y Rita se ríe y Begoña también, y Rita empieza a forzar las eses y las eles que se convierten en erres y pregunta que si le gusta, eh, guapa, eh, niña, te gusta cuando te hablo así, que eres la cosa más bonita más grande más *presiosa*, y la risa sigue y entra la luz por la ventana que está menos sucia que cuando Begoña llegó al piso. Es última hora de la tarde y el salón es dorado, los ruidos del tráfico molestan menos, las niñas que intentan crecer son doradas también. Piensan que igual no pueden hacer la función, que es lo más probable, pero que por lo menos están ahí, las dos, juntas, con el polvo, los libros de segunda mano, las pinturas, los muebles recogidos de la calle, la pared con desconchones, el lavavajillas que no funciona y que jamás funcionará, porque la casera les da largas, la luz que parpadea, la tarima oscura, los *tickets* de las librerías del barrio, las entradas de cine, de teatro, los programas de mano, el menú del restaurante chino, los descuentos del supermercado, el reciclaje en una bolsa de plástico, las especias en tarritos de plástico, el aceite de girasol, el kéfir, el yogur, el café, las tazas desportilladas, los plátanos maduros, la lámpara con la pantalla rota, el maniquí manco y desnudo que una noche encontraron por Lavapiés y que les pareció buenísima idea llevar al salón, los taburetes, los vinilos rayados, los retratos de Fernando Fernán Gómez, y de Rita Hayworth, y de Carmen Sevilla, y de Gracita Morales, y de Concha Velasco, y de José Luis López Vázquez, y de Alfredo Landa, y de Laly Soldevila, y de más gente muerta que cantó o escribió o pintó y que las mira ordenar el salón juntas, iluminadas por la luz a última hora de la tarde, una luz que ya no es complicada, una luz que quizá pueda ser sencilla, una luz que inspira y anima y empuja a las dos niñas a seguir adelante. Una golondrina que regresa cuando vuelve el buen tiempo.

«Recordar es un acto de amor». Eso ha dicho la abogada de Eleuterio. Begoña no sabía que las abogadas pudiesen ser poetas. Pero esta abogada resulta que tiene corazón y cabeza, y Begoña no sabe qué opina Eleuterio, aunque intuye que algo ha tenido que ver, pero como Eleuterio sigue siendo una sombra, un ser que se manifiesta solo a través de la letrada, Begoña solo puede formular hipótesis. Lee el correo una y otra vez. Y otra. Y otra. Mira la fecha y mira la fecha de hoy y la fecha del correo, y no entiende no entiende no entiende cómo se le ha pasado, cómo ha tardado más de tres semanas en verlo, tres semanas de mover muebles y merendar con las abuelas que han estado muy bien porque ha salido de la cama y ha leído otras cosas más allá de Hegel y Schiller y Doležel, pero cómo es posible, Dios mío, que no hubiese visto antes este correo. Lo importante es que la abogada ha dicho que recordar viene del latín, que es volver a pasar por el corazón, que Begoña ya lo sabía porque hizo latín en el instituto, pero le sorprende que esta mujer de leyes de nombre telenovelesco y a la vez común lo sepa también. La abogada, y quizá Eleuterio, pero eso nunca lo sabrán, quiere que vuelvan a pasar por el corazón esas historias de hace cincuenta, sesenta, setenta años, que no son tantos pero son suficientes para que muchas las olviden. Begoña quiere hacer ese acto de amor porque se da cuenta de que cada día es más cursi, pero le importa un pimiento.

Llama a Rita, grita su nombre, pero Rita está en la RESAD, cerca del Retiro, cantando las canciones del musical *Chicago-Chiclana* que se va a estrenar dentro de poco. Y su obra, piensa Begoña, su obra también se debería, se debe estrenar dentro de poco. Porque Eleuterio ha dicho que sí, bueno, la abogada, vale, eso es suficiente, que sí, que sí, que adelante. La abogada ha dicho que tienen que hacer ese acto de amor que es recordar, la abogada poeta, vaya *usté* a saber de dónde sale, como diría su abuela. Begoña se mueve por el dormitorio como una leona en una jaula, como se debían de mover las fieras en la Casa de Fieras en Madrid, que es algo que ella nunca ha visto, pero que sus abuelas le han contado, y su padre, aunque su padre no sabe si lo vio, pero como a su padre le gusta inventarse muchas cosas, pues se lo ha contado. Y a sus abuelas, a sus abuelas también les gusta inventarse cosas. Y a su madre. A todas les gusta inventar, cada una a su manera, y quizá por eso Begoña, aunque solo quisiese leer, aunque dijese que la carrera era de leer, quizá por eso también quiere inventar y quiere contar y quiere hacer esta obra. Coge el bolso y el libro, el que sea, y corre a la calle y se monta en el autobús y se va al campus, no sabe ni qué hora es, ni si Alma la doctoranda más guapa de España estará en clase o en el despacho o en su casa, pero sale a la calle y coge el autobús, y cuando llega al campus, corre, corre, corre, corre y corre. Entra en la Facultad de Filología, que es la misma facultad en la que estudió su madre, sube las escaleras, corre por los pasillos, llama desesperada a la puerta del despacho de Alma la doctoranda y, sin esperar respuesta, abre la puerta. Alma estaba enfrascada en alguna tarea y pega un bote tremendo cuando ve a Begoña en la puerta, sin aliento, roja, despeinada. ¿Pasa algo? ¿Estás bien? Ha contestado. Ha dicho que sí, Alma, ha dicho que sí, que sí, que sí. Hay que ponerse en marcha, Alma, hay que volver a ensayar, hay que mandar correos, hay que ver ¿sigue disponible el teatro? ¿el salón? Hay que buscar el vestuario, hay que buscar a Chema, a Peter Pan, a, a todas, Alma, a todas. A mis abuelas, ay, Alma, joder, perdón, sí, a mis abuelas, y a las de Chema, y las de Peter Pan, o sea las de Susana, Alma, me voy, pero vamos a hacer la obra, hay que hacerla, Eleuterio ha dicho que sí, que sí. Alma no ha podido decir una palabra cuando Begoña sale corriendo del despacho y baja a la cafetería donde, por supuesto, encuentra al que se llama Chema y a Susana y al del bigote y a otra gente que no son necesariamente del club de teatro, pero están jugando al mus y pidiéndole por favor a la camarera de los ojos azules que les fíe solo esta vez, y a Begoña le da igual. El que se llama Chema va a decir algo, pero Begoña se adelanta: ha dicho que sí, hacemos la obra, mañana ensayo, llama a tu abuela. Y se va, Begoña corre corre corre avenida Complutense abajo y abajo y abajo, llega a la parada y coge por los pelos el autobús 656 que la lleva a Pozuelo.

No hay respuesta cuando Begoña llama al timbre de la verja roja. Begoña llama otra vez. No es una hora rara para llamar, es casi la hora de la siesta, su abuela come muy pronto, no se echa la siesta, siempre dice: yo como muy pronto, rica, me hago cualquier cosa, una ensalada, judías verdes, poca cosa, no me echo la siesta, solo en verano. Begoña llama una tercera vez y en esta tercera vez empieza a preocuparse. No mucho, porque como a sus abuelas lo que les gusta es estar en la calle, pues eso, estarán en la calle. Por si acaso, baja corriendo la carretera de Húmera y llama al telefonillo de su tía Marisol en la plaza del Gobernador. En la plaza del Gobernador hay una zapatería, un kebab, un locutorio donde también te pueden hacer las uñas, una frutería que a su tía no le gusta porque dice que la fruta está demasiado madura, una papelería, y antes, el quiosco de Antoñito. La puerta del portal de la tía Marisol funciona muy mal, o no se abre o se queda abierta. Begoña llama, pero tampoco hay respuesta en la plaza del Gobernador. Es normal, piensa, es normal, estarán por ahí, yo claro, si me aparezco como en las películas, la gente no está, la gente hace su vida, la gente. Coge el teléfono y llama a su abuela, que no lo coge, y ahí es cuando se preocupa más, bastante más que frente a la verja roja. Llama a su tía Marisol, que tarda muchísimo en cogerlo haciendo que el enano de Begoña empiece a moverse dentro de ella aunque le diga: estate quieto, pórtate bien, no pasa nada. Dime, rica, dice la tía Marisol como si nada. Dónde estáis, pregunta directamente Begoña. Bueno, dice la tía Marisol. Bueno qué. Que tu abuela, estamos en el Puerta de Hierro, se ha caído.

El Puerta de Hierro es un hospital al que Begoña no ha ido en su vida y que le parece que está muy mal comunicado y qué hace la gente que como Begoña no tiene carnet o sí tiene carnet, pero no tiene coche o no tiene padre o madre o nadie que les lleve ni dinero para un taxi ni para nada en general en la vida. A Begoña no le gustan los hospitales, como a muchísima gente del mundo, pero ahora mismo a Begoña la otra gente le da un poco igual, solo piensa en su abuela, que estará en una cama o donde sea que pongan a las abuelas que se han caído en el hospital Puerta de Hierro. Quiere saber cómo se ha caído y por qué se ha caído, si su abuela está como una Pepa, que lo dice todo el mundo. Todo el mundo dice: tus abuelas están fenomenal. Todo el mundo es Rita y su padre, pero para Begoña ese es su mundo, y está bien. Si su abuela está fenomenal, no se puede caer, porque eso significa que algo en su cuerpo o en su cabeza falla, y cuando las cosas empiezan a fallar, significa que igual te vas a morir, y da igual que su abuela sea bastante vieja, Begoña lo sabe, sabe que su abuela ya tiene una edad que a la gente no le da pena cuando les cuentas que se ha muerto, pobre, pero era muy mayor, ¿no? Qué bien que la disfrutaste, por lo menos al final, después de lo de tu madre, pobre. Pobre pobre pobre pobre pobre. Begoña no quiere que su abuela se muera y Begoña no quiere que le digan más pobre.

La tía Marisol está sentada en un asiento de plástico azul. Agarra dos bolsos con las manos y no mira a nada. Hola, dice Begoña. Hola, rica, siéntate. ¿Y la abuela? Le están mirando no sé qué, pero ahora sale. La tía Marisol hace un gesto para que Begoña se siente en el otro asiento de plástico azul, y Begoña obedece. ¿Lleváis mucho rato? ¿Cómo ha sido? La tía Marisol está sorprendentemente tranquila para que su hermana mayor, la otra integrante del *pack*, su compañera de paseos por el centro y de discusiones a la hora de comer, se haya caído y «la estén mirando». En casa, son muchas escaleras, yo se lo tengo dicho, pero es terca, tu abuela es terca, tu madre también era terca, pero tu abuela más. Va a estar bien tu abuela, son cosas que pasan, es la edad. Se ha escurrido. Begoña no mira directamente a la tía Marisol. Begoña sabe que son muchas escaleras, y además de esas voladas, de madera, hacen mucho ruido cuando subes o bajas, todo el mundo oye si vas o vienes. ¿Quién la ha encontrado? ¿Cómo? ¿Estaba sola? La he encontrado yo, dice la tía Marisol, y luego no dice nada más. Begoña está que se sube por las paredes con estas señoras que no dicen nada, y si no dicen nada cuando ha pasado algo así, ¿cuándo lo van a hacer? Pero ¿se ha hecho mucho daño? Vamos a fumar, dice la tía Marisol, luego la vemos en la habitación. ¿Qué habitación? Va a pasar aquí la noche dicen, por si acaso, vamos a fumar, dice la tía Marisol levantándose con un poco de dificultad. Begoña sigue a su tía y salen. Menos mal que la primavera se acerca y no hace el frío de hace unas semanas. Begoña piensa: las desgracias no pueden pasar cuando vuelve la primavera, no puede ser. Begoña observa a su tía encenderse un cigarrillo largo y delgado en una zona en la que no se sabe muy bien si está permitido o no encenderse cigarrillos, pero la tía Marisol lo hace de todas maneras. Somos muy mayores ya, rica, estas cosas nos pueden pasar, hay que estar preparadas, y le ofrece un cigarrillo a Begoña, que lo acepta. Begoña no dice nada. No vamos a estar aquí siempre, merendando y eso, sigue la tía. Ya, dice Begoña, pero acabábamos de empezar, a merendar digo. Bueno, mujer, tampoco es que nos vayamos a morir mañana, yo no pienso, por lo menos, se ríe un poco la tía Marisol, que estamos bastante bien, nos quedan unos años, yo tengo cosas que hacer. ¿Qué cosas? La tía Marisol fuma. No sé. Aprender a tocar las castañuelas. Begoña sonríe. O vivir en el centro. Nosotras no nos íbamos de casa si no nos casábamos, sigue, yo vivía con mis padres y tenía dos sueldos, uno para mi madre y otro para mí. Luego, cuando me separé, porque casarme no me he casado, pero novios sí he tenido, y he vivido con ellos, que a todas las parecía fatal, tú no tengas novio, Begoña, amigos, o amigas, pero que no te líen. Total, que cuando me separé, quise volver a casa de mis padres, pero tu abuela dijo que para qué, así que me vine a Pozuelo y me compré una birria de casa. Eso sí que fue un desastre. Lo que tendríamos que hacer todas es irnos a un piso a Madrid como tú, sin escaleras, cerca del cine, y de la farmacia, y de la calle. Eso me gustaría hacer a mí, dice la tía Marisol tirando la colilla al suelo, que a Begoña le parece bastante fuerte estando enfrente de un hospital. Tía. Dime. Begoña apura su cigarrillo y lo apaga debajo de una barandilla que tienen al lado. Que le pregunto cosas a la abuela, del abuelo, y de mamá, y no me dice nada. La tía Marisol se queda callada. Bueno, es que a veces no hay nada. Pero tú me dijiste. La tía Marisol empieza a caminar hacia la puerta de entrada. Begoña agarra el brazo de su tía como hace unas semanas hizo Rita con ella. La tía Marisol mira a Begoña, esos ojos que suplican, contadme algo, por favor, no puede ser así, no puede ser que después de tanto y de tantas preguntas esto sea lo que me encuentre. La tía Marisol pone su mano sobre la mano de Begoña y retira sus dedos con cuidado. Tía, tú me dijiste. Begoña, igual no hay nada, porque igual para tu abuela la historia no da para más. Y está bien. Begoña se queda quieta un segundo. Vamos, que debe de haber salido ya, y como no estemos esperándola, se va a llevar un susto de bigote. La tía Marisol mira a Begoña. Le va a gustar que hayas venido, dice acariciándole la mejilla y terminando con un cachete suave, como si fuese un jugador de fútbol, un chaval a punto de salir a jugar y no una niña llena de dudas, y entra en el hospital. Begoña se queda un segundo fuera mirándose las manos y mirando la colilla que no sabe dónde tirar y pensando que no le ha dicho a la tía Marisol lo de Eleuterio, que es un poco a lo que venía, además de a comprobar que su abuela no se había muerto.

Cuando entra, la tía Marisol está hablando con una enfermera muy animadamente. Las conduce hacia una habitación. La abuela está tumbada en una cama blanca y parece un muñeco michelín. Es redonda y blanca y la cabecita gris sobresale, apoyada en la almohada. Begoña quiere que la abuela diga algo como: hola, rica, menudo susto, un susto de bigote, pero ya está. En cambio, la abuela de Begoña no dice nada porque tiene los ojos de kiwi cerrados. A Begoña le gustaría que los abriese y que dijese algo como: no tendrías que haber venido, aunque fuese mentira. Desde luego, ha sido un susto, tiene que dar mucho susto hacerse vieja. En la otra cama hay una señora muy agradable que es de Ávila, fíjate tú por dónde, dice la tía Marisol. ¿Está dormida?, pregunta Begoña. Está descansando, dice su tía. Y ¿se va a quedar mucho aquí? No sé, lo que digan los médicos. Los médicos, esa gran autoridad, casi deidad, importante para unas abuelas ateas, en algo tienen que creer, ¿en qué creerán? En los médicos; en la Cadena Ser; en algún partido más o menos progresista, porque de Izquierda Unida ya no queda nadie; en Antoñito el quiosquero; en Candi la panadera que ya no trabaja; en Maite la de la papelería; igual con un poco de suerte en Begoña. Creo que no tiene nada roto, pero le debe de doler, sigue la tía Marisol, le han puesto algo para el dolor y así está, grogui, menudo tantarantán. A Begoña ver a su abuela convertida en un muñeco michelín deshinchado, un topito metido en un sobre, un títere al que no sostiene nadie, esa visión, a Begoña, le da un poco de miedo y un poco de angustia y un poco de vértigo, mucho vértigo, una sensación horrible, el enano se asusta, no se enfada, se aterra; Begoña pasa la mirada de su abuela a la señora de Ávila a la tía Marisol, y otra vez a su abuela, que cada vez parece más pequeña, ¿es posible que esté menguando? ¿Se está tragando la cama del hospital a su abuela como hasta hace unas semanas le estaba sucediendo a Begoña en su propio dormitorio? ¿Son las paredes de la habitación que cada vez son más pequeñas? ¿O es ella? ¿Le está pasando como a Alicia y cada vez se está haciendo más grande, enorme, gigante, romperá los muebles y las ventanas? Antes de quedarse a descubrirlo, se dirige a su tía y dice, un momento, perdón, y sale de la habitación.

El pasillo le provoca la misma sensación de vértigo, busca la puerta por la que ha entrado con la tía Marisol y sale. Coge el teléfono, y por primera vez desde el incidente de Sevilla, llama a su padre. Su padre no tarda en contestar. Hola. Papá. Dime. Ni qué tal ni cómo estás ni nada. Papá, ¿tú te acuerdas cuando se murió mamá? Su padre callado. Bueno, claro, perdón, claro que te acuerdas, quiero decir, que si lo recuerdas a menudo, porque yo, papá, lo recuerdo, lo pienso casi todos los días. Bueno, todos los días. Varias veces, o por lo menos una vez, pero normalmente varias veces, en sitios diferentes, en el súper, o en clase, o en el metro, da igual, es que la veo, papá, en la cama esa, en el Clínico, con la cara, con esa cara y, y como que me viene una sensación, papá, una sensación que no me deja hacer nada más. Begoña no deja a su padre intervenir, porque si lo hace no podrá seguir hablando, así que lanza las palabras como lanza su padre la pastilla al lavavajillas, suelta, hacia el fondo, sin mirar. O sea, como si me hubieran dado un golpe en la cabeza o en la boca del estómago, un golpe de esos que en los dibujos animados salen estrellas y pajaritos, pero no, no es así, es un golpe que luego es la oscuridad, la nada, y me quedo durante un rato, no sé si me estás entendiendo, pues un rato así, K.O, que he aprendido que es *knocked out*, ¿tú lo sabías?

Seguro que sí, porque seguro que sabes muchas cosas, aunque nunca te pregunto, porque yo se lo preguntaba todo a mamá, porque me parecía que ella era la que lo sabía todo, pero claro, yo no sabía que se iba a morir tan pronto, y ya no tengo a quién preguntarle las cosas, pero no es verdad, papá, yo sé que no es verdad, porque estás tú. Su padre respira al otro lado de la línea del teléfono, quizá balbucea, pero poco, porque él tampoco ha recibido nunca las palabras de su hija Begoña como pastillas lanzadas al interior del lavavajillas. ¿Tú te acuerdas un día, eh, papá, un día que no venía nadie a buscarme al cole? ¿Cuándo iba al cole ese que había que venir con el coche? Y un día no venía nadie, y yo me puse a llorar porque yo tenía, no sé, ocho años, pero no era que no viniera nadie, es que viniste más tarde, por lo que sea, me da igual, pero tarde, y yo pensaba que no ibas a venir, y te lo dije, te dije: pensaba que no iba a venir nadie, pensaba que os habíais olvidado de mí. Y tú dijiste: Rafaela, que tienes padre. Y yo no entendía por qué me llamabas Rafaela si yo me llamo Begoña y tú siempre me llamas Bego, que no me gusta mucho, pero, bueno, que no viene al caso, pero tú dijiste que tenía padre y nos fuimos a casa y ya está. ¿Te acuerdas? Sí, Begoña, me acuerdo, consigue decir su padre. Begoña respira. Es que ahora. Bueno. Es que me he acordado de eso, de que tengo padre, o sea, que te tengo a ti, creo, ¿no? Sí, Begoña, es todo lo que dice su padre. Y sé que hablar como que te cuesta a ti y me cuesta a mí, porque mamá sabía muchas cosas y me enseñó muchas cosas, pero a hablar no. A hablar de lo que nos pasa pues no. O de lo que me pasa. Y papá, es que ahora me pasan tantas cosas. Creo. No sé. La abuela se ha caído, ¿puedes venir, por favor? Y su padre contesta: voy para allá.

El padre de Begoña aparca frente al hospital una hora después. Begoña está en la puerta, sigue en la puerta, ha estado una hora esperando en la puerta, porque no aguantaba el olor ni el color ni el sonido de la habitación de la abuela. Su padre camina hacia ella y no dice nada y la abraza. Begoña deja que su padre la abrace. Begoña deja que las manos y los brazos y el cuerpo de su padre la envuelvan y siente que su peso no es suyo, se lo ha dejado un ratito a él, como cuando a las embarazadas sus parejas les sostienen el bombo un momento y ellas dicen: ah, qué gusto, gracias. Pero Begoña no está embarazada, porque Begoña solo se ha acostado con Rita y encima hace mucho tiempo, el peso de Begoña es otro más profundo y más enredado. ¿Dónde está?, pregunta su padre sin soltarla, al cabo de un momento, cuando considera que llevan suficiente rato callados. Yo no quiero entrar, dice muy rápido Begoña. Vale, dice su padre comprensivo, pero yo voy a ver a tu tía y a tu abuela, luego salgo y vamos a merendar, o a cenar ya casi, porque no habrás comido nada, ¿no? ¿Has comido? Begoña mira a su padre, se separa un poco del abrazo y se da cuenta de que le gusta que le pregunte estas cosas tan de padre, cosas importantes y básicas como la nutrición de una hija, preocupaciones reales y materiales que tienen soluciones reales y materiales. A Begoña y al enano que vive dentro de ella les gusta que les pregunten si han comido, y dicen que no, en ese momento se dan cuenta, el enano y Begoña, de que llevan mucho rato sin comer, quizá desde el kéfir y el kiwi de por la mañana, porque con lo de la abogada de Eleuterio. Eleuterio. Se lo tendrá que contar. Aunque si no hay abuela, ¿cómo va a haber Eleuterio? Qué le importa Eleuterio si su abuela se muere por haberse caído por las escaleras de esa casa tan antigua y tan oscura y tan grande para una señora sola que no tira de la rodilla y que dice que no cena, pero luego se aprieta medio litro de leche con magdalenas valencianas del Mercadona o del AhorraMás en su defecto, aunque si ha aguantado ochenta años a base de magdalenas y cerveza, igual es una dieta infalible que los médicos y nutricionistas de Harvard y del mundo desconocen y que deberían recomendar a la tercera edad y a todas las edades. Igual su abuela debería patentar esa dieta y hacerse asquerosamente rica, finalmente, la receta de la longevidad, para la inmortalidad, para la eternidad. Pero para eso su abuela tiene que estar viva y no escurrirse por las escaleras ni darse tantarantanes ni nada de eso. Subo a verla y nos vamos un rato, dice su padre, y le da un beso en la mejilla, que es un beso un poco raro y un poco torpe, es la idea que tiene su padre de un beso de padre, un beso en un contexto que no es Navidad ni un cumpleaños, entonces es raro, pero su padre se lo da, y a Begoña le parece bien. Quizá puedan acostumbrarse a las muestras de cariño sin contexto, poco a poco.

Se sientan en una mesa del Vips del Equinoccio de Majadahonda. El Vips del Equinoccio de Majadahonda es como todos los Vips de la Comunidad de Madrid, las sillas rojas, los sofás rojos, las mesas *beige*, los manteles de papel que son la carta. A Begoña le reconforta que todo sea igual, en la Gran Vía o en Majadahonda. Se pregunta si todos los Vips de España serán iguales, y si estuviera en otra comunidad autónoma y tuviese miedo, aunque Begoña no suele estar en otras comunidades autónomas, pero sí suele tener mucho miedo; si estuviese en otra provincia, podría correr a un Vips y refugiarse y pedirse un batido de vainilla que sabría exactamente igual en Madrid que en Santander. Aunque Begoña no sabe si en Santander hay Vips. Su padre se desliza por el sofá justo enfrente de Begoña. Su padre pide a la camarera dos sándwiches club con patatas, por favor. A Begoña le gustan bastante los sándwiches club, y la última vez que lo comió fue con la abuela en otro Vips. La abuela pidió croquetas porque, según ella, las digiere muy bien, esto siempre me sienta bien, voy bien al baño, le gusta informar a su nieta. Otro alimento para la dieta de la vida eterna. Su padre no dice mucho, no dice nada. Begoña sabe que esto que están haciendo es increíblemente difícil para él, y para ella, que él está más cómodo montando en bicicleta y ella leyendo en la cama, que para montar en bici y para leer no necesita una a nadie más, pero para vivir en el mundo sí. Eleuterio me ha contestado, dice Begoña. ¿Cómo? Su padre abre los ojos, y Begoña sabe que la está escuchando de verdad. Bueno, él no, él no dice nada, que yo sepa, pero su abogada sí, con ella sí hablo. Le mandé el manuscrito, el borrador quiero decir, de la obra, cuando no vino, en Sevilla, cuando el coche, cuando el coche y la grúa, y Eleuterio no vino a tomarse el café, la abogada me puso un correo y yo me quedé de piedra pómez, como dice la abuela, en esa cafetería a las afueras de Sevilla. Deberías haberme llamado entonces, Begoña, dice su padre sorbiendo su refresco sin azúcar. Pero si te llamé diez minutos después, cuando le mandé la obra, reprocha la chica. Bueno, ¿y qué?, pregunta el padre. Pues eso, que se la mandé desde el móvil, y pensé que le iba a ofender, pero no le ofendió, y me contestó hace casi un mes y yo no lo había visto. ¿Y qué ha dicho?, pregunta su padre intrigado. Él no sé, papá, él no dice nada, es como si siguiese siendo fantasma, siempre será un fantasma para mí, pero, al parecer, la abogada sí existe y sí habla, y debió de hablar con él, no lo sé, y dijo que muy bien. ¿Muy bien? Sí, muy bien, que le parece bien, es bonito lo que dice. Ha dicho que recordar es un acto de amor. Pero ¿tú te mandas correos con Eleuterio? Papá, con la abogada, con Eleuterio no. Su padre se disculpa, tienes razón, pero ¿te mandas correos con abogadas? Sí, mira, se llama Valentina Natalia, ¿no te parece un poco de telenovela? Su padre se ríe, bueno, mi madre se llamaba Valentina. Begoña se queda callada. No me acordaba. Es que tampoco hablo mucho de ella, dice su padre, no sé, cosas que nos pasan a las personas supongo, te hubiesen caído bien mis padres, Valentina era profesora de instituto, pero lo que le gustaba era la música. Se callan un segundo. Enséñame el correo, pide su padre. Mira. Begoña saca el teléfono y le enseña el correo a su padre que tarda un poco, porque tiene que buscar las gafas, porque su padre de cerca ya no ve bien. Bego, perdón, Begoña, esto es muy emocionante, dice después de leerlo. Sí. ¿Y qué vais a hacer? Tendréis que hacer la obra, lleváis mucho tiempo. Pero si la abuela, empieza a decir Begoña. Tu abuela va a estar bien. He hablado con la doctora. Y con la tía Marisol. Se va a quedar en observación, pero va a estar bien. Es muy mayor. Que sea muy mayor no lo hace menos triste, dice Begoña. Pero todavía no hay que estar tristes, mujer, qué agorera eres, le quedan muchas cervezas a esa señora, dice su padre hundiendo una patata frita en mayonesa. Es que acabábamos de conocernos, de verdad digo. Ya lo sé, dice su padre, y está muy bien eso. De mamá no hablamos, dice Begoña después de un momento, o del abuelo Emilio. O sea, sí, pero nunca dice nada, siempre dice lo mismo, como diez o doce ideas que tiene metidas en su cabeza y que se repiten, como una lista de reproducción de Spotify con diez o doce canciones, así es como hablamos, así habla ella. Su padre no dice nada. La echo mucho de menos, papá. Su padre decide descansar su mano sobre la de Begoña, aunque estén las dos algo grasientas de las patatas. Con la otra le toca la mejilla, delicado, suave, como quien toca a un pajarito herido, a un animalito pequeño y caliente, como tocan las personas que no suelen tocarse las unas a las otras. Ella cierra los ojos. Yo también, cuquilina, contesta su padre.

Después de comerse un sándwich club con patatas fritas cada uno, su padre le dice que la lleva a casa en coche. Se suben y suena la radio, un programa de *rockabilly* con un presentador con voz nasal y cavernosa. Escuchan en silencio la radio y la musiquilla ratonera de las guitarras y las voces en inglés. Una musiquilla que viene de un sitio profundo, un poco desconcertante, pero divertido, inocente, inocuo. Una musiquilla que a los dos les recuerda a las cenas en casa, cuando vivían los tres juntos, a la crema de calabacín, al pelo mojado después de natación, a los deberes en la mesa de la cocina, a los libros de la biblioteca esperando cerca de la puerta para que no se les olvidase devolverlos, a la lavadora que termina y avisa con una cancioncita que a su madre le encantaba, a los mantelitos individuales, a la luz cenital, amarilla, a las paredes rosas y las baldosas del suelo, al armario de madera de la despensa que perteneció a algún pariente ya muerto, a los platos del Ikea y a los yogures de fresa. Su padre conduce en silencio por carreteras secundarias, busca la autopista, pero está oscuro. Yo creo que de lejos tampoco ves ya, dice Begoña, o piensa decir Begoña, pero su padre se adelanta y señala como loco con el dedo: ¡mira, mira, mira lo que hay ahí, qué divertido, no me lo puedo creer, mi cosa favorita, mi sueño, mi sueño frustrado, voy a parar el coche! Gira bruscamente y se detiene ante un desguace. Los coches aplastados se caen unos sobre otros, Begoña mira a su padre, que no cabe en sí de gozo. ¡Mira, Bego, mira! Una grúa que es un gancho gigante coge piezas, puertas, capós, chasis, el gancho gigante agarra los trozos de metal con delicadeza y los estruja entre sus garras como si fuesen de plastilina. Qué divertido, Bego, por favor, míralo, si es que parece Mazinger Z, Dios mío, cómo me gustaría tener una grúa de esas, un gancho así e ir por la calle, yo qué sé, por Gran Vía ponte, o mejor, por la calle Toledo, agarrando coches y moviéndolos de sitio, o convirtiéndolos en, mira, mira lo que hace, es que me vuelve loco, me encanta, a tu madre esto le hubiese vuelto loca también, estas cosas le gustaban muchísimo, mira cómo coge ese parachoques, por favor, menudo espectáculo. Sabes que nos conocimos cuando me dio un golpe en un semáforo, dice girándose un momento hacia su hija. Sí, me lo habíais contado. Bueno, pues ya te lo contaré otra vez, porque fue de los mejores días de mi vida, aunque eso lo pensé luego. Su padre vuelve a mirar al gancho que ahora levanta un trozo de lo que un día fue una furgoneta. Es que cuando le vi la cara, pensé: nunca me ha hecho tanta ilusión que me rompan un faro, me da igual, esta mujer me puede romper los faros y el corazón, Bego, nunca me he alegrado tanto de dar un parte al seguro. ¡Mira, mira, hija, mira cómo levanta aquel motor, qué portento de máquina, qué bárbaro! Begoña mira a su padre echado hacia delante, sobre el volante, agarrándolo fuerte como si fuese el mando de la grúa gancho Mazinger Z, y mientras suena un *rockabilly* ratonero en la radio, le da un poco la dulzura y un poco la risa, y Begoña se ríe, y su padre, extasiado, se ríe también.

Cuando Begoña era pequeña tenía que ir al hospital Niño Jesús bastante. Cuando Begoña nació tenía mucho pelo y su madre cantaba: el día que nací yo, qué planeta reinaría, el planeta de los punkis, a juzgar por el peinado de esta niña. Begoña tenía una cabeza de pelo negro como un puercoespín y una cara roja y apretada como tienen todos los bebés cuando nacen. A sus padres, Begoña les parecía muy bien, hacían como todos los padres y todas las madres cuando acaban de tener un bebé, que es no poder dejar de mirarlo. Como el fuego. Begoña era un bebé de fuego que sus padres no podían dejar de mirar, ni sus abuelas, porque era el primer bebé de la familia, y eso suele causar conmoción. Begoña empezó a ir al hospital Niño Jesús desde pequeña porque un día a su padre se le ocurrió hacerle una papilla de frutas con kiwi y descubrieron enseguida que los bebés de seis meses no pueden comer kiwi porque se mueren. Dormía Begoña en la cuna y empezó a roncar, o eso cuenta la abuela, que se había quedado cuidándola. La abuela llamó a la tía Marisol porque le parecía muy raro que un bebé roncase como un señor jubilado, y se fueron corriendo al Niño Jesús. Begoña no sabe dónde estaban sus padres. A partir de entonces, los médicos confirmaron que la niña era alérgica no solo al kiwi sino también a la leche, al huevo, al melocotón, a los frutos secos, a las gambas, a los perros, a los gatos, a los caballos, al polen, a un hongo que se llama alternaria, y asmática. Begoña fue desde entonces y cada año, religiosamente, a hacerse las pruebas de alergia. Las pruebas eran un día horrible y temido en la infancia de Begoña, porque consistían en poner los brazos desnudos en una mesa blanca y permitir que un enfermero sonriente pero armado la atacase. Primero marcaba con un bolígrafo diferentes signos. Luego cogía unos líquidos y colocaba unas gotas sobre las marcas. Y después, mientras distraía a Begoña con alguna chorrada, le clavaba una mezcla de alfiler y cuchilla de afeitar sobre las gotas para que el líquido penetrase en ella. Y ahí se tenía que quedar Begoña, con los brazos extendidos, escociendo cada vez más, porque, a medida que el líquido entraba en ella, los brazos se ponían rojos y salían unos habones blancos como si le hubiesen picado mosquitos tigre o jaguar o cualquier tipo de mosquito enorme y mortal. Y Begoña lloraba, Dios mío, cómo lloraba Begoña; cuando la llevaba su padre, este la abrazaba y le daba besos en la cabeza y lloraba también; cuando la llevaba su madre, quizá le contaba cuentos. Begoña solo se acuerda de llorar y de pensar que aquello duraba horas, horas con los brazos ardiendo hasta que al enfermero le parecía oportuno detener la tortura y aliviar a la niña con cremas y ungüentos después de medir qué picadura preparada era la que había crecido más y por lo tanto determinar qué sustancias de riesgo eran las que atentaban más contra la vida de la niña que era Begoña. Luego bajaban a desayunar churros o sándwich mixto, y Begoña no iba al colegio. A diferencia de otros niños, a Begoña siempre le daba rabia perderse el colegio para pasar por ese trago. A Begoña, en general, nunca le ha gustado mucho perder clase, porque si una está en clase está ocupada, y así no tiene tiempo para pensar y estar con una misma y su cabeza, que son cosas que a Begoña en general le han dado más bien miedo. Pasó el tiempo y Begoña, como por arte de magia, o de ciencia, dejó de ser alérgica al kiwi y a la leche, al huevo, al melocotón, a los frutos secos, a las gambas, a los perros, a los gatos, a los caballos, al polen, y al hongo que se llama alternaria. A cambio se murió su madre de repente, y Begoña tuvo que volver al hospital Niño Jesús, esta vez a la sección de psiquiatría, que coincidentemente estaba al lado de la de alergología y las unía un pasillo lleno de cuadros pintados por las niñas del hospital. Su padre la llevó a la sección de psiquiatría porque se lo habían dicho los tutores de Begoña —don Carlos y doña Olga— y sus amigos, y porque no sabía qué hacer. Begoña piensa que él no fue a la sección de psiquiatría de un hospital de adultos cuando se murió la madre de Begoña, que era su mujer y el amor de su vida. En lugar de pincharle los brazos, en la sección de psiquiatría, Begoña tuvo que hacer tests. Muchísimos tests. A Begoña le recordaban un poco a los que hacían Javiera y ella en la *Bravo*, pero con preguntas diferentes. Preguntas como: en el último mes, ¿con qué frecuencia te has encontrado triste, decaído o irritable? O ¿con qué frecuencia has disfrutado de las actividades que has realizado? También enunciados como: siento que mi vida está vacía y nada tiene sentido sin esa persona o me cuesta hablar de esa persona, o uno que salía en todos los tests y que había que contestar con «totalmente de acuerdo/totalmente en desacuerdo»: me gustaría morirme. Begoña rellenó test tras test mientras su padre esperaba en otra sala. Las psiquiatras o enfermeras o doctoras, Begoña nunca supo muy bien qué eran porque Begoña solo fue dos veces a esa sección del hospital Niño Jesús, todas esas mujeres le parecían iguales: jóvenes, guapas, delgadas. Begoña siempre se acuerda de que las mujeres que trabajan en la sección de psiquiatría eran muñecas articuladas. Cuando terminó los tests y se dirigió a la otra sala, la vio. Vio a Javiera entrando en una consulta, con el pelo menos brillante y los ojos menos brillantes y en general toda ella menos brillante. Javiera la vio también y tropezó con algo que solo ella podía ver. Begoña se quedó parada y dejó que la muñeca articulada que acompañaba a Javiera la tomase de la mano y la introdujese en la consulta. A Begoña le costó mucho concentrarse en lo que decía su propia psiquiatra, que le hablaba del aire libre, de tener amigas o de tocar un instrumento. Begoña solo podía pensar en Javiera, esa amiga nueva, tan guapa, tan delicada, esa chica dorada que caminaba como una sonámbula por ese hospital infantil. Begoña pensó que quizá también se habría muerto alguien cercano a Javiera, o le habría pasado alguna otra desgracia, y por qué no se lo habría dicho. Es verdad que Begoña no dijo nada a nadie de su madre cuando llegó nueva a El Espinar, pero ella sabía que ya lo había hecho don Carlos. Javiera parecía un personaje de novela victoriana y Begoña quería salir de la consulta de la psiquiatra que le parecía medio mema y buscar a su amiga. Pero se quedó sentada en esa butaca de la Seguridad Social, mirando a esa señora y mirando por la ventana y pensando en si algún día se le pasaría ese dolor tan grande o tendría que vivir con ello para siempre como con el asma. Begoña y su padre se fueron a casa, a su casa nueva de El Espinar (Segovia), y Begoña nunca habló con Javiera del hospital ni de la sección de psiquiatría, porque nunca supo si aquella era Javiera de verdad o un fantasma de su amiga.

La función acaba y el público de la RESAD —padres, madres, ojalá algún representante, ojalá alguna directora de *casting*— aplaude y se pone de pie y silba. Begoña no conoce el musical *Chicago* así que no ha podido captar todas las referencias y su traslación a Chiclana, pero aplaude también y se pone de pie y si supiese silbar silbaría, porque Rita estaba verdaderamente bella sobre el escenario. Begoña sabe que Rita es guapa, porque lo ve todos los días en casa, pero encima del escenario le ha parecido por lo menos un treinta o un cuarenta por ciento más guapa. Y más *sexy*. Begoña miraba a Rita, y dentro de ella había un movimiento que había sentido otras veces, parecido al enano, pero esta vez en lugar de querer salir corriendo, o cerrar la puerta, o los ojos, lo que Begoña más quería hacer era quedarse allí y mirar y mirar y mirar y ojalá poder tocarla con las manos como ha hecho otras veces y como sabe que les hace sentir tan bien. Begoña cree que es la primera vez en su vida que esa sensación dentro de su cuerpo no le da miedo ni culpa. Begoña espera fuera con todas las madres y los padres y las alumnas de la RESAD. Begoña tiene un ramito de claveles rosas en la mano que ha comprado cerca de su casa. Rita sale exultante, radiante, acalorada, gotitas de sudor por la frente, el maquillaje un poco derretido, los rizos no tan perfectos como cuando se alzó el telón. Rita saluda a algunas personas y de repente repara en Begoña. Camina hacia ella. Begoña no dice nada y le da las flores. Begoña sonríe. Lo has hecho genial, es increíble todo, el trabajo, bueno, tu trabajo, y tu cara, qué bien lo haces, qué guapa eres, es todo lo que consigue balbucear Begoña antes de que Rita le plante un beso en la boca, delante de todo el mundo, un beso rápido pero firme, un beso que dice: te entiendo, está bien, gracias; un beso que dice: qué bien que has venido. Rita coge a Begoña de la mano y salen del edificio principal de la Real Escuela Superior de Arte Dramático. El sol se está poniendo y las chicas entran en el parque del Retiro. Caminan en silencio, la mano de Rita suda un poco y Begoña no quiere soltarla nunca. ¿Te ha molestado?, pregunta Rita. ¿El qué? El beso. Begoña se calla. No. Me gusta. Te veía ahí arriba cantando y pensaba, no sé qué pensaba, que todo lo haces bien, bueno, no todo. No, dice Rita, todo no, lo del coche no lo hice bien. Mi padre ya nos ha perdonado. ¿A mí también? Sí, a ti también, creo que le hubiese gustado el musical, a él Cádiz le gusta mucho. ¿Y tú? pregunta Rita. Yo ¿qué? Que si me has perdonado. Begoña se calla mientras cruzan el parque. Enseguida se alza ante ellas la fuente del Ángel Caído. ¿A ti te parece que se ha caído o que se está cayendo? pregunta Begoña. Rita mira la estatua y mira los demonios o leones o leones demonio que sueltan agua por la boca. Que se está cayendo, no ves qué movimiento tiene el cuerpo, y la tensión, es bonito. Begoña se fija en el movimiento y en la tensión. Sí que te he perdonado, claro que te he perdonado, me daba más pena en realidad, más pena que enfado, que no me hubieses contado lo de tu madre y eso, pero te comprendo, yo tampoco te he contado cosas de mi madre. Rita se detiene, no pasa nada, dice, lo entiendo, entiendo que las cosas salen cuando salen, dice Rita. Me alegro de que me lo hayas contado, quiero decir, en algún momento. Ya, ya, dice Begoña. Se callan un poco.

¿Cuándo pasó? Rita agarra la mano de Begoña y ambas sienten el sudor, y se imaginan las dos cómo huelen esas manos, a maquillaje, a polvo, a infancia que se queda atrás. Begoña mira al suelo y da una patadita a nada. Si no me lo quieres contar, empieza Rita. No, claro, te lo cuento. Yo iba a cumplir catorce. Fue de golpe, una noche. Unos pájaros cruzan el cielo, Begoña no sabe si son golondrinas porque a ella nadie le ha enseñado a reconocer a los pájaros del cielo. Mi padre no estaba, se había ido a recoger una pieza de la bici a no sé dónde, yo hacía los deberes y mi madre la cena, lo normal. Begoña respira un momento y Rita la mira tranquila. Begoña sabe que su amiga compañera amante está a su lado, y sigue. Ella hablaba por teléfono, con la abuela, discutían de no sé qué, nada importante porque realmente nunca es importante, pero vamos, que mi madre estaba, se ponía loca. Y nada, ahí fue. Haciendo la tortilla francesa. Escuché un golpe y fui a la cocina y ahí estaba. No me acuerdo si llamé antes a mi padre o a la ambulancia, la verdad es que después del golpe no me acuerdo mucho. Las niñas se han detenido y el crepúsculo de la primavera las abraza. Begoña cree que va a llorar, pero no llora. Está sorprendentemente tranquila, como si esa historia que no recuerda estuviese dentro de ella y al salir se hubiese hecho más ligera, más eterna, menos dolorosa. Rita. Qué. Que Eleuterio ha dicho que, bueno, la abogada Valentina Natalia ha dicho que hagamos la obra, vamos a ensayar, necesito que vengas, no sé hacerlo sin ti, estrenamos en dos semanas. A Rita se le abren los ojos como platos y da botes de alegría y vuelve a besarla, le da muchos besos en la cara, en los ojos, en las mejillas, en la frente, en la barbilla, en ese trocito de mejilla que casi es la ojera, pero todavía no, en las sienes, y Begoña recibe esa lluvia de besos como un campo castellano en el que hace meses que no llueve. Mira a la estatua del ángel cayéndose una vez más. Al bajar la mirada, cree distinguir entre las sombras del parque crepuscular una mujer, una mujer que Begoña cree que es su madre, que le parece muy raro que se le aparezca su madre estando allí Rita también. Quiere comprobarlo, pero Rita la coge de la mano y dice: vamos, y Begoña va con ella.

La abuela contesta al teléfono enseguida. Pero no es la abuela, es la tía Marisol. Hola, rica, cómo vas. ¿Y la abuela?, pregunta Begoña. Descansando, está bien, está mejor, poco a poco. Tendrá que hacer rehabilitación, eso han dicho los médicos, la doctora Gómez, muy buena, me gusta esa chica, bueno, esa mujer, muy trabajadora. ¿Y tú?, pregunta Begoña. ¿Yo? La tía Marisol no entiende la pregunta. Que qué tal. Ah. Bien. Aquí. De enfermera. Pero bien. Ya, dice Begoña. Es que yo, estoy haciendo una obra en la universidad. Sí, lo del quinqui. Sí, bueno, va de más cosas. De nosotras, dice la tía Marisol. Un poco, pero también de las abuelas de otra gente, y de España, y del pasado, y de cómo recordamos, explica Begoña. Ahora se calla porque es la primera vez que Begoña hace una obra, la primera vez que su abuela se cae y casi se rompe la crisma, o se la ha roto un poco, pero se cura o se está curando, o eso dice la doctora Gómez. Begoña se calla porque el enano está un poco nervioso y se mueve hasta que le da una patada por dentro el enano inquieto y Begoña reacciona. A mí me gustaría mucho que vinierais. A ver la obra. Las dos. Papá os puede traer, me lo ha dicho, con el coche, os lleva y os trae. Ahora es la tía Marisol la que se calla. Se oye a lo lejos a la abuela que le dice que con quién habla, que qué hace con su teléfono, pero la tía Marisol no responde. Es en dos semanas, en la Complutense, no hay escaleras casi para entrar, o sea que si la abuela aún está con la silla. Qué silla ni qué niño muerto, se oye la voz de la abuela. Me he tenido que poner los audífonos, que menos mal que están conectados al teléfono porque, si no, esta bruja de Marisol no me cuenta nada, Marisol, ven aquí. La voz de la abuela se va consolidando. En dos semanas, sí, y que venga tu padre aquí con tiempo porque aparcar es un rollo en todas partes, y con prisas yo no voy a ir, pero sí que quiero ir. La tía Marisol sigue sin decir nada. Vamos a ir las dos, dice la abuela. Begoña espera que su tía diga algo, pero, como su tía no dice nada, es la abuela la que corta la llamada porque le toca no sabe qué pastilla o tratamiento o café con leche, y luego ya le pondrá Begoña un *güasap*, eh, rica, me pones un *güasap* con el día y la hora y llamas a tu padre que nos venga a buscar, y nos guardas un sitio. Antes de colgar, Begoña escucha cómo su abuela le dice a su tía Marisol: a lo de la niña hay que ir, te pongas como te pongas.

Alma la doctoranda ha movido cielo y tierra para conseguir aulas donde ensayar y sobre todo para que les liberen el paraninfo de Filología el jueves 23. Como Rita ya ha terminado su propia obra, se entrega al *show* del club de teatro y, por muy horizontales que sean todas las organizaciones del que se llama Chema y la que se parece a Peter Pan, Susana para los demás, todas agradecen que haya alguien que lleve la batuta y les diga dónde ponerse para que les dé la luz. A Rita no le gusta mucho el paraninfo de la Facultad de Filología, no le parece muy teatral, pero el del bigote tiene buenas ideas para resolver ese asunto. Tiene una prima que se llama Julieta que está haciendo un máster o algo de escenografía y que es generosa con su tiempo, y decide echarles una mano. A Rita y a Begoña les parece muy bien, que haga el máster de lo que sea, toda ayuda es bien recibida. Todas arriman el hombro, todas reman a favor, discuten muy poco, mucho menos de lo que Begoña pensaba que iban a discutir, o de lo que han discutido en el pasado. Por las noches, Rita y Begoña cenan juntas en el sofá, mirando las grietas del techo, sin hablar mucho, cansadas, contentas, sabiendo que podrían hablar, pero disfrutando del silencio, porque saben que es un tesoro cuando una encuentra alguien con quien cenar en silencio mirando las grietas del techo o las marcas de la lluvia en los cristales de la ventana. A Begoña ahora le gusta estar en el salón de su casa, que le parece más luminoso, y le gusta ver algunos de sus libros en la estantería, o la foto de Romy Schneider que le gusta tanto a Begoña y que Rita ha dicho que por supuesto tiene que ir en la pared junto al resto de los artistas. Rita a veces le da la mano o le acaricia el pelo, y a Begoña le gusta. A veces Begoña le da la mano a Rita, o le acaricia el pelo, y parece que todo va a ir bien. O que está yendo bien.

El jueves 23 es el día más lluvioso del año. Las chicas y chicos del club de teatro de la Complutense se han calado llegando a la universidad, más específicamente al paraninfo de la Facultad de Filología. La escenografía de la prima Julieta, por suerte, no se ha mojado porque lleva tres días en el espacio. A la prima Julieta se le ha ocurrido usar unas gasas, unos velos casi transparentes que han colgado del techo y que hacen que las actrices y los actores se vislumbren cuando son retroiluminados. Sus siluetas y sus formas se intuyen, pero no se definen hasta que no salen tras el velo. La luz es tenue y no hay niebla por una cosa de la alarma de incendios, pero la prima Julieta ha dicho que mucho mejor, porque ahora todas las obras de teatro tienen niebla y música tecno, y eso sí que no, que ellas son elegantes. El que se llama Chema ha mirado a Susana y no han dicho nada, porque a estas alturas y con los nervios que tienen en el cuerpo no se van a poner a discutir con la escenógrafa. Rita irrumpe en el escenario: ¿estamos todas? Detrás de ella, Begoña y Alma la doctoranda, que se queda un poco atrás, empujando a Begoña para que ocupe el espacio. Begoña mira a Rita y mira a sus compañeras, Rita va a hablar, pero ve a Begoña y se calla. Begoña entiende que tiene que decir algo, que ahora es ella la lideresa, porque, al final, todo este *embolao*, como lo ha llamado la de medicina, ha sido un poco su culpa o su responsabilidad o su iniciativa, como lo queramos llamar. Begoña carraspea y dice: bueno, gracias, a todas, por confiar, y a vuestras familias, yo, vamos a hacer la obra y después a la calle, pero, gracias, creo que eso es lo que quiero decir, o sea, que no quiero decir nada, ya sabéis que, pero gracias, eso sí que es verdad y me apetece decirlo, la obra es de todas. Y entonces levanta la mirada del suelo y ve que todas las compañeras y compañeros de diferentes carreras de humanidades, pero también algún desubicado de ingeniería o la rubia de medicina, una bajita de ciencias medioambientales, todas se han dado la mano, Alma la doctoranda también, y Rita toma la suya y gritan todos muy fuerte: ¡mucha mierda! Algo que a cualquier abuela le parecería una ordinariez.

El espacio que ahora se ha convertido en teatro se empieza a llenar de un murmullo suave. Es casi la hora y las familias de las muchachas y los muchachos van ocupando los asientos de terciopelo verde (o sucedáneo de). Hay primas, hay tías, hay madres, hay abuelas, hay cuñadas, hay novias, y novios, y amigas especiales que todavía no tienen etiqueta, pero que todo el mundo sabe que son novias o novios. Hay padres, hay hermanos, hay primos, hay abuelos, hay tíos. Hay profesoras y profesores. Hay padrinos y madrinas y amigos de la familia de toda la vida, el vecino de abajo, la vecina de enfrente, la doctora de la familia, todas son bienvenidas. Begoña observa detrás de uno de los velos, que como ahora no está retroiluminado no la delata y puede espiar al público con tranquilidad. El público. El público. La gente que va a escuchar esta historia que se han construido ellas, aunque se la haya contado otra gente. Por la puerta de la izquierda aparecen. Su abuela en una silla de ruedas empujada por la tía Marisol, y su padre detrás, serio, pero con menos cara de pena que otros días. Llevan unas flores que Begoña entiende que quizá no debería estar viendo porque seguramente sean para ella, pero Begoña sigue espiando detrás del velo aún sin retroiluminar. Lleva unos pantalones blancos y una camisa blanca. La camisa es la famosa o infame camisa de Jaén que no se sabe si es de Jaén o de los jipis de Goya, pero ya le da igual porque, al final, las cosas tienen el significado que una les da. También lleva una chaqueta, un abriguito ligero y corto que amarillea, pero que fue blanco, o por lo menos más blanco en su momento. El abriguito, le decía su madre, que llevó la abuela el día de su boda. Es la casaca que hizo la tía Marisol. Se casaron en verano, en Madrid, que Begoña no entiende la necesidad de abriguito por ligero que sea, pero según su madre y según las fotos, en efecto, la abuela se puso la casaca en julio de 1964 en Madrid. Begoña se acurruca dentro de la casaca y piensa que casaca es una palabra estupenda que le recuerda a las novelas rusas, y también piensa que menudo frío hace en el teatro. Sus abuelas se sientan, su padre se sienta, todas en primera fila porque es donde cabe la silla de ruedas, leen el programa que ha hecho Peter Pan y la de medicina, que resulta que son casi novias (que lo sabe todo el mundo menos ellas, que dicen que se están tomando las cosas «despacio») y se conocieron en un taller de fanzine anarquista, porque Begoña ha aprendido que hay doctoras o casi doctoras anarquistas y que encima hacen unos fanzines increíbles, que resultan en unos programas de mano pintones, que es una palabra que usaría su abuela. En el programa salen los miembros de la compañía, incluida Alma la doctoranda, pero todo son fotos de su infancia. Sale Madrid y salen los pueblos de donde son las abuelas y los abuelos de las chavalas, sale el campo castellano, sale el mar, sale Eleuterio. La luz baja y una mano tira de Begoña hacia las bambalinas. Empieza la función.

Cuando Begoña era pequeña iba a un jardín de infancia con otras niñas y niños. El jardín era realmente un jardín, un bosque con pinos y plátanos y abedules y alguna encina, pero sobre todo pinos. Los niños y las niñas del jardín buscaban piñones por el suelo bajo los árboles y luego se juntaban, cada uno con sus piñones y una piedra redonda y contundente en la mano, se ponían de cuclillas y en silencio, partían los piñones y se los comían. Recuerda que estaban crujientísimos. Recuerda mucho el jardín, los árboles, el cielo, la esquina detrás del aula de su maestro jardinero, que se llamaba don Javier y que alguien le dijo que había muerto ya, pero cree que se lo inventan. La esquina del jardín del aula de don Javier tenía un árbol seco, dos columpios y un tobogán. El tobogán estaba paralelo a una pequeña cuesta por la que se accedía al aula de don Javier. Una podía bajar caminando la cuesta de gravilla o deslizarse por el tobogán, que como era de aluminio en verano no se podía usar porque quemaba. Eso lo sabían Begoña y todas las niñas del jardín. Debajo del tobogán había un hueco húmedo y con arañas y flores. Un día, después de los piñones, cuando sonó la campanita que don Javier usaba para llamar a los niños y a las niñas, un sonido que anunciaba el final del día y la hora del cuento, a Begoña le dio angustia y no acudió a la llamada. Escuchó el tintineo, y en lugar de correr al aula de luz tenue donde las niñas y los niños se reunían en círculo en sillitas de su tamaño y escuchaban más o menos atentos el cuento de don Javier —que a veces era Juanito Pepita de Manzana, o aquel de la zanahoria, o el de Perejilina, cuentos que luego ha comentado con otra gente, con Javiera por ejemplo, y que nadie conocía—, en lugar de correr al aula de don Javier, se metió debajo del tobogán. Se metió debajo del tobogán hasta que dejó de escuchar la campanita. Allí había arañas y raíces y flores, unas gotitas transparentes que se deslizaban sobre su cabeza, una oscuridad fresca que le gustaba. Sintió quizá ese día por vez primera al enano dentro de su barriga, que entonces sería enanito y que la acompañaría siempre. Pasó el tiempo y tal vez se quedase dormida. Una mano caliente pasó por su mejilla despertándola. Era la mano de su madre. Su madre sonreía, y Begoña no estaba asustada. ¿Qué haces aquí, cuquilina?, preguntó su madre. ¿Y el cuento? No quiero escuchar el cuento, dijo Begoña. Me pone triste el cuento. Sal de ahí, cebollita, dijo su madre, ¿qué es lo que te pone triste? Miró las arañas y las flores, y le dio la mano a su madre sin salir de su refugio. Me da pena que la golondrina se muera y que el príncipe se quede sin nada, pero sobre todo que se muera la golondrina. Pero es un cuento, eso lo sabes, no es la realidad. A veces, las cosas de los cuentos me ponen más triste que la realidad, dijo Begoña, o recuerda decir Begoña, o le hubiese gustado decir a Begoña. Los cuentos sirven para eso, empezó a decir su madre. ¿Para ponerme triste?, preguntó Begoña. No, bueno, quizá, para acompañarnos cuando nos ponemos tristes, para entendernos a nosotras, y a los demás, para comprender quiénes somos. Sal de ahí, cuquilina. Y Begoña salió de debajo del tobogán, o recuerda salir de debajo del tobogán, recuerda hablar con su madre, y recuerda palabras de su madre, quizá esas, quizá otras, quizá no era tan elocuente el discurso de una niña tan pequeña, pero en su memoria existe así, recuerda al enanito y recuerda las flores y recuerda a don Javier y recuerda sentir la mano caliente y recuerda que su madre siempre la llamaba cuquilina.

Cuando acaba la función, el público se pone de pie, menos la abuela, que lo intenta, pero la tía Marisol le dice que se quede quieta y aplauda desde la silla de ruedas. Ve a su padre al lado de sus abuelas, y ve que está casi llorando, o llorando y disimulando, y de repente a Begoña le da risa que su padre llore, porque su padre casi nunca dice nada y llorar es lo contrario a no decir nada. Ve las flores y a Rita y al que se llama Chema y a la que se parece a Peter Pan y y al del bigote y a Alma la doctoranda y a la prima Julieta y a todas las compañeras y compañeros que buscan con la mirada a sus propias abuelas y abuelos y que parecen muy contentos de que, por fin y pese a todo, hayan hecho la obra de la memoria y de cómo recordamos. Antes de recoger todo, sale a saludar a sus abuelas y les promete que irán a merendar pronto, cuando la abuela esté un poquito mejor, dice la tía Marisol. Rita saluda también a las abuelas y al padre de Begoña, que está mucho más contento que cuando se conocieron en Sevilla. La abuela empieza a hablar, te voy a contar bien lo de tu abuelo Emilio, empieza, por qué hizo huelga de hambre el abuelo en Jaén, ya verás. Begoña escucha y no dice nada, pero la tía Marisol suspira, se aburre, le da vergüenza, la abuela habla demasiado alto, no debe de oír bien, no deben de estar regulados los audífonos. Fuimos a Jaén en el dos caballos, a los presos no les dejaban ver a sus hijos más que una vez al año. La tía Marisol de repente interviene: fuimos en mi coche y yo me quedé con los niños, con la madre de Begoña. Begoña intuye lo que viene, mira a su padre, mira a Rita, sonríe casi imperceptiblemente, y, como era de esperar, para sorpresa de nadie, para de alguna manera disfrute de Begoña, porque comprende que la abuela no está tan débil cuando salta y responde: NO, SEÑORA, NO, SEÑORA, TÚ NUNCA VINISTE A JAÉN CONMIGO, TÚ NUNCA, NUNCA, NUNCA NUNCA. Bingo, adelante, bienvenidas de nuevo, todo esto piensa Begoña, a quien se le escapa un poco la risa, lo intenta disimular porque es muy feo reírse de una abuela en silla de ruedas. Y la otra abuela que es la tía Marisol discute un poco: claro que sí, claro que fui, ¿quién te llevó si no? Pero la abuela insiste e insiste y no da su brazo a torcer. Tú recuerdas las cosas como quieres, se recriminan. Begoña mira a su padre y mira a Rita, que sonríen un poco, y se da cuenta, ya se ha dado cuenta de que, en realidad, los detalles le dan un poco igual. No le interesa tanto quién conducía el dos caballos, o si el abuelo Emilio comía ajos fritos como quien come caviar, o si le incautaron *Guerra y paz* porque les parecía subversivo, o si la Político-Social entró por la mañana o por la tarde. A Begoña lo que más le interesa, lo que más le ha interesado en todos esos Vips y Rodillas y cafeterías de El Corte Inglés y domingos en casa de la abuela, es por qué la abuela recuerda esa época de una manera y la tía Marisol de otra. Cada una recuerda como quiere. Hoy Begoña está serena, esta tarde todo le parece bien. No va a preguntar más, no va a cuestionar, no va a hacer más arqueología. Hoy no. La tía Marisol agarra a Begoña del brazo y en voz baja, mientras la abuela habla con el padre de Begoña, o con Rita, o con los dos, le dice: tú no hagas tanto caso a tu abuela, que idealiza mucho esa época, y no fue así. Ya lo sé, responde Begoña, de eso justo iba la obra. La tía Marisol suspira y le dice: de eso va la vida, hija. Unos se la inventan para fardar y otros para tirar *pa'lante*. Así que es eso, cada una recuerda como quiere, o como puede. Begoña no dice nada porque precisamente en ese momento entiende que nunca va a poder entender, ni dominar, ni mucho menos modificar la memoria. Que está ahí, que hay que escucharla, recogerla, volver a pasarla por el corazón de vez en cuando. La tía Marisol le da un paquete de cigarrillos largos y finos, que es una influencia regulera, pero a Begoña no le importa y piensa compartirlos con la compañía.

Entre las flores y los besos y el alboroto en la entrada de la Facultad de Filología, Begoña vislumbra entre la gente una sombra, o una luz. Begoña deja a Rita con sus abuelas y su padre y sigue la sombra o la luz. Sale a la calle, a ese jardín enfrente del edificio que los estudiantes llaman *filecho* porque está entre las facultades de filología, filosofía y derecho. Begoña camina entre los coches y los árboles siguiendo la sombra o la luz que ya ha identificado. Las farolas alumbran a Begoña. La sombra o la luz se detiene. Sabe que es su madre. Su madre se gira y la mira, y Begoña la mira también. Y Begoña sabe y su madre sabe que es la última vez que se van a mirar, que para crecer y para seguir, Begoña debe hacerlo sola. Le gustaría tocar a su madre, pero los fantasmas no se pueden tocar, eso lo ha aprendido en clase de literatura fantástica, aunque ya lo sospechaba antes. Así que Begoña no toca a su madre, tan solo le sonríe, y su madre le devuelve la sonrisa, y no dice nada, porque ya no hay nada que decir, porque ya se han dicho todo y porque los muertos no hablan. La madre de Begoña sonríe antes de seguir caminando entre los árboles, las plantas y los vehículos del jardín de la Facultad de Filología. Mientras, el sol rojo rojo rojo como un semáforo una amapola una piruleta de Caramelos Paco un tomate una señal de tráfico o la verja de la casa de la abuela se pone, iluminando la silueta ya casi transparente de la madre, que se desvanece y se acaba confundiendo con el cielo.

Madrid, diciembre de 2025

Agradecimientos

A mis editoras Myriam y Camino, por confiar.

A María, por el entusiasmo.

A Eleuterio, por inspirarme, enseñarme a resistir y llamarme cielito.

A Mayo, por señalarme los laísmos y la luz.

A mi madre Ángeles, por leerse todos los borradores, repasarlos conmigo hasta las once de la noche y animarme siempre a seguir.

A mis abuelas Angelines y Maribel, por contarme sus historias e invitarme a comer.